Still ruht die See

von

Andreas Adlon

*Die vorliegende Handlung ist frei erfunden.
Übereinstimmungen mit lebenden oder toten
Personen wären zufällig und sind nicht beabsichtigt.*

ISBN- **13: 978-1546384878**
ISBN-10: 1546384871

Astrid Korte
06/17

Besuchen Sie uns im Internet

www.facebook.com/ThrillerAutor

2. Auflagen Mai 2017

Kapitel 1

Zwei Wochen wollte Paul Schweigert mit der Familie ausspannen. Seine Frau Wiebke hatte im Internet ein günstiges Angebot für eine Balkon-Kabine auf einem Kreuzfahrtschiff gefunden. Die Reise sollte sie nach England, Wales und Irland führen.

»In welchem Hafen startet die Reise?«, fragte Paul, als Wiebke ihn davon in Kenntnis setzte.

»Von Bremerhaven aus, also fast vor unserer Haustür. Und die *Mein Schiff 5* ist jetzt noch nicht einmal in Dienst gestellt worden. In sechs Wochen, also im Juli, ist ihre Jungfernfahrt. Es wird das neueste Schiff der Flotte sein.«

Paul nahm seine Frau auf der Couch in den Arm und kuschelte sich an sie.

»Hier schau, unsere Reise liegt genau in den Sommerferien. Ende August geht es los. Die haben sogar einen Kids-Club. Da können wir Levke und Tom abgeben, die werden dann bespaßt und wir haben Zeit für uns.«

Das klang so, als wäre alles bereits entschieden. Paul liebte es, wenn Wiebke so euphorisch von einer Idee sprach. Wenn sie im Geiste jeden einzelnen Tag des Urlaubs schon durchgegangen war. Ihre Wangen färbten sich rot, und ihre Augen glänzten, als sie erzählte.

»Du bekommst doch den Urlaub, oder?«

Paul versuchte eine ernste Miene aufzusetzen. »Das wird nicht einfach.« Sein Chef hatte ihn letzte Woche zweimal ermahnt, endlich seinen Urlaub einzureichen.

»Hey, du hast es versprochen.« Sie boxte ihn gespielt gegen die Schulter, woraufhin Paul lachen musste.

»Ist ja schon gut. Heinz Jensen liegt mir seit Tagen in

den Ohren, ich solle endlich meinen Urlaub nehmen und mindestens die Hälfte meiner Überstunden abbauen.«

Wiebke umarmte ihn überschwänglich. Sie küssten sich.

Zwei Tage später hatten sie die Kreuzfahrt gebucht. Jetzt standen sie auf dem Parkplatz an der Columbuskaje in Bremerhaven. Von dort aus konnten sie die oberen Decks des Kreuzfahrtschiffes sehen. Paul wusste nicht, wie viele Decks das Schiff hatte oder wie hoch es genau war. Er kam sich ziemlich klein und unbedeutend vor, als er hinüberblickte. Irgendwo ertönte dreimal das Horn eines anderen Schiffes. Wiebke hielt die vierjährige Levke an der Hand, während Tom mit seinem kleinen Trolley losmarschierte.

»Hey Tom, du wartest bitte auf uns, ja?«

Er drehte sich um und rollte mit den Augen. Paul wuchtete zwei Koffer, einen Beautycase und einen Rucksack aus dem Auto. Als sie sich ein paar Meter vom Wagen entfernt hatten, piepte dieser zweimal kurz hintereinander, ganz so, als ob er sich von Familie Schweigert verabschieden wollte. Dabei verriegelte sich der Wagen nur automatisch. Das Gepäck übergaben sie den Mitarbeitern vor dem Terminal. Die Pappschilder auf den Gepäckstücken verrieten, zu welcher Kabine sie transportiert werden sollten. Die Schlangen beim Check-in waren überschaubar. Das Einbuchen, das Erstellen der Fotos für die Bordkarten und das Hinterlegen der Kreditkartendaten verliefen reibungslos.

»Ihre Kabine ist bereits bezugsfertig. Wir wünschen Ihnen eine wunderschöne Reise.«

Wir? Die stark geschminkte Mitarbeiterin mit dem *TUI Cruises*-Schild an ihrem T-Shirt stand alleine am Tresen, an dem sie eingecheckt hatten.

Der aufdringlichen Fotografin gab Paul einen Korb. Nein, sie bräuchten kein unvergessliches Bild für ihr Familienalbum. Wer besaß heutzutage noch ein Familienalbum, wenn jeder eine Kamera in seinem Smartphone hatte? Inzwischen boten clevere Firmen an, Urlaubsbilder zu einem elektronischen Album zusammenzustellen, auf Wunsch und gegen Aufpreis schickten sie es sogar als Fotobuch im Hochglanzformat nach Hause.

Das richtige Deck war leicht zu finden. Dennoch verwirrten die langen Gänge Familie Schweigert, die zum ersten Mal ein Kreuzfahrtschiff betrat. Paul hielt die Chipkarte an die Tür und ein Klacken signalisierte, der Weg war frei in ihr neues Reich. Im Vergleich zu Hotelzimmern wirkte die Kabine zwar klein; auf einem riesigen Schiff hätte Paul jedoch mit noch weniger Platz gerechnet. Sonnenlicht flutete durch die Balkontüren den Raum. Blau, Weiß und Orange dominierten die Farbgebung in der Kabine, die in den nächsten Tagen ihr zu Hause sein sollte.

Wiebke warf einen Blick in die Nasszelle. Mit einem zufriedenen Nicken kehrte sie zurück.

»Und wo schlafen wir?«, wollte Tom wissen.

»Hier«, Paul zeigte auf die Couch neben dem Doppelbett, »das kann man ausziehen.« Paul klappte sie probeweise aus.

»Boah, krass.« Ohne zu fragen, hüpfte Tom darauf herum.

»Tom, das ist kein Trampolin, komm sofort da runter.«

Widerwillig gehorchte er. Levke setzte sich vorsichtig auf das Bett und nahm sich die Willkommens-Schokolade, die auf dem Kopfkissen lag, um sie von allen

Seiten zu begutachten. Wiebke öffnete die Balkontür, trat auf den Balkon und atmete die Nordseeluft ein.

»Riecht auch nicht anders als zu Hause, was?« Paul hatte sich hinter seine Frau gestellt und umarmte sie.

»Och, du«, sie griff nach seiner Hand vor ihrem Bauch. »Jetzt können wir gleich nach dem Auslaufen zum Jadebusen schauen, sogar hier vom Balkon aus. Das ist doch interessant, die Sache von einer anderen Seite zu betrachten.« Wiebke zeigte auf die andere Weserseite nach Blexen. Dort setzte gerade die Fähre nach Bremerhaven über.

»Mich brauchst du nicht mehr zu überzeugen. Ich freue mich genauso wie du auf unsere Reise.«

»Ich habe Hunger.«, quengelte Tom aus der Kabine.

»Wir gehen gleich etwas essen. Vielleicht einen Hamburger mit Pommes?«

»Au ja.« Toms Augen leuchteten.

Ohne zu warten, bis ihre Koffer vor die Tür gestellt wurden, machten sich die Vier auf, das Schiff zu erkunden. Es bedurfte eines Blickes auf die Übersichtskarte neben den Fahrstühlen, um herausfinden, wo das *Tag & Nacht Bistro* lag. Während sich Wiebke mit den Kindern an einen Tisch setzte, bestellte Paul das Essen. Der arabisch aussehende Mitarbeiter drückte Paul ein Ufo in die Hand. Er wusste nicht, wie er die elektronische Untertasse sonst hätte nennen sollen. Sein Gegenüber musste seinen fragenden Gesichtsausdruck bemerkt haben.

Er grinste und sagte: »Wenn der Gerät brummt und leuchtet, kommen Sie zurück und erhalten die frisch gebratenen Burger.«

Der Gerät, Paul musste an Stefan Raab denken, der sich

über einen automatischen Dönerbrater und dessen Erfinder und seine mangelnden grammatikalischen Fähigkeiten lustig machte. »*Der* Gerät braucht nix Urlaub, arbeiten 24 Stunden, und *der* Gerät ist zuverlässig.«

»Was ist das für ein Ding in deiner Hand?«

»Das ist: *Der* Gerät.«

Wiebke musste so losprusten, dass sie das Mineralwasser ausspuckte, das sie gerade trank. Sehr zur Erheiterung von Tom und Levke, die ebenfalls herzlich mitlachten.

Sie verputzten ihre Burger und Pommes Frites, während sie immer wieder die herrliche Aussicht auf die Wesermündung genossen. Am Nachbartisch unterhielten sich zwei ältere Herren so laut, dass Paul es unfreiwillig mit anhören musste. Einer von beiden reiste offenbar mit seiner Ehefrau, die schweigend neben ihm saß.

»Wie alt sind Sie, wenn ich fragen darf?«

»Ich bin 86 Jahre alt und seit genau 60 Jahren mit meiner Hilde verheiratet«, dabei strich er Hilde stolz über den Rücken.

»Dann feiern Sie auf dieser Reise Ihre Diamantene Hochzeit?«

»Ja, genau.«

»Wie viele Kinder haben Sie?«

»Keins, wir üben noch.«

Dieses Mal erwischte es Paul mit einem Schluck Cola im Mund. Verzweifelt versuchte er zwei Dinge gleichzeitig: sich das Lachen zu verkneifen und die Flüssigkeit im Mund zu behalten. Keine gute Idee, denn es ging schief. Halb durch den Mund, halb durch die Nase wollte das koffeinhaltige Getränk nicht mehr in seinen Magen zurück, sondern auf schnellstem Weg nach draußen auf den Tisch. Wortlos, aber grinsend reichte Wiebke ihm eine Serviette, mit zwei weiteren wischte sie das Malheur auf.

An Bord eines Kreuzfahrtschiffes hatten die Passagiere nur einen Pflichttermin: Die Seenotrettungsübung, die vor dem Auslaufen abgehalten werden muss. Nachdem sich die Schweigerts auf ihrer Musterstation eingefunden hatten, interessierte sich Tom sehr für die Anweisungen und das korrekte Anlegen der Rettungsweste, während Levke gähnte.

Zurück in ihrer Kabine klappte Paul die Couch auf, um die müde Levke ins Bett zu bringen. Zu dritt sahen sie sich vom Balkon aus das Auslaufmanöver an. Nach dem dreimaligen Ertönen des Schiffshorns erklang der Gesang der Gruppe *Unheilig* aus den Lautsprechern. Das Lied *Große Freiheit* konnte als Hymne zum Verlassen eines Hafens nicht besser gewählt worden sein:

»… du bist ein Kind der See und die Welt liegt dir zu Füßen, dein Horizont erwacht und die Nacht lebt wie der Tag … im Pulsschlag der Gezeiten führst du mich zu dir, ich denk so oft zurück an dich, als du mein Zuhause warst, setz' ich meine Segel, bist du für mich da … oho Große Freiheit, ich hab mich nach dir gesehnt, du hast dich in mein Herz geträumt …«

Mit zwei Gläsern Sekt und einem Glas Orangensaft, die sie sich mit auf die Kabine genommen hatten, stießen Wiebke, Paul und Tom auf ihre Traumreise an. Der Sonnenuntergang, dem sie entgegenfuhren, setzte der Szenerie die Krone auf.

Paul wachte mitten in der Nacht auf. Er hatte Durst. Um die anderen nicht zu wecken, schaltete er nur die Leselampe ein, fand die leere Karaffe neben der Kaffeemaschine, nahm sie und verließ zusammen mit dem elektronischen Zimmerschlüssel die Kabine. Im Nahbereich der Aufzüge befand sich ein Wasserspender, das hatte er sich gemerkt. Er füllte die Karaffe mit Mineralwasser und ging zurück. Paul hatte die Kabine noch nicht ganz erreicht, da hörte er den Schrei einer Frau, der ihm durch Mark und Bein ging.

Kapitel 2

Am nächsten Morgen klopfte es an der Tür, obwohl Paul das Bitte-nicht-stören-Schild von außen an die Klinke gehängt hatte. Nur mit einem T-Shirt und Shorts bekleidet öffnete er die Tür einen Spalt.

»Herr Schweigert?«

Paul erkannte eine Uniform und zog die Tür weiter nach innen, damit er sehen konnte, mit wem er es zu tun hatte. *T. Hansen – Sicherheitsoffizier* verriet das Namensschild. Unwillkürlich musste Paul an den Schrei in der letzten Nacht denken. Er war zum gegenüberliegenden Gang gelaufen, um jemandem zu Hilfe eilen zu können. Dort konnte er jedoch nichts Verdächtiges finden. Alle Kabinentüren waren geschlossen. Keiner befand sich auf dem Gang. Kurzzeitig hatte er geglaubt, er könne sich den Schrei eingebildet haben.

»Ja. Worum geht es?«

»Mein Name ist Thorsten Hansen. Ich bin für die Sicherheit an Bord verantwortlich. Der Kapitän möchte Sie sprechen.«

»Na schön. Ich könnte nach dem Frühstück zu ihm kommen, ich bin mit meiner Familie …«

»Gewiss«, Herr Hansen hob die Hand, als er ihn unterbrach, »doch diese Angelegenheit duldet keinen Aufschub. Ich habe den Auftrag, Sie unverzüglich zu ihm zu bringen.«

Diese Angelegenheit? Was konnte der Kapitän, der für über 2000 Passagiere und für die Besatzung verantwortlich war, von einem einzigen seiner Gäste so dringend wollen? Er würde es in Kürze erfahren.

»Geben Sie mir zwei Minuten, damit ich mir etwas Anständiges anziehen kann.«

Der Sicherheitsoffizier nickte. Paul schloss die Tür.

Kaum hatte Paul die Tür geschlossen, ging die Badezimmertür auf und Wiebkes Kopf lugte heraus. Ihre Haare waren unter einem Handtuchturban verschwunden.

»Wer war das?«

»Der Sicherheitsoffizier.« Paul zog sich eine Jeans und ein Hemd an, während Tom mit der Fernbedienung in der Hand durch die Kanäle klickte.

»Aha. Und was wollte er?«

Paul knöpfte sich sein Hemd zu. »Ich soll sofort mit ihm zum Kapitän.«

Wiebke legte die Stirn in Falten.

»Diese Angelegenheit dulde keinen Aufschub, meinte er.« Paul zeigte zur Tür. »Er wartet draußen auf mich.«

»Das verstehe ich nicht.«

»Prima, dann sind wir schon zwei. Du kannst ja mit den Kindern schon mal vorgehen zum Frühstücken.«

»Will Cornflakes essen«, meldete sich Levke zu Wort.

»Okay. Wir gehen zum Restaurant Atlantik.«

Paul verschmierte einen Rest Gesichtscreme auf ihrer Wange und gab ihr einen Kuss. »Ich werde euch schon finden.«

***

Paul betrat einen fensterlosen Besprechungsraum. An der Stirnseite des Konferenztisches saß der Kapitän und blätterte in einer Liste. Er stand auf, als er seinen Sicherheitsoffizier und Paul bemerkte.

»Ich bin Kapitän Voss. Sie müssen Herr Schweigert

sein.«

Paul schätzte ihn auf Ende 40. Seine dunklen Haare waren an den Schläfen ergraut. Sein Gesicht wies eine gesunde Bräune auf.

»Entschuldigen Sie, dass ich Sie habe herbringen lassen.« Kapitän Voss bot ihm mit einer Geste einen Stuhl an. Paul nahm das Angebot an. Wortlos setzte sich der Sicherheitsoffizier neben Paul an den Tisch.

»Wir haben ein ernsthaftes Problem, das ich äußerst diskret behandeln möchte.« Erst jetzt setzte sich auch der Kapitän zu ihnen an den Tisch.

Paul sagte nichts.

»Ich fahre jetzt fast dreißig Jahre zur See. Zuerst als Rekrut bei der Marine, später bei der Handelsmarine und seit vier Jahren als Kapitän auf Kreuzfahrtschiffen. Eine Leiche hatte ich in dieser Zeit noch nie an Bord.«

»Eine Leiche?«, echote Paul, der es aus beruflichen Gründen gewohnt war, mit Leichen konfrontiert zu werden. Nicht mal im Traum hätte er daran gedacht, mitten auf der Nordsee eine solche Nachricht zu erhalten.

»Bedauerlicherweise ja. Die Frau ist keines natürlichen Todes gestorben.«

»Wie können Sie sich da so sicher sein?«

»Ein Eispickel steckt noch in ihrer Stirn.«

»Oh, ich verstehe. Was habe ich mit der ganzen Sache zu tun? Wie kommen Sie ausgerechnet auf mich«

»Nun, ich bin die Passagierliste durchgegangen. Dabei fiel mir Ihr Name auf. Vor einigen Monaten las ich einen Bericht über eine Mordserie in der Nordwest-Zeitung. Ich wohne in Nordenham. Ihr Name stand unter dem Bild, das während einer Pressekonferenz aufgenommen wurde.«

Paul verschränkte die Arme vor der Brust. Sicher war sein Nachname nicht besonders häufig in Norddeutschland. Doch wie konnte der Kapitän sich sicher sein, dass es sich bei einem Passagier um den Mann von der Kripo Oldenburg handelte.

»Als ich mir ihr Portraitfoto ansah, das wir von jedem unserer Gäste beim Einchecken machen, wusste ich, Sie sind der Mann, der die Sonderkommission in Oldenburg geleitet hat.«

Paul hob entwaffnend die Hände. »Okay, okay. Ich gebe es zu. Ich bin Kriminalhauptkommissar. Es tut mir leid, was mit der Frau passiert ist. Es gibt – auch nach internationalem Recht – ein sogenanntes Tatortprinzip. Das heißt, dort, wo die Straftat verübt wurde, gilt das entsprechende Recht. Unter welcher Flagge fährt dieses Schiff?«

»Malta.«

»Da haben wir es.« Paul gestikulierte. »Wir befinden uns in internationalen Gewässern.« Paul stand auf. »Somit kommt maltesisches Recht zur Anwendung. Sie sollten die Behörden in Malta informieren und ihre Reederei anrufen.«

»Bitte setzen Sie sich wieder.«

Paul blieb stehen.

»Alles, was Sie gesagt haben, ist richtig. Natürlich habe ich die Behörden in Malta informiert. Noch in der Nacht klingelte ich die Chefin der Reederei in Hamburg aus dem Bett. Lassen Sie uns in Ruhe darüber reden.« Kapitän Voss zeigte auf den Stuhl.

Paul setzte sich.

»Wir, also die Reederei *TUI Cruises* und ich, möchten Sie bitten, uns in dieser Angelegenheit zu unterstützen. In gewisser Weise sollen Sie professionelle Vorarbeit leisten.«

»Aber ich habe hier an Bord keinerlei polizeiliche Befugnisse, keine rechtliche Handhabe.«

Kapitän Voss legte die Hände übereinander. »Wir möchten Sie als externen Berater, als Fachmann engagieren. Die Alternative wäre, den nächsten Hafen anzulaufen und das Schiff dort festzumachen, bis die Ermittlungen abgeschlossen sind. Wissen Sie, wieviel es die Reederei jeden Tag kostet, wenn ein Schiff dieser Größe unvorhergesehen, also zwangsweise, im Hafen liegt?«

Daher wehte also der Wind. Sie stellten ökonomische Interessen über die des Opfers und dessen Hinterbliebenen. Andererseits würde Paul sich dem Drängen des Kapitäns kaum entziehen können. »Ich habe keine Ahnung.«

»Die Reederei möchte, dass wir so wenig Aufsehen wie möglich erregen. So wenig Leute wie möglich sollen überhaupt von dem bedauerlichen Vorkommnis erfahren.«

Vorkommnis? Konnte man ein Kapitalverbrechen an Bord eines Kreuzfahrschiffes überhaupt verheimlichen?

»Was haben Sie mit dem Tatort gemacht?«

»Verschlossen. Herr Hansen trägt die Verantwortung dafür, dass keiner in die Kabine hineinkommt.«

»Wer hat die Leiche gefunden?« Unbewusst spulte Paul seine Arbeitsroutine ab. Er war darauf trainiert worden, so zu reagieren. Sich und anderen die immer gleichen Fragen zu stellen.

»Eine Putzfrau. Sie kommt aus Indonesien.«

Der Schrei, als ich das Wasser geholt habe. Oder hatte das Opfer im Todeskampf geschrien? Die Information, dass er letzte

Nacht einen Schrei gehört hatte, behielt Paul für sich.

»Auf welchem Deck befindet sich die Tote?«

»Auf demselben, auf der sich Ihre Kabine befindet, nur auf der anderen Seite, Steuerbord.«

Er hatte sich nicht getäuscht. Der Schrei hatte unmittelbar mit der Toten zu tun.

»Welche Personen waren bisher in der Kabine der Toten?«

»Die Hausdame, also die Vorgesetzte der Reinigungskraft, der Schiffsarzt, Hansen und ich. Sonst niemand. Darf ich aufgrund Ihrer gezielten Nachfrage davon ausgehen, dass Sie uns bei diesem heiklen Fall unterstützen werden?«

Paul fuhr sich über sein Kinn und stieß die Luft aus. »Also schön. Unter folgenden Bedingungen: Erstens brauche ich meinen Gerichtsmediziner, einen Mann von der Spurensicherung und meine Mitarbeiterin Lisbeth Eicken unverzüglich hier an Bord. Den Tatort möchte ich nicht den niederländischen oder gar den englischen Behörden überlassen.«

Der Kapitän nickte. »Wenn Sie Ihre Kollegen informieren, soll es an einem Hubschrauber und an Unterbringungsmöglichkeiten nicht fehlen.«

»Zweitens möchte ich die Rückendeckung für die Vorermittlungen von höchster Stelle, das heißt vom niedersächsischen Innenministerium und von den Behörden in Malta.«

»Der Chef der Reederei hat bereits mit dem Innenminister gesprochen.«

Seilschaften in Hannover, womöglich gehen die feinen Herren gemeinsam zum Golfspielen.

»Und drittens …« In Gedanken fügte er hinzu: … *muss*

ich den ganzen Schlamassel meiner Frau erklären. Die wird sich bestimmt riesig freuen, wenn ich auch noch an Bord arbeite. »Vergessen Sie drittens. Wer ist die Tote? Und reiste sie alleine?«

Kapitän Voss setzte seine Brille auf und blätterte in der Liste. »Corinna Bauer, 38 Jahre alt. Sie hat alleine eingecheckt, obwohl ursprünglich ein Mann, ein gewisser Gregor Eden, für diese Reise gemeinsam mit ihr auf der Kabine gebucht war.«

Vermutlich ihr Freund oder wie es heutzutage so schön heißt: Lebensabschnittsgefährte. Ich möchte wetten, ihre Lebenswege haben sich kurz vor ihrer Reise getrennt. Hatte sie sich von ihm getrennt? Wenn ja, wäre das ein starkes Motiv.

»Hat Herr Eden trotzdem eingecheckt, vielleicht auf einer anderen Kabine?«

Der Kapitän blätterte die Liste durch, setzte danach die Brille ab. »Nein.«

Er könnte sich unter einem falschen Namen eingebucht haben.

»Haben Sie eine Wohnanschrift oder eine Rechnungsadresse von Corinna Bauer?«

»Eine Rechnungsadresse haben wir mit Sicherheit. Herr Hansen wird Ihnen die Adresse besorgen.«

Vielleicht hätte Paul die Bitte des Kapitäns einfach ausschlagen sollen. Sie wären dann vermutlich den nächsten Hafen angelaufen, ob das nun Vlissingen in den Niederlanden oder Dover auf der anderen Seite des Kanals gewesen wäre, und die Behörden vor Ort hätten sich mit dem Fall befasst. Ein oder zwei Tage hätte das Schiff dort gelegen, danach hätten die Behörden das Schiff freigegeben, und Paul hätte mit seiner Familie den langersehnten Urlaub fortsetzen können. Obwohl er sich mit dieser Sache jede Menge Ärger einhandeln würde, konnte Paul nicht aus seiner Haut. Er war Polizist mit Leib und Seele.

»Bitte bringen Sie mich jetzt zum Tatort.«

Die beiden Offiziere standen auf.

»Noch etwas: Haben Sie Plastikhandschuhe für mich?«

Kapitel 3

Obwohl die Frau noch nicht lange tot sein konnte, nahm Paul den süßlichen Verwesungsgeruch wahr, als der Sicherheitsoffizier die Kabinentür öffnete. Der Offizier verschloss hinter ihm die Tür und verschränkte die Arme hinter seinem Körper. Mit seinem breiten Kreuz hätte er als Türsteher einer Diskothek durchgehen können. Paul zog sich die Plastikhandschuhe an.

Die Kabine war etwas kleiner als seine, jedoch auch mit einem Balkon ausgestattet. Bis auf das zerwühlte Bett machte die Kabine einen aufgeräumten Eindruck. Direkt am Eingang hing eine dunkle Regenjacke. Vor dem kleinen Schreibtisch stand ein Stuhl, über dessen Lehne Corinna Bauer eine beige Strickjacke gehängt hatte. Paul trat näher an die Leiche heran. Die Tote lag in einem Frottee-Bademantel auf dem Bett. Die weit aufgerissenen Augen blickten nach oben. An der Eintrittsstelle des Eispickels auf der Stirn war Blut ausgetreten und bis zum Hals heruntergelaufen. Bizarr, wie eine grässliche Halloweenmaske, erschien das ansonsten blasse Gesicht, das von den schwarzen Haaren der Bobfrisur eingerahmt wurde.

Wer nimmt einen Eispickel mit auf eine Kreuzfahrt? Das Ende des Holzgriffes schloss mit einem Metallring ab, der mit einem Symbol versehen war. »Herr Hansen, gehört dieser Eispickel zum Schiffsinventar?«

Der Angesprochene kam näher heran, um sich den Metallring genauer betrachten zu können. »Ich glaube, ja.« Er deutete auf das Symbol. »Jedenfalls beliefert uns diese Firma mit Besteck.«

»Bitte lassen Sie feststellen, ob und in welcher Abteilung

so ein Eispickel fehlt.«

Bis auf zwei Ohrstecker trug sie keinen Schmuck. Ihr rechtes Handgelenk wies blaue Flecke auf. Paul öffnete ihren Bademantel. Sie trug ein schwarzes, enganliegendes Nachthemd. Auf dem Kopfkissen entdeckte Paul einen Blutfleck. Als er die Leiche vorsichtig auf die Seite drehte, erkannte er eine Einstichstelle im Schulterbereich. Der erste Stich musste ohne Vorwarnung von hinten erfolgt sein. Versuchte sie sich im Todeskampf noch verzweifelt gegen ihren Angreifer zu wehren? Und wie war ihr Mörder in die Kabine gelangt? Kannte sie ihn? Hatte sie ihn hereingelassen?

»Wer, außer der Toten selbst, kann oder konnte mit einer elektronischen Karte in diese Kabine gelangen?«

Der Sicherheitsoffizier überlegte und sagte schließlich: »Sämtliche Reinigungskräfte auf diesem Deck. Die Rezeption kann jederzeit Kabinenkarten für ein Zimmer programmieren, wenn zum Beispiel ein Gast seine Karte verloren oder in der Kabine vergessen hat.« Herr Hansen hob demonstrativ die Plastikkarte hoch. »Wie diese hier.«

»Ich möchte wissen, welche Karten für diese Kabine an wen ausgegeben wurden.«

»Das lässt sich machen.«

»Lassen Sie außerdem feststellen, ob eine der Reinigungskräfte ihre Generalkarte verloren oder als gestohlen gemeldet hat.«

Der Sicherheitsoffizier nickte.

Auf dem Nachtkästchen, das an der Wand angebracht war, lag ein Kindle. Auf dem Teppich neben dem Bett zeichneten sich einige eingetrocknete Blutflecken ab.

Paul musste jetzt dringend telefonieren.

***

Da der Empfang mit seinem Mobiltelefon auf See schlecht war, bat er darum, eine Bordleitung, die über Satellit lief, benutzen zu dürfen. Im engen Büro des Sicherheitschefs Hansen wartete Paul, bis ein Freizeichen ertönte. Nach dreimaligem Tuten nahm jemand das Gespräch entgegen.

»Kripo Oldenburg, Kriminalkommissarin Eicken.«

»Moin Lissi, ich bin's Paul.«

»Hey Paul, seid Ihr irgendwo gestrandet und ich muss dir eine Rettungsmannschaft schicken?«, scherzte Lisbeth. Sie klang entspannt und gut aufgelegt.

»In gewisser Weise, ja.«

»Komm, verschaukle mich nicht. Du hast mit deiner Familie einen Traumurlaub gebucht, und Ihr schippert gemütlich auf der Nordsee. Euch geht's blendend, habe ich recht?«

»Lissi, es ist mein Ernst. Wenn es nur um meinen Urlaub ginge, würde ich dich nicht anrufen.« Paul wechselte den Hörer von rechts nach links. Lisbeth sagte nichts. »Wir haben hier eine Leiche an Bord, ein Gewaltverbrechen. So viel steht fest.«

»Paul, bei aller Liebe …«, er konnte förmlich sehen, wie seine Kollegin empört von ihrem Schreibtischstuhl aufstand, »selbst wenn ihr zehn Leichen auf diesem Schiff hättet: Das ist nicht dein Problem! Du bist überhaupt nicht zuständig. Lass das die Behörden im nächsten Hafen erledigen. Du genießt jetzt deinen Urlaub – den du mehr als nötig hast – wenn ich das hinzufügen darf?«

Nun stand Paul auf und rieb sich mit der freien rechten Hand über den Nacken. Er hatte vorhergesehen, dass sie nicht begeistert sein würde. So knapp wie möglich erklärte er ihr, was er mit dem Kapitän vereinbart hatte. Mit den

Sätzen: »Wir sind hier nur beratend tätig und führen lediglich die Vorermittlungen durch. Die Weisung kommt direkt vom Innenminister.«, beendete er seinen Bericht.

»Lissi, bist du noch dran?«

»Von Walter Brenneken persönlich?«

»Er hat mich vor zehn Minuten angerufen«, hörte Paul im Hintergrund jemanden sagen. Es konnte sich dabei nur um seinen Chef Heinz Jensen handeln.

»Das ist ja super, dass alles schon entschieden ist und ich als Allerletzte informiert werde. Vielen Dank auch.«

»Ich brauche dich hier. Du bist meine beste Ermittlerin. Alleine schaffe ich das nicht. Bitte, Lisbeth.« Abgesehen von Lisbeth, der er vermutlich die gesamte Wochenendplanung verhagelt hatte, musste er noch mit Wiebke reden. Sie würde nicht minder enttäuscht sein. Hinzu kam die Flugangst von Lisbeth. Sie mied Urlaubsflüge wie der Teufel das Weihwasser. Wenn sie verreiste, dann mit dem Auto im Inland oder ins benachbarte Ausland.

»Wie soll ich überhaupt auf dein Schiff kommen, gesetzt den Fall, ich sage tatsächlich zu?«

»Mit dem Helikopter.«

»Vergiss es, ich *fliege* mit Sicherheit nicht auf dein Scheißschiff!« In diesem Augenblick wünschte Paul, die Verbindung würde abbrechen und sein Chef sie überzeugen.

»Was wäre, wenn wir einen außerplanmäßigen Stopp in Calais einlegen würden? Das ist mit dem Auto innerhalb einiger Stunden zu erreichen. Könntest du mit diesem Kompromiss leben?«

Lisbeth antwortete nicht. Ein gutes Zeichen.

»Ich müsste das natürlich noch mit dem Kapitän klären,

und dieser wiederum müsste das zunächst mit der Reederei besprechen …«

»Also gut, wenn ich nicht fliegen muss, bin ich dabei.«

Nachdem er sich bei ihr bedankt hatte, ging Paul zum Kapitän, um ihn zu bitten, außerplanmäßig Calais anzulaufen. Es bedurfte zweier Telefonate, eines mit der Reederei, das andere mit dem Hafenbetreiber, bevor die Entscheidung fiel. Doch am Ende setzte der Kapitän einen neuen Kurs.

Kapitel 4

Der Leiter des Instituts für Rechtsmedizin Dr. Reinhard Janssen fuhr den Dienstwagen. Neben ihm saß ein Kollege der Spurensicherung. Lisbeth begnügte sich mit einem Platz auf dem Rücksitz. Sie hatte gar nicht mitbekommen, wie sie die Grenze zu den Niederlanden überquert hatten. An der Beschaffenheit der Autobahn und den vielen Autos mit gelbem Kennzeichen erkannte sie jedoch, dass sie sich bereits im Ausland befanden. Sie lehnte den Kopf gegen die Scheibe und schloss die Augen. Auf ihrer Nase spürte sie die kräftigen Sonnenstrahlen.

Unwillkürlich musste sie an den Strand von Spiekeroog denken. Die behandelnden Ärzte in Hamburg hatten auf einen Rehabilitationsaufenthalt ihres Freundes Philip Bartels bestanden, um die Folgen seiner verschleppten Herzmuskelentzündung zu mildern. Den Ort konnte er selbst wählen. Einzige Bedingung war ein Kurort, der mindestens 200 Kilometer von Hamburg entfernt lag, damit die Genesung durch einen Tapetenwechsel fernab von allen Alltagssorgen gefördert wurde.

»Dann will er nach Spiekeroog«, hatte Lisbeth an seiner Stelle geantwortet. Er hatte grinsend eingewilligt. Die Insel, auf der sie sich zum ersten Mal begegnet waren, wäre ein perfekter Ort für seine Genesung.

Ohne zu zögern hatte Paul ihren dreiwöchigen Urlaubsantrag unterschrieben.

»Viel Spaß und erholt euch gut.« Mit diesen Worten hatte er ihr den Antrag zurückgegeben. Das war im Januar. Um diese Jahreszeit war auf der ostfriesischen Insel nicht viel los. Genau richtig für lange Spaziergänge zwischen den Dünen und am Strand. Die Sonne hatte es gut mit ihnen gemeint und sich ungewöhnlich oft für diese Jahreszeit gezeigt. Dick eingepackt in Daunenjacken, Handschuhen und Mützen genossen sie ihre Zweisamkeit. Einmal umarmte Philip sie von hinten und zeigte auf ein vorbeifahrendes Containerschiff, sie drehte den Kopf, blickte in sein Gesicht und sah dieses unverschämte Grinsen, welches sie vom ersten Tag an verzaubert hatte.

Nach ihren Spaziergängen suchten sie regelmäßig die Teestube auf, um sich mit zwei Kännchen Schwarztee, Kluntje und Milch aufzuwärmen. Sie aß Stollen dazu, er gönnte sich heißen Apfelkuchen mit Sahne. So geborgen, so gut aufgehoben hatte Lisbeth sich selten gefühlt.

Der Wellnessbereich des Hotels, in dem sie wohnten, trug nicht minder zu ihrem Wohlfühlerlebnis bei. Beim Gedanken daran, wie weich sich die Haut nach dem Saunabesuch anfühlte, musste Lisbeth selbst jetzt, sieben Monate später, noch grinsen.

»Sie scheinen ja trotz unserer unerwarteten Dienstreise bester Laune zu sein, oder?«

Lisbeth sah, wie Dr. Janssen sie im Innenspiegel beobachtete.

»Auf ein Kreuzfahrtschiff wollte ich schon immer mal. Wer kann schon von sich behaupten, es vom Dienstherren bezahlt zu bekommen?«

Die beiden Männer lachten.

Lisbeth zog es vor, sich nicht mehr am Gespräch zu beteiligen. Stattdessen hing sie ihren Gedanken nach. Wenn sie an die Zeit auf Spiekeroog dachte, konnte sie die winterliche Nordseeluft förmlich riechen.

***

»Hey, Kollegin Eicken.« Lisbeth merkte, wie sie jemand an die Schulter fasste. »Sie haben lange genug geschlafen. Die Arbeit ruft«, weckte sie der erfahrene Rechtsmediziner.

Benommen kam sie nur langsam zu sich. Ihr Nacken schmerzte. Sie musste mehrere Stunden geschlafen haben. Umständlich stieg sie aus dem Auto, strich sich eine Strähne aus dem Gesicht und blickte auf den Kreuzfahrtgiganten. Noch nie hatte sie ein so großes Schiff aus der Nähe gesehen.

An der Gangway wartete bereits ein Schiffsoffizier auf sie. Neben ihm stand Paul Schweigert. Ohne die üblichen Sicherheitskontrollen bat man sie und ihre beiden Kollegen an Bord. Während Lisbeth einen Trolley hinter sich herzog, trug der Kollege von der Spurensicherung zwei silberne Koffer, Dr. Janssen lediglich seinen Arztkoffer. Nach der Erledigung ihrer Arbeit am Tatort würden die beiden Kollegen das Schiff vor dem Ablegen wieder verlassen. Lisbeth blieb auf unbestimmte Zeit an Bord.

Was der Kapitän wohl den Passagieren erklärt hatte, warum sie außerplanmäßig Calais anliefen? Ein medizinischer Notfall? Oder die Aufnahme eines Ersatzteils, welches sie nicht an Bord hatten?

»Hallo Lissi, schön, dass du da bist.«

»Moin.«

»Das ist Herr Hansen, der Sicherheitsoffizier.« Er deutete auf Lisbeth. »Meine beste Mitarbeiterin. Kriminalkommissarin Eicken.«

Artig schüttelte sie die Hand des Offiziers. Dem kräftigen Händedruck nach zu urteilen, besuchte er regelmäßig den Fitnessbereich des Schiffs.

»Er wird uns in jeder Hinsicht zur Seite stehen.«

»Du wirst eine Bordkarte erhalten. Dafür brauchen sie ein Bild von dir.« Paul zeigte auf ein Mitglied der Schiffsbesatzung. Dieses führte sie zu einem PC. Über dem Flachbildschirm war eine Kamera angebracht. Ein Kontrollblick nach dem Schießen des Porträtfotos, dann händigte er ihr eine Bordkarte aus.

»Deine Bordkarte dient gleichzeitig als Zimmerschlüssel.«

»Wie praktisch.« An Pauls Miene erkannte sie, dass er rätselte, ob sie es ironisch oder ernst meinte. Lisbeth ließ ihn im Ungewissen.

Paul begleitete sie zu ihrer Kabine, während der Sicherheitsoffizier mit den beiden Kollegen verschwand. Offenbar zeigte er den anderen beiden sofort den Tatort.

»Schick«, mehr sagte Lisbeth nicht, als sie ihre Kabine betrat. Sie stellte ihren Trolley neben das Bett. »Setz' mich mal kurz ins Bild. Was wissen wir bisher?«

»Die Tote heißt Corinna Bauer, 38 Jahre alt, ledig. Sie wohnte in Osnabrück und checkte alleine ein, obwohl das Zimmer für zwei Personen gebucht war.«

»Wer ist die andere Person?«

»Gregor Eden. Er lebt in Bramsche. Wir vermuten, er ist ihr Freund. Die Kollegen in Osnabrück sind informiert. Sie werden ihn befragen und ihre Eltern informieren.«

Lisbeth war froh, dass die Kollegen die undankbare Aufgabe, die Überbringung der Todesnachricht, übernehmen mussten. An den Anblick und den eigentümlichen Geruch von Leichen hatte sie sich nach zwölf Dienstjahren zwar immer noch nicht gewöhnt, sie konnte inzwischen aber ganz gut damit umgehen. An Kondolenzbesuche würde sie sich nie gewöhnen. Jeder Mensch reagierte anders auf die Nachricht des gewaltsamen Todes eines Angehörigen. Einige sagten minutenlang gar nichts. Andere fingen hysterisch an zu schreien und zu weinen. Wieder andere stritten die Tatsache ab, behaupteten steif und fest, es müsse sich um eine Verwechselung handeln. Schließlich hätten sie morgens noch mit dem inzwischen toten Menschen gesprochen. Sie wollten es einfach nicht wahrhaben. Was ihnen allen gemein war: der Schmerz in ihren Augen, wenn sie die Nachricht schließlich doch realisierten.

»Was hat sie beruflich gemacht?«

»Sie arbeitete als Krankenschwester in Osnabrück. Sonst wissen wir noch nicht viel über sie.«

»Dann lass uns keine Zeit verlieren. Ich möchte mir den Tatort ansehen.«

Sie verließen die Kabine und gingen einen schier endlos wirkenden Gang entlang.

»Was sagt denn Wiebke zu deinem …«

Paul rollte mit den Augen.

»… außerplanmäßigen Einsatz?«

»Frag lieber nicht.«

Wie ein Türsteher baute sich der Sicherheitsoffizier vor der Kabinentür auf. Vermutlich hatte Dr. Janssen ihn gebeten, draußen zu warten, damit er und sein Kollege in der Kabine ungestört ihre Arbeit verrichten konnten.

Es genügte ein ernster Blick von Paul und ein Nicken, um Einlass zu erhalten. Kommentarlos zückte Herr Hansen die Karte, um die Tür zu öffnen. Mit einer Geste bedeutete Paul seiner Kollegin, vor ihm die Kabine zu betreten.

In seinem weißen Einteiler machte der Kollege, der gerade mit einem Pinsel den Spiegel über dem Schreibtisch bearbeitete, einen surrealen Eindruck. Er passte einfach nicht in die Szenerie eines Kreuzfahrtschiffs. Als er Lisbeth sah, reichte er ihr Einmalhandschuhe und setzte seine Arbeit fort.

Lisbeth versetzte sich in die Lage von Corinna Bauer, die sechs Jahre älter gewesen war als sie. Hätte Lisbeth wirklich ohne ihren Freund eingecheckt? Wenn er plötzlich krank geworden wäre mit Sicherheit nicht. Was wäre, wenn sie sich kurz zuvor von ihrem Freund getrennt hätte? Sie konnte es nicht genau sagen, vermutlich hätte sie die Reise gar nicht erst angetreten, zumindest nicht alleine. Lisbeth hätte es nur gemacht, wenn eine Umbuchung auf ihre beste Freundin Sanne möglich gewesen wäre.

Tote erzählen uns ebenso Geschichten wie Tatorte, hatte ihr Ausbilder wiederholt gesagt, *sie sprechen zu uns, Sie müssen es nur zulassen.* Es war kalt in der Kabine. Lisbeth atmete die Luft ein. Lisbeth atmete die Luft ein. Neben dem Geruch, der von der Leiche ausging, roch es nach frischen Möbeln, frischer Farbe und dezent nach Parfum. Dr. Janssen schoss einige Fotos von der Leiche. Sie wollte ihn nicht stören und öffnete die Tür zur Nasszelle. Corinna Bauer musste besonderen Wert auf Hygiene gelegt haben. Obwohl die Kabine vor dem Bezug professionell gereinigt worden war, stand eine Flasche Sagrotan neben dem Waschbecken. Teile des Inhalts ihres Beautycases hatte sie bereits ausgepackt: Zahnpasta und Zahnbürste, ein Deodorant und ein Parfumflakon standen fein säuberlich aufgereiht auf der Abstellfläche des Waschbeckens. Lisbeth zog die Kappe des Parfums ab, um daran zu schnuppern. Derselbe Geruch wie in der Kabine. Lisbeth verließ die Nasszelle.

»Am Eispickel haben wir keine Fingerabdrücke gefunden«, sagte Dr. Janssen zu Paul. »Der Griff ist vermutlich abgewischt worden.«

»Gibt es brauchbare Fingerabdrücke?«, wollte Paul vom Kollegen im Vliesanzug wissen.

»Ja, jede Menge. Das ist das Problem. Es sind zu viele. Natürlich werden die Kabinen jeden Tag gründlich gereinigt. Aber die Reinigungskräfte erwischen nicht jeden Fingerabdruck. In der Kabine werden diese Putzmänner oder Putzfrauen ihrerseits Fingerabdrücke hinterlassen haben.« Er schüttelte den Kopf, der unter der weißen Haube des Einteilers steckte, und fügte hinzu: »Ich werde alle Spuren aufnehmen, aber wir sollten uns nicht zu viel davon versprechen.«

Lisbeth bückte sich und sah unter das Bett. Dort hatte Corinna Bauer ihren Koffer deponiert.

»Ich bin so weit fertig mit der Leiche. Ein französisches Unternehmen wird die Leiche nach Oldenburg in die Rechtsmedizin überführen, sobald der Kapitän grünes Licht von den Behörden aus Malta erhält.«

Paul nickte stumm.

Der nach oben gerichtete Blick der Toten und die weit aufgerissenen Augen brannten sich in das Gedächtnis von Lisbeth ein. Sie ging in die Hocke und blickte hinauf zum leblosen Körper. Das an der Wand angebrachte Nachtkästchen hatte keine Schublade, sondern nur eine rechteckige Öffnung, um dort ein Buch oder ein Handy ablegen zu können. Ganz hinten lag ein silberner Ring. Lisbeth nahm ihn heraus und betrachtete die Innenseite. Der Ring besaß keine Gravur. Sie verstaute ihn in einer Beweismitteltasche.

»Was ist mit den verkrusteten Blutspuren auf dem Teppich?«, fragte Lisbeth.

Der Mann in Weiß sah sie an, als hätte sie ihm vorgeworfen, er würde diesen Job zum ersten Mal machen. »Natürlich habe ich Proben genommen. Ich denke, sie stammen vom Opfer. Doch man kann nie wissen.«

Dr. Janssen sagte: »An den Fingernägeln des Opfers finde ich auf den ersten Blick jedenfalls keine Blutspuren. Genaueres …«

»… können Sie erst nach der Obduktion sagen«, beendete Paul den Satz, »schon klar.«

»Haben wir das Smartphone der Toten?«, fragte Lisbeth.

„Wir haben keines gefunden."

»Richten Sie ihm aus, er soll das gleich als erstes machen«, wies Paul ihn an.

Hier konnten sie nichts mehr tun. Lisbeth ließ die Atmosphäre auf sich wirken. Sie ging zur Kabinentür, öffnete sie, schaute sich die Klinke genau an.

»Keine Einbruchsspuren«, kommentiert Paul, »es gibt nur zwei Möglichkeiten. Entweder sie hat ihren Mörder selbst hereingelassen oder jemand hat sich mit einer elektronischen Karte Zutritt verschafft. Letzteres lasse ich gerade überprüfen, wer eine Karte für diese Kabine hatte, beziehungsweise, wer einen Generalschlüssel hat, oder ob eine solche Karte abhandenkam.«

Lisbeth nickte zufrieden. Sie versetzte sich in den Kopf des Täters. Was hätte sie an seiner Stelle getan? Sie hätte einer Reinigungskraft 50 Euro in die Hand gedrückt und sich deren Karte ausgeliehen. Würde diese Reinigungskraft dann gegen den Täter aussagen? Wohl eher nicht. Von einer Bekannten wusste sie, dass Putzpersonal auf Kreuzfahrtschiffen bevorzugt auf den Philippinen oder Indonesien angeheuert wurden. Sie arbeiteten dann für 500 Dollar im Monat sechs Monate am Stück an Bord und waren froh um jedes Trinkgeld. Trotzdem waren solche Jobs in diesen Ländern heiß begehrt. Mit dem *Ausleihen* verstießen sie mit Sicherheit gegen Vorschriften und liefen Gefahr, ihren Job zu verlieren. *Da hält man lieber den Mund,* vermutete sie.

»Sind die Gäste aus den umliegenden Kabinen schon befragt worden?«, fragte sie.

»Nein.«

»Worauf warten wir? Ich bin nicht auf dem Schiff, um Urlaub zu machen.«

Kapitel 5

Für die Befragungen der Gäste aus den umliegenden Kabinen stellte der Sicherheitsoffizier einen Besprechungsraum zur Verfügung. Nach Vorgabe des Kapitäns waren die Ermittlungen so diskret wie möglich durchzuführen. Keiner der Gäste sollte beunruhigt werden. Schließlich zahlten sie eine Menge Geld für die schönste Zeit des Jahres. Von einem Mord wollten sie allenfalls in Kriminalromanen lesen. Paul hatte im Unterhaltungsprogramm des Schiffs gesehen, dass sogar eine Krimi-Lesung mit einem namhaften Autor geplant war. Eine echte Leiche wollte keiner sehen, einen echten Kriminalfall wollte keiner erleben.

Ohne anzuklopfen führte Herr Hansen ein Paar herein. Sie mochten Mitte 40 sein. Er war einen Kopf größer als sie und hatte kurze schwarze Haare. Sie hatte schulterlanges, brünettes Haar. Beide trugen legere Freizeitkleidung.

»Das sind die Herrschaften aus der Kabine links von Frau Bauer.«

»Bitte, nehmen Sie doch Platz.« Lisbeth zeigte auf zwei freie Stühle, während Paul auf eine Liste sah. Beide machten einen entspannten Eindruck und setzten sich. Was der Sicherheitsoffizier ihnen wohl erzählt hatte, damit sie mitkamen?

»Sie sind Herr und Frau Ahrens?«

»Ganz recht. Warum sind wir hier? Haben wir eine Kaffeefahrt in England gewonnen?« Niemand lachte über den Scherz von Herrn Ahrens.

»Ich bin Herr Schweigert. Das ist meine Kollegin Frau Eicken. Wir sind von der Kriminalpolizei.«

Die Neugier in den Gesichtern der beiden wich dem Erstaunen. Sie sahen sich gegenseitig an, als wollten sie fragen: *Ist das hier Versteckte Kamera?*

»Keine Sorge, Sie haben nichts Falsches gemacht. Es geht hier um ein informelles Gespräch. Wir haben lediglich ein paar Fragen an Sie.«

»Ist etwas mit der Frau aus der Nachbarkabine? Wie hieß die noch gleich?«

»Frau Bauer«, half ihm seine Ehefrau aus.

»Kennen Sie Frau Bauer?«, mischte sich Lisbeth ein.

»Wir haben sie einmal kurz gesehen, als wir unsere Koffer in die Kabine holten. Wir begrüßten uns freundlich und wünschten einander eine schöne Reise. Das war alles«, sagte Frau Ahrens.

»Wie wirkte Frau Bauer auf Sie?«

»Wir kennen sie doch gar nicht.« Frau Ahrens dachte nach. »Irgendwie wirkte sie kurz angebunden, was ich verstehen kann. Schließlich will man sich ja zuerst häuslich einrichten. Also wir zumindest, nicht wahr, Schatz?«

»Ja.« Er rutschte auf dem Stuhl nach vorne. »Wollen Sie uns jetzt endlich sagen, was los ist? Wenn Sie von der Kripo sind, muss doch etwas passiert sein, oder?«

»Ich bin nicht befugt, Ihnen darüber Auskunft zu geben«, log Paul. »Wie haben Sie in der ersten Nacht geschlafen?«

»Ganz normal, wie man so in der ersten Nacht in einem fremden Bett schläft. Wollen Sie vielleicht noch wissen, was wir anhatten und wann wir eingeschlafen sind?«, fragte Frau Ahrens.

Um die Schärfe aus dem Gespräch zu nehmen, schaltete Lisbeth sich ein. »Haben Sie am späten Abend oder in der

Nacht etwas Ungewöhnliches gehört oder gesehen?«

Beide sahen sich fragend an. Der Mann antwortete: »Nein, einmal bin ich nachts wach geworden, weil ich aufs Klo musste, das war so gegen ein Uhr.«

Etwa zu diesem Zeitpunkt hatte Paul den Schrei auf dem Gang gehört. Vielleicht wurde er dadurch geweckt. Vielleicht durch ein anderes Geräusch, welches aus der Nachbarkabine kam.

»Also, ich habe geschlafen wie ein Baby, das leichte Schaukeln – also der Wellengang – tut mir gut.«

»Okay. Das war es schon. Bitte sprechen Sie mit niemandem über diese Angelegenheit. Wir danken Ihnen und wünschen einen schönen Urlaub.«

Wenn die Eheleute die Wahrheit sagten – und Paul glaubte ihnen – dann brachten sie diese Angaben in den Ermittlungen nicht weiter voran. *Beleuchte das persönliche Umfeld der Toten und du wirst in den meisten Fällen den Täter finden,* war eine uralte Handlungsanweisung der Polizeischule. Paul glaubte nicht, dass Corinna Bauer Opfer einer Zufallsbekanntschaft geworden war. Jemand musste an Bord sein, den sie schon vor ihrer Reise kannte. Warum sollte ein Fremder eine Frau auf einem Kreuzfahrtschiff umbringen? Weil sie sich beim Einchecken vorgedrängelt hatte? Oder weil sie einem den Platz beim Essen wegschnappte? Lächerlich. Wie kam ein gewöhnlicher Passagier an einen Eispickel aus dem Schiffsinventar? Vielleicht hatte jemand so einen Eispickel mitgehen lassen. Selbst wenn man sich eine Flasche Sekt und zwei Gläser auf das Zimmer bestellte, würde dieser doch nicht zusammen mit einem Eispickel geliefert werden. *»So, hier ihre Flasche Sekt im Kühler, bitte sehr. Das Eis wollen Sie sicherlich selbst kleinmachen, oder? Dazu gebe ich*

Ihnen einen Eispickel.« Absurde Vorstellung. Außerdem befanden sich weder Sekt, Gläser, noch ein Eiskühler in der Kabine von Frau Bauer.

»Was gibt es denn zu lachen?«, riss Lisbeth ihn aus seinen Gedanken.

Ich habe mir nur gerade vorgestellt, wie sich jemand eine Flasche Sekt und zwei Gläser auf seine Kabine bestellt, und das Zeug dann zusammen mit einem Eispickel serviert wird.

»Für wen sollte denn das zweite Glas sein?«

Paul zuckte mit den Schultern.

»Und alleine lasse ich mir doch keine Flasche Sekt liefern. Wenn, dann trinke ich einen Sekt an der Bar. Also ich würde es zumindest so machen.«

»Du hast recht. Der Täter hat den Eispickel mitgebracht.«

***

Nach der Befragung eines älteren Herrn aus der anderen Nachbarkabine, die ebenfalls keine neuen Erkenntnisse brachte, überredete Paul Lisbeth, zusammen mit ihm, Wiebke und den Kindern zum Essen zu gehen. Gemeinsam entschieden sie sich für die Osteria, ein italienisches Restaurant. Tom wollte eine Salami-Pizza haben, Levke bekam eine Kinderportion Nudeln mit Tomatensoße. Wiebke und Lisbeth bestellten eine Rucola-Pizza, als Vorspeise Tomate-Mozzarella mit altem Balsamico und Basilikum Pesto. Paul wählte Lasagne al forno. Während sie auf das Essen warteten, hoben sie die mit einem Pfälzer Rotwein gefüllten Gläser an.

»Ich freue mich ja immer, wenn wir zusammen essen,

aber dass du uns ausgerechnet während unseres Urlaubs aufsuchen musst …«

Lisbeth verstand, wie es gemeint war und grinste.

»… Frau Kommissarin, ich muss schon sagen, eine Kreuzfahrt steht bestimmt nicht auf dem Dienstplan.«

»Mit deiner Beschwerde kannst du dich gerne an meinen Chef wenden. Der denkt sich so etwas aus.«

»Warum wusste ich, dass ihr beide euch gegen mich verbünden würdet?«

Lisbeth hob die Hand. »Frauenpower.«

Wiebke klatschte ab.

»Papa, was ist Frauenpower?«, fragte Tom.

»Das Gegenteil von Männerpower. Junge, wir Männer müssen zusammenhalten.« Paul hielt seinem Sohn die Faust hin, dieser boxte mit seiner kleinen Faust dagegen.

Der Kellner servierte die Vorspeise für die Erwachsenen und das Essen für die Kinder.

Nach dem ersten Bissen schloss Lisbeth die Augen, stöhnte genussvoll durch die Nase. »Hm, das ist echt lecker. Wiebke, nur deine selbstgemachte Tomate-Mozzarella-Version ist noch leckerer.«

»Leckerer? Kann man das Wort *lecker* steigern?«

»Klar!«, antworteten die Frauen gleichzeitig wie aus einem Mund.

Paul sagte nichts mehr.

Lisbeth entschuldigte sich für ein paar Minuten. Wiebke beugte sich zu ihrem Mann herüber und flüsterte ihm ins Ohr: »Du kannst froh sein, dass ich Lissi so gut leiden kann. An sich hatte ich mir unseren Urlaub nämlich ganz anders vorgestellt.«

»Ich doch auch, und ich verspreche dir …«

»Nein«, sie hob den Zeigefinger, »versprich mir nichts,

was du nicht halten kannst. Du hast keine Ahnung, wie lange das hier dauern wird und Lissi auch nicht. Ich versuche mich irgendwie damit zu arrangieren und sehe das Positive. Endlich konnten wir mal wieder mit Lissi zusammen zum Essen gehen. Darüber freue ich mich.«

»Mama, was ist mit Lissi?«, fragte Tom.

»Nichts, mein Schatz«, antwortete Wiebke.

»Und warum sagt ihr dann dauernd ihren Namen?«

»Weißt du, ich habe Lissi schon länger nicht mehr gesehen, und nun ist sie hier an Bord. Das ist doch toll, oder?«

Tom nickte eifrig. »Ich mag Lissi.«

Wiebke strich ihm über den Kopf. »Ich bringe die Kinder ins Bett.«

Paul nickte stumm und gab den Kindern einen Kuss.

Lisbeth kehrte zurück und wunderte sich. »Habe ich etwas verpasst?«

»Nein. Ich kann mich nur wiederholen. Es ist schön, dass du da bist. Wiebke schmeckt unser Fall nicht.«

»Verständlicherweise.«

»Klar. *Deine* Anwesenheit stimmt sie milde. Sie mag dich sehr.«

Lisbeth lächelte. »So, jetzt stellst du den Honigtopf schön wieder in den Schrank, wo er hingehört, ja? Lass uns in den Besprechungsraum gehen. Wenn wir noch über den Fall reden wollen, muss das ja keiner mitbekommen.«

In ihrem improvisierten Büro erklärte Paul ihr, er hätte vor dem Festmachen in Calais mit dem Kapitän vereinbart, dass niemand das Schiff verlassen dürfe. Mit dem Vorwand, es handele sich um einen medizinischen Notfall hatte Kapitän Voss eine Durchsage an alle

Passagiere gemacht, dass sie außerplanmäßig Calais anlaufen würden und keine Möglichkeit bestünde, von Bord zu gehen. Im Schutz der Dunkelheit und durch eine Ladeluke, die eigentlich für den Schiffsproviant gedacht war, schafften die Mitarbeiter des französischen Bestattungsunternehmens die Leiche diskret von Bord. Mit ihnen verließen Dr. Janssen und der Mitarbeiter der Spurensicherung das Schiff. Paul erklärte ihr weiter, man hätte kein Polizeisiegel an die Kabine der Toten befestigen wollen, stattdessen hatte man die Kabine für alle elektronischen Generalkarten sperren lassen.

»Spätestens beim nächsten planmäßigen Halt in Southampton können wir die Passagiere nicht mehr an Bord festhalten. Unzählige Landausflüge sind bereits gebucht. Da würden der Kapitän und vor allem die Reederei nicht mitspielen«, sagte Paul und dachte dabei an ihren eigenen geplanten Ausflug nach Schloss Windsor in der Nähe von London. Wiebke hatte Levke und Tom versprochen, ein echtes Schloss zu besichtigen. Es sei das älteste durchgängig bewohnte Schloss der Welt. Während Levke hoffte, eine echte Prinzessin treffen zu können, interessierte sich Tom für Rüstungen und alte Waffen.

»Wann erreichen wir den Hafen von Southampton?«

»Um 8 Uhr morgens Ortszeit.« Paul sah auf seine Armbanduhr. »Also in etwa zwölf Stunden.«

»Na super. Und was machen wir, wenn der Täter sich nach England absetzt? Er geht einfach von Bord, bucht sich aus und wir sehen ihn nie wieder.«

»Das werden wir leider nicht verhindern können. *Wenn* wir genau wissen, wer es war, bitten wir Scotland Yard um Amtshilfe. Bis dahin erledigen wir hier unsere Arbeit.«

Mithilfe eines Computers, der ihnen zur Verfügung

gestellt wurde, rief Paul seine verschlüsselten E-Mails ab. Darunter befand sich ein Zwischenbericht der Kriminalpolizei in Osnabrück. Nach mehreren erfolglosen Versuchen, den Ex-Freund von Corinna Bauer in seiner Wohnung und an seinem Arbeitsplatz in einer Maschinenbaufirma zu befragen, sei ihm eine Vorladung zum Polizeirevier für den kommenden Tag zugestellt worden. Die Eltern reagierten fassungslos und bestürzt auf die Nachricht des gewaltsamen Todes ihrer Tochter. Dennoch sahen sie sich imstande, einige Fragen zu beantworteten. Drei Wochen vor Antritt der Reise hatte Corinna sich von ihrem langjährigen Freund Gregor Eden getrennt. Ihre Mutter habe nachgefragt, was der Grund für die Trennung gewesen sei. Dazu wollte Corinna sich nicht äußern. Die Mutter erklärte, Gregor sei ein zuvorkommender und stets freundlicher Mann gewesen. Doch seine übertriebene Eifersucht hätte die Beziehung schon über einen längeren Zeitraum hinweg belastet. Sie vermutete, dass ihre Tochter einen neuen Mann kennengelernt hat. Die Kreuzfahrt wollte die gelernte Krankenschwester in jedem Falle auch alleine antreten. Dafür sei ihr das viele Geld sonst zu schade gewesen. Auf die Frage, ob Gregor Eden seine Ex-Freundin bedroht habe, antwortete die Mutter, dass sie nichts davon mitbekommen habe.

Lisbeth, die Paul über die Schulter geschaut und die E-Mail auch gelesen hatte, sagte: »Gregor Eden hat ein Motiv, wie wir bereits vermuteten.«

»Nehmen wir an, er war es tatsächlich. Warum wartet er, bis sie auf einem Schiff ist? Das ist viel zu kompliziert. Außerdem kann er auf einem Schiff nicht weglaufen.«

»Vielleicht gehörte es zu seinem Plan, sich ins Ausland

abzusetzen.« Lisbeth zuckte mit den Schultern. »Möglicherweise wollte er mit dem schiffseigenen Eispickel den Verdacht von sich ablenken.«

Paul stand auf und streckte seinen Rücken durch. »Er soll sich innerhalb von drei Wochen eine falsche Identität, einen falschen Pass zugelegt haben? Soviel ich weiß, war die Kreuzfahrt ausgebucht. Wie kam er dann so kurzfristig an die Reise?«

»Guter Punkt. Das dürfte sehr schwierig sein. Wir sollten herausfinden, wer diese Reise innerhalb der letzten drei Wochen gebucht oder wer umgebucht hat. Vielleicht sind noch Restplätze vergeben worden.«

Paul nahm sich die Tastatur und bat in einer E-Mail die Osnabrücker Kollegen, weitere Information über Gregor Eden zu ermitteln. Er bat um Lebenslauf, ein aktuelles Foto und nach Hinweisen zu Hobbys, Vorlieben in Edens privatem und beruflichen Umfeld zu fragen.

»Du Paul, es gibt da etwas, das ich dir sagen muss.«

Was wird das jetzt? Sie weiß doch genau, dass sie mit mir über alles reden kann. Warum eiert sie so rum?

»Ich hatte gehofft, dass ich nie über ihn würde sprechen müssen.«

»Das hört sich an, wie der Beginn einer Beichte. Du bist doch sonst nicht so. Schieß' los, um wen geht es?«

Lisbeth fuhr sich fahrig über den Nacken. »Es geht um meinen leiblichen Vater …«

»Zu dem du seit vielen Jahren keinen Kontakt mehr hast? Der, der euch verlassen und aus beruflichen Gründen nach Hannover gegangen ist?«

»Richtig.«

»Ich verstehe nicht ganz. Hat das was mit unserem Fall zu tun, oder warum fängst du gerade jetzt damit an?«

»Es ist Walter Brenneken.«

»Unser Innenminister? Unser oberster Dienstherr ist dein Vater?«

Lisbeth nickte stumm.

Kapitel 6

Es war weit nach Mitternacht, als Paul die Kabinentür öffnete und so leise wie möglich ins Zimmer schlich. Er vermied es, das Licht einzuschalten, um seine Familie nicht zu wecken. Er tastete sich voran, bis Wiebke die Leselampe am Bett einschaltete.

»Warum machst du dir denn kein Licht an? Ich bin sowieso wach. Und die Kinder schlafen tief und fest wie die Murmeltiere, da könnte ich den Fernseher ganz laut stellen. Davon wachen sie nicht auf.«

Seine Frau hatte – wie so oft – recht. Er gab ihr einen Kuss und trat an die Ausklapp-Couch heran. Levke hatte sich die Bettdecke vom Körper gestrampelt. Ihre winzige Faust lag unter ihrem Kinn. Sie hatte noch sehr lang am Daumen gelutscht. Zum Glück machte sie das jetzt nicht mehr. Paul deckte sie ordentlich zu und strich ihr über die zerzausten Haare. Von Tom sah er nur den Hinterkopf. Er hatte sich die Bettdecke bis zum Kopf hochgezogen. Sein regelmäßiges Ein- und Ausatmen beruhigte Paul. Er setzte sich zu Wiebke ans Bett.

»Wisst ihr schon was Neues über den Täter?«

Er schüttelte stumm den Kopf.

»Verstehe mich jetzt nicht falsch, aber ich habe nachgedacht. Sind wir überhaupt sicher auf diesem Schiff? Vor allem die Kinder? Der Täter muss doch noch an Bord sein, oder?«

Paul legte seine Hand auf die seiner Frau. »Glaub mir, wenn nur die geringste Gefahr für dich oder die Kinder bestünde, würdet ihr im nächsten Hafen von Bord gehen.«

»Was ist, wenn dieser Typ wieder mordet? Das kannst

du nicht ausschließen. Und es ist auch noch ausgerechnet hier auf unserem Deck passiert.«

Er stand auf und knöpfte sich das Oberhemd auf. »Wir gehen von einer Beziehungstat aus. Der Täter kannte sein Opfer. Entweder hat sie ihn selbst hereingelassen, oder er hat sich einen Generalschlüssel besorgt. Das heißt, er hat nicht zufällig irgendeine Kabine aufgesucht.« Er hängte das Hemd über den Stuhl und zog seine Hose aus. Im Gesicht seiner Frau las er immer noch Skepsis. »Morgen früh laufen wir in Southampton ein. Willst du mit den Kindern von Bord gehen und nach Hause fliegen?«

»So habe ich das doch nicht gemeint. Ich mach mir nur Sorgen. Und jetzt komm endlich ins Bett, mir ist kalt.«

Er kam nicht mehr dazu, sich sein Schlafshirt anzuziehen.

***

Durch das Geräusch des schwer arbeitenden Bugstrahlers erwachte Paul. Er stand auf, ging auf den Balkon. Das Schiff war im Begriff seine endgültige Anlegeposition einzunehmen. Zwei Arbeiter an der Kaimauer nahmen ein Tau auf und machten es am Poller fest. Als Paul sich über das Geländer beugte, blendete ihn die Sonne, sodass er die Hand wie eine Schirmmütze vor die Augen halten musste. Der verschlafene Hafen von Southampton machte einen trostlosen Eindruck. An zwei Flussmündungen gelegen versprühte Southampton den Charme einer alten Industriestadt. Die Luft roch hier genauso nach Salz wie am Strand von Dangast. Selbst die Möwen hier schrien genauso wie bei ihm zu Hause. Die Schiffsmotoren verstummten. Hungrige Möwen kreisten über dem aufgewühlten Wasser im Hafenbecken. Paul blickte durch die Scheiben in die Kabine. Die Kinder schliefen, Wiebke lag nicht mehr im Bett. *Sie wird im Bad sein.* Kurz hatte er überlegt, seine Familie wie geplant auf dem Landausflug zu begleiten. Doch das ging nicht. Was sollte er Lisbeth sagen? »Du weißt ja, wie es geht. Schönen Arbeitstag, ich sehe dich heute Abend und hoffe, du kannst mir belastbare Ergebnisse liefern.« Glücklicherweise hatte Wiebke sich damit einverstanden erklärt, zusammen mit den Kindern zum Schloss Windsor zu fahren. Was wäre, wenn der Täter zufällig denselben Ausflug gebucht hätte, im selben Bus säße, wie seine Familie? *Na klar, am helllichten Tag und vor Zeugen wird er erneut zuschlagen. Schwachsinn! Konzentriere dich auf die Fakten und den Fall an Bord. Finde das Motiv und denjenigen, der eine Gelegenheit hatte. Dann findest du automatisch den Mörder von Corinna Bauer.*

Paul ging zurück in die Kabine. Wiebke aktivierte die Kaffeemaschine. Röhrend floss die braune Flüssigkeit in die Tasse.

Sie strahlte ihn an. »Frische Croissants sind aus. Milch und Zucker nimmst du dir selber, ne?«

Paul umarmte seine Frau. »Soll das etwa eine Bewerbung als Sekretärin für mein Kommissariat werden?«

»Wenn, dann nur für den Herrn Kriminalhauptkommissar.«

»Okay, du bist eingestellt.« Wiebke lachte.

»Mama, ich habe Hunger.«, moserte Tom mit verschlafenen Augen.

»Na dann komm. Marsch, ab ins Bad mit dir, dann ziehst du dich an und wir gehen frühstücken.«

»Levke auch mit«, meldete sich das Küken der Familie.

»Kommt Lissi auch?«, fragte Tom.

»Da musst du deinen Vater fragen. Ich würde mich jedenfalls freuen.«

Über das Bordtelefon vereinbarte Paul mit Lisbeth eine Uhrzeit. Sie wollten sich im Edelfischrestaurant Gosch treffen.

Am Vorabend hatte Paul noch einiges über den Innenminister von Niedersachsen erfahren. Seit über zehn Jahren hatte Lisbeth keinen Kontakt mehr zu ihrem leiblichen Vater. Sie hatte ihn zum letzten Mal kurz vor ihrer Zeit an der Polizeischule gesehen. Er arbeitete damals bei der Staatsanwaltschaft in Oldenburg. Schon zu der Zeit wollte er Karriere machen. Seinem Arbeitseifer fiel das Familienleben zum Opfer. Dringende Fälle waren stets wichtiger als ihre Probleme zu Hause oder in der Schule. Als ein lukratives Stellenangebot ihn nach Hannover lockte, sagte er zu, ohne es mit der Mutter von Lisbeth zu besprechen. »Ihr könnt doch einfach mit umziehen. So schlecht ist es in Hannover nicht.« Das wollten weder seine Frau noch Lisbeth. Lisbeth wollte ihre Freundinnen in Jaderberg nicht verlieren. Das Ziel seiner steilen Karriere hatte er offensichtlich inzwischen erreicht. »Dafür ist er menschlich ein Arschloch geblieben. Der hat sich nicht einmal auf meiner Abiturfeier blicken lassen«, hatte Lisbeth gestern gesagt. »Einen Vierzeiler hatte er geschrieben, einen 50-Euro-Schein beigelegt, das war alles.«

Ob er ihren Werdegang, beginnend mit der Bewerbung, über das erfolgreiche Absolvieren des Verwaltungsstudiums bis hin zu ihrer Tätigkeit bei der Kripo in Oldenburg verfolgt hatte, wusste Lisbeth nicht.

»Ehrlich gesagt, ist mir das egal, da er sich nie wirklich für mich interessiert hat.« Paul hatte diese Aussage unkommentiert im Raum stehen lassen. Nach einigen spektakulären Mordfällen in Oldenburg und Umgebung, zu deren Aufklärung Lisbeth entscheidend beigetragen hatte, wird sie dem Innenminister nicht verborgen geblieben sein, glaubte Paul. Er selbst hatte Walter Benneken nie persönlich kennengelernt. Wenn der Innenminister bei der Polizei in Oldenburg anrief, was selten der Fall war, dann verlangte er nur den Leiter der Polizeidirektion. Was Paul über Minister Benneken wusste, entnahm er der Tagespresse oder Berichten im Regionalfernsehen des NDR. Er wirkte telegen und verfügte über eine tolle Ausstrahlung. Die Menschen in Niedersachsen mochten ihn wegen seines stets freundliches Auftretens. Außerdem verfolgte er mit seiner Politik der inneren Sicherheit eine so harte Linie, dass selbst lobende Stimmen aus Bayern kamen. Einige Spitzenfunktionäre seiner Partei sahen in ihm sogar den künftigen Ministerpräsidenten Niedersachsens. Paul konnte sich gut vorstellen, wie er ein diskretes und erfolgreiches Ermitteln auf dem Kreuzfahrtschiff für seine Zwecke medial ausschlachten würde. 'Minister *Gnadenlos* sorgt sogar auf der Nordsee für Sicherheit.' So oder so ähnlich würden die Schlagzeilen lauten. Seine Kontakte zur Presse galten als ausgezeichnet.

Paul schob die Gedanken an seinen obersten Dienstherrn beiseite, als ihn Tom am Ärmel zupfte. »Papa, darf ich noch ein Brötchen mit Nutella?«

»Tom, ich habe bereits nein gesagt«, maßregelte ihn seine Mutter. »Du wolltest dein Obst nicht essen, das du dir selbst ausgesucht hast. Jetzt gibt es nichts mehr.«

»Och, menno. Levke darf doch auch.«

»Schluss jetzt.«

»Und es ist wirklich okay, wenn ihr den Ausflug ohne Paul macht?«, versuchte Lisbeth abzulenken.

»Es geht doch wohl nicht anders. Mit Paul wäre es schöner, klar. Aber du, Lisbeth, bist ja nicht zum Vergnügen hier.«

Lisbeth seufzte. »Das stimmt allerdings. Es hört sich jetzt vielleicht blöd an, doch wir stehen leider erst am Anfang der Ermittlungen.« Das Wort Ermittlungen flüsterte sie, um die anderen Gäste nicht zu beunruhigen.

»Mama, warum flüstert Lissi?«, wollte Tom wissen.

»Du musst nicht alles wissen, junger Freund«, beantwortete Lisbeth die Frage.

»Lissi, wir müssen jetzt auch los.« Paul gab seiner Frau einen Kuss. »Und ihr zwei Rabauken benehmt euch und hört auf die Mama, wenn sie was sagt, okay?«

Tom und Levke nickten pflichtbewusst. Danach streckte Tom Levke die Zunge raus.

»Tom, das habe ich gesehen. Du hörst auf, deine Schwester zu ärgern, ist das klar?«

Tom war ruhig, sah auf seinen Teller und tat so, als hätte er seinen Vater nicht gehört.

»Tom?«

»Ja.«, antwortete er kleinlaut.

Gemeinsam gingen Paul und Lisbeth zu den Fahrstühlen und fuhren zu dem Deck, auf dem sich ihr provisorisches Büro befand. Vor der Tür fing sie der Sicherheitsoffizier ab und berichtete, dass der Eispickel aus der Außenalsterbar entwendet worden war. Erst durch die angeordnete Überprüfung aller Bars, ob ein solcher Eispickel fehlte, sei der Verlust bemerkt worden.

Insgesamt verfügte die Außenalsterbar über fünf solcher Eispickel.

»Wer hat Zugang zu den Werkzeugen dieser Bar?«

»Jeder Angestellte, der dort arbeitet. Zusätzlich gibt es noch die Mitarbeiter, die verschiedene Bars als Ausbildungsstätten durchlaufen.«

»Könnte es sein, dass sich ein Gast oder ein anderer Mitarbeiter dieses Schiffs diesen Eispickel ausgeliehen hat?«, fragte Lisbeth.

»Theoretisch ja.«

»Und, war es so? Hat sich ein Gast einen Eispickel ausgeliehen?«

»Das ...«, stammelte er, »das weiß ich nicht genau.«

»Gut, dann gehen wir jetzt zusammen in die Außenalsterbar und befragen den Verantwortlichen und das Personal.«

Paul nickte ihr zustimmend zu. »Ich bleibe hier und lese mir die Berichte durch, die gerade hereingekommen sind.«

In dem ausführlichen Bericht der Kollegen aus Osnabrück stand, der Ex-Freund der Toten wäre der Vorladung nicht nachgekommen. Weder seine Nachbarn noch sein Freundeskreis konnten Angaben über seinen derzeitigen Aufenthaltsort machen. Sein bester Freund und Arbeitskollege beschrieb ihn als Einzelgänger, der unter der plötzlichen Trennung von Corinna Bauer litt. Gregor Eden sei davon überzeugt, sie habe ihn wegen eines anderen Mannes verlassen. Als er sie zu einem klärenden Gespräch genötigt hatte, habe sie den Vorwurf des Fremdgehens abgestritten. Sie habe keinen neuen Freund. »Dieser Schlampe werde ich es heimzahlen, das wird ihr noch leidtun«, äußerte er gegenüber seinem besten Freund.

Paul griff zum Telefonhörer und rief den zuständigen Ermittler in Osnabrück an.

»Moin, Herr Kollege Borowski, hier spricht Paul Schweigert. Ich habe gerade ihren Bericht gelesen.«

»Hallo, Herr Schweigert, wo befinden Sie sich gerade? Der Empfang ist ziemlich gut.«

»Über die Satellitenleitung ist der Empfang meistens gut, sagte mir der Kapitän. Außerdem liegen wir gerade im Hafen von Southampton. Haben Sie Gregor Eden schon zur Fahndung ausschreiben lassen?«

»Nein, aber wir denken darüber nach. Unsere Staatsanwältin ist auf dem Weg zu mir ins Büro.«

»Sehr gut. Was ist mit einer Handyortung von Herrn Eden?«

»Läuft bereits. Ich erwarte jede Minute das Ergebnis von der …, bleiben Sie dran.«

Paul hörte Hintergrundgeräusche und eine Stimme, die er nur undeutlich verstehen konnte. Nach zwei Minuten sagte der Osnabrücker Kollege: »Herr Schweigert, hören Sie?«

»Ja, ich bin noch dran.«

»Das Smartphone von Gregor Eden war zuletzt in einer Funkzelle in Bremerhaven eingeloggt, und zwar am …«

»… 30. August?«, vollendete Paul den Satz.

»Ja. Woher wissen Sie das?«

»An diesem Tag haben wir mit der *Mein Schiff 5* abgelegt. Möglicherweise ist er doch irgendwie an Bord gekommen, vielleicht unter falschem Namen. Schicken Sie mir bitte ein aktuelles Bild von ihm, und schreiben Sie ihn für alle Fälle zur Fahndung aus.«

»Wird gemacht.«

Sie verabschiedeten sich. Paul verschränkte die Hände

hinter dem Kopf und wartete ungeduldig auf das angeforderte Foto.

Kapitel 7

Lisbeth zählte nicht mit, den wievielten Mitarbeiter der Außenalsterbar sie bereits befragt hatte. Sie strich auf der Mitarbeiterliste, die ihr zur Verfügung gestellt worden war, Namen für Namen ab. Sie hatte keine große Hoffnung mehr, denjenigen zu ermitteln, der für das Verschwinden des Eispickels verantwortlich war. Jeder Mitarbeiter konnte zu jeder Tages- und Nachtzeit auf den Gegenstand zugreifen. Nach einem Schichtende wurde die Vollständigkeit der Flaschen, Gläser oder Arbeitsgeräte nicht festgestellt. Wozu auch? Der Leiter der Bar erklärte ihr, auf einem anderen Schiff seien Fehlbestände eines bestimmten Whiskys erst nach einigen Tagen aufgefallen, weil deutlich mehr Whiskyflaschen angefordert wurden als üblich. Trotz mühsamer Nachforschungen konnte der Täter zunächst nicht ausfindig gemacht werden. Erst als der Chef einen Mitarbeiter mit ausgebeulter Jacke davongehen sah und ihn zur Rede stellte, gab dieser den Diebstahl zu. Er hatte ein Alkoholproblem, wurde von seinem Posten entbunden und nach der Kreuzfahrt fristlos entlassen.

Warum sollte also ausgerechnet jetzt beim Fehlen eines Eispickels ein Mitarbeiter zugeben: »Ach stimmt ja, den Eispickel habe ich mit auf meine Kabine genommen. Wissen Sie, ich ritze ganz gerne Muster in den Schreibtisch, und manchmal, wenn ich schlecht drauf bin, ramme ich so einen Eispickel einem Gast in die Stirn.«

»Was ist so witzig?«, fragte der Leiter der Außenalsterbar.

Lisbeth hatte gar nicht mitbekommen, dass sie laut gelacht hatte.

»Ach nichts, ich musste gerade an etwas denken.

Vergessen Sie es. Bringen Sie die übrigen vier Mitarbeiter zur Befragung, dann sind wir fertig.« Lisbeth zeigte auf die Namen auf der Liste.

Nach den Befragungen streckte Lisbeth sich und fasste sich an den Nacken. Ihre Rückenmuskulatur war total verspannt. Sie bedankte sich beim Leiter der Bar für seine Hilfe und ging zurück zu ihrem Büro.

»Und, wie ist es gelaufen?«

Sie machte eine wegwerfende Handbewegung. »Kannst du knicken. Natürlich weiß keiner, wo das Ding verschwunden ist. Keiner hat es verliehen oder selbst an sich genommen. Das ist eine Sackgasse. Gibt es bei dir etwas Neues?«

»Allerdings. Gregor Eden konnten die Kollegen zwar immer noch nicht vernehmen – kein Mensch weiß, wo er sich momentan aufhält. Doch sein Handy war zuletzt in einer Funkzelle in Bremerhaven am Tag unserer Abreise eingeloggt. «

»Was heißt das jetzt? Ist er ihr nachgefahren?«

»Das ist anzunehmen. Ihr Auto haben die Bremer Kollegen auf dem Parkplatz an der Columbuskaje gefunden. Hast du Lust auf ein Rollenspiel?«

»Wie meinst du das?«

»Stell dir vor, du wärst Corinna Bauer. Du hast dich von deinem eifersüchtigen Freund getrennt. Trittst die teure Kreuzfahrt alleine an. Ich bin Gregor Eden. Nimmst du mich in deinem Auto mit nach Bremerhaven?«

»Auf keinen Fall!«

»Auch nicht, wenn ich sowieso in die Gegend muss, zu meiner Tante oder einem Freund?«

»Niemals. Du hast wahrscheinlich ein Auto. Ansonsten kannst du mit der Bahn fahren. Wir sind getrennt. Du kommst mit der Trennung nicht klar. Warum sollte ich mir diese Altlast mit in den Urlaub nehmen? Den will ich mir doch nicht vorher schon versauen.«

»Das ist nachvollziehbar. Also gut, ich will dich zurückhaben. Komme mit dem Gedanken nicht klar, dass du alleine unseren Traumurlaub antrittst. Vielleicht lernst du auf dem Schiff einen anderen Mann kennen. Ich weiß genau, wann das Schiff ablegt.«

»Lauerst du mir schon vor meiner Wohnung auf?«

»Nein. Ich kenne ja dein Ziel. Ich könnte darauf bestehen, auf dem Schiff einzuchecken. Schließlich steht auch mein Name in den Reiseunterlagen.«

»Fakt ist, du hast nicht eingecheckt.«

»Zumindest nicht unter meinem Namen. Von den Kollegen aus Osnabrück habe ich ein aktuelles Foto von Gregor Eden erhalten. Arne Claaßen vergleicht dieses Foto gerade in Oldenburg mit den männlichen Fotos aus der Passagierliste.«

»Du bist also nicht nach Bremerhaven, um mich zu beknien, die Reise gemeinsam anzutreten, damit wir noch eine Chance haben?«

»Nein, ich weiß, du würdest dich nie darauf einlassen. Ich muss heimlich, unter falschem Namen an Bord.«

»Woher bekommst du so kurzfristig falsche Papiere?«

Paul zuckte mit den Schultern. »Das ist mein Geheimnis.«

»Was hat die Nachfrage über die Last-Minute-Buchungen bzw. Umbuchungen ergeben?«

»Einige Restplätze sind kurzfristig verkauft worden, allerdings nur an Paare. Die Männer dieser Paare habe ich mit dem Foto von Gregor Eden verglichen. Es gibt keinerlei Ähnlichkeiten.«

Lisbeth spürte, dieser Fall würde an ihren Nerven zehren. Die Verspannung im Nacken verursachte ihr Kopfschmerzen. Es fühlte sich an, als hätte jemand Gewichte an ihren Hinterkopf gehängt. »Wann stehen die nächsten Befragungen an?«

»In etwa einer Stunde kommt die Hausdame mit der Reinigungskraft, die die Leiche gefunden hat, zu uns.«

»Fein. Dann gönne ich mir jetzt eine Massage im Spa & Wellness-Bereich. Dort kann ich abschalten, um in aller Ruhe nachzudenken. Und das Beste ist: Mein Chef wird das bezahlen.« Sie zwinkerte Paul zu.

»Alles, was du willst, Lissi. Von mir aus organisiere ich dir noch einen Typen im Hawaiihemd, der die Palme wedelt.«

Lisbeth versuchte verzweifelt, einen sich ankündigen Lachanfall zu unterdrücken. Der Drang, laut loszulachen, verstärkte sich jedoch dadurch. Sie hielt sich die Hand vor den Mund und gab grunzende Laute von sich.

»Was ist los mit dir? Hast du dich verschluckt?«

Sie konnte es nicht mehr zurückhalten und brach in schallendes Gelächter aus. Paul sah sie erstaunt an. Nachdem sie sich einigermaßen gefangen hatte, wischte sie sich eine Träne aus dem Auge. »*Die Palme wedeln*! Manchmal bist du echt der Knaller, Paul.«

Erst jetzt fiel Paul die Zweideutigkeit seiner Worte auf, und er verdrehte die Augen.

»Und der Typ hat wohl *nur* das Hawaiihemd an. Meine Güte, ich kann nicht mehr.« Sie lachte erneut.

»Sieh zu, dass du loskommst. Ich erwarte dich in einer Stunde entspannt und voller Tatendrang wieder zurück.«

Lisbeth hob winkend die Hand, während sie hinausging.

Glücklicherweise bekam sie kurzfristig einen

Massagetermin. An einem Tag, an dem Landausflüge angeboten wurden, gingen die meisten Gäste von Bord, da bekam man immer kurzfristig einen freien Termin, meinte die Rezeptionistin im Wellnesstempel und klimperte auf der Tastatur herum. Am Rezeptionstresen stand in großen Buchstaben: SPA & MEER.

Die gedämpfte Musik, irgendetwas Klassisches, feine Düfte und ein angenehmes Licht luden zum Wohlfühlen ein. Selbst die zurückhaltenden Stimmen des Personals schienen sich der Atmosphäre anzupassen. Als wollten sie mit jeder Silbe sagen: »Nur die Ruhe – bei uns haben Sie alle Zeit der Welt zum Entspannen. *Vielleicht sollte ich mit Philip mal so eine Kreuzfahrt buchen?* In dem Prospekt, der auf dem Tresen auslag, stand etwas von einer Massage-Suite, die exklusiv von Paaren gebucht werden konnte. Den Preis fand Lisbeth viel zu hoch, und unter einer Paarmassage verstand sie etwas ganz anderes. Die würde sie lieber in trauter Zweisamkeit mit Philip auf der Kabine genießen.«

»Haben Sie sich entschieden?«, riss die Rezeptionistin sie aus ihren Gedanken.

»Entschieden? Wofür?«

»Ob Sie die Nacken-Schulter-Massage für 30 Minuten oder die Rückenmassage für 40 Minuten nehmen?«

Sie spürte die grässlichen Schmerzen im Nackenbereich. »Das erste Angebot bitte, mein Nacken ist total verspannt.«

»Dann ist es genau die richtige Entscheidung.« Lächelnd buchte sie den Termin im System ein. »Meine Kollegin Marisa wird sie gleich begleiten und Ihnen alles erklären.«

Eine zierliche Mitarbeiterin, die ihre Haare zu einem Pferdeschwanz gebunden hatte, führte sie kurze Zeit später in den Massageraum. *Hoffentlich kann die ordentlich zupacken. Besonders kräftig sieht sie ja nicht aus.* Im wohlduftenden Ambiente erklärte die Masseurin das weitere Vorgehen. Lisbeth ließ sich, inzwischen nur noch mit Slip bekleidet, auf der Bank nieder, sodass ihr Gesicht genau in der Aussparung lag. Über ihren Hintern und ihre Beine legte Marisa ein großes Handtuch.

»Achtung, das wird jetzt ziemlich warm.«

Ein zweites Handtuch, das die Masseurin ihr auf die Schulterblätter und den Nacken legte, war so heiß, dass Lisbeth beinahe laut aufgeschrien hätte. Die Wärme schlich sich vom Rücken über den Nacken bis in ihren Kopf.

»Bei Nackenverspannungen ist Hitze immer gut. Dadurch wird der gesamte Hals- und Nackenbereich schön gelockert.«

»Hm.« Ihr Seufzen sollte ausdrücken, dass sie verstanden hatte und sich wohlfühlte.

»Ist das Ihre erste Reise auf einem Kreuzfahrtschiff?«

»Ja.«

Damit beendete die Masseurin den Small Talk und nahm das inzwischen abgekühlte Handtuch wieder ab. Sie massierte so kraftvoll, als verrichtete ein zwei Meter großer Athlet die Arbeit. Dabei erwischte sie genau die richtigen Stellen. *Woher weiß die, wo sie drücken und massieren muss?*

»Ist es zu fest, oder geht das so?«

»Genau richtig«, antwortete Lisbeth, obwohl sie lieber gerufen hätte: *Mädchen, pass doch auf, ich bin doch kein Ackergaul.* Als sich ihre Verspannungen mehr und mehr lösten, musste sie an Corinna Bauer denken. Sie hatte nicht mehr die Möglichkeit, sich massieren zu lassen oder einfach den Saunabereich des Schiffes zu nutzen. Sie konnte keine der köstlich zubereiteten Speisen genießen oder einen Cocktail an der Bar zu sich nehmen. Welcher kranke Typ hatte so einen Hass auf diese Frau, dass er ihr einen Eispickel in den Kopf rammte? Wenn es ihr Ex-Freund war, warum brachte er sie nicht zu Hause um? Das wäre viel einfacher und dazu wesentlich weniger riskant. Mörder handelten selten rational und planvoll. Wenn sie keine Fehler begingen, keine Spuren hinterließen, es keine Zeugen gab, würden nicht so viele Täter in Gefängnissen sitzen. Der sicherste Mord war der, der vom Arzt gar nicht als solcher entdeckt wurde, weil keine Anzeichen von Fremdeinwirkung vorlagen. Eine Vergiftung zum Beispiel, bei der ein Arzt Herzversagen als Todesursache in den Totenschein schrieb, war perfekt. Dann untersuchte kein einziger Kripobeamter den Fall und solch ein Mord tauchte logischerweise auch in keiner Statistik auf. Es gab ihn offiziell gar nicht. Bei einem Eispickel im Kopf mussten die Strafverfolgungsbehörden ermitteln. War es ein Streit, der eskalierte? Hatte Corinna Bauer ihren Mörder selbst ins Zimmer gelassen? Aber man nimmt doch keinen Eispickel mit, wenn man jemanden in seiner Kabine aufsucht. Lisbeth nahm sich vor, nach der Massage zu überprüfen, ob eine Bestellung von Corinna Bauers Kabine aus aufgegeben wurde. Außerdem würde sie nachfragen, ob es von anderen Gästen in jener Nacht Getränkcbestellungen mit viel Eis gegeben hatte.

In flüsterndem Tonfall teilte Marisa ihr mit, dass die Behandlung vorüber war und sie sich jetzt wieder anziehen konnte. Dann verschwand die Masseurin aus dem Raum. Nachdem Lisbeth sich angekleidet hatte, fand sie die Rechnung auf einer Anrichte, die zur Unterschrift bereitlag. Sie trug einen Betrag für das Trinkgeld ein und unterschrieb das Papier. Im Empfangsbereich fragte die Rezeptionistin, ob sie einen Tee wollte. Lisbeth lehnte nach einem Blick auf ihre Armbanduhr dankend ab.

An den Fahrstühlen betätigte sie einen Kopf und wartete. Dabei fühlte sie sich seltsam beobachtet. Sie sah sich um. Bis auf eine indonesische Reinigungskraft, die mit dem Staubsauger die Treppen bearbeitete, konnte sie niemand erkennen. Ihre Verspannungen im Nackenbereich spürte sie nur noch minimal, ebenso wie ihre Kopfschmerzen. Sie bestieg den Fahrstuhl, der sich mit einem *Pling* ankündigte.

Kurz bevor sie ihr Büro erreichte, hörte sie zwei Stimmen. Zwei Frauen unterhielten sich in gebrochenem Englisch. Sie mussten direkt vor der Tür des Raumes stehen, in dem Paul saß. Lisbeth blieb vor der Abzweigung stehen, sodass sie nicht gesehen werden konnte. Sie verstand nicht alles, was gesagt wurde, weil sie zwischendurch immer wieder flüsterten. Es handelte sich anscheinend um die Hausdame und ihre Mitarbeiterin. Das Gespräch endete mit einer eindringlichen Warnung, sich gleich an die mehrfach besprochene Abmachung zu halten, schließlich wolle die andere Dame doch ihren Job behalten.

Erst nachdem die beiden Frauen ins Büro gegangen waren, folgte Lisbeth ihnen. Wortlos stellte sie sich in die Ecke und verschränkte die Hände vor der Brust. Paul stellte sich als Kriminalpolizist vor, erwähnte dabei Lisbeth als seine Kollegin. Die Hausdame, Diana Brugger, wies darauf hin, dass die Befragung mit ihrer Mitarbeiterin aus Indonesien in Englisch geführt werden musste. Paul willigte ein.

»Frau Brugger, würden Sie bitte draußen warten«, schaltete Lisbeth sich ein, »wir würden zunächst gerne alleine mit ihrer Mitarbeiterin sprechen.«

Frau Brugger nickte und verließ den Raum.

Paul begann die Befragung auf Englisch: »Frau Budong, wir möchten Ihnen nur ein paar Fragen stellen. Ist das in Ordnung für Sie?«

»Ja.« Die kleine Frau blickte mit angstvollen Augen abwechselnd von Paul zu Lisbeth.

»Sie haben Corinna Bauer tot aufgefunden?«

»Ja.«

»Wann, also um welche Uhrzeit haben Sie die Tote gefunden?«

»Ich weiß es nicht genau, vor 7 Uhr, denke ich.«

»War das die erste Kabine, die Sie reinigen wollten?«

»Nein, die Zweite. Zuerst habe ich eine Kabine geputzt, an deren Türklinke ein Schild hing: *Bitte reinigen*.«

»Hing an der Kabine von Frau Bauer auch ein Schild?«

»Nein, wenn kein Schild hängt, muss ich klopfen, *Housekeeping* sagen, wenn keine Antwort kommt, darf ich die Kabine betreten.«

»Haben Sie irgendetwas angefasst?«

Sie überlegte kurz, putze sich mit einem Taschentuch die Nase und sagte dann: »Ich glaube, nur die Türklinke. Als ich die Tote sah, bin ich sofort raus gerannt und habe meine Chefin verständigt.«

Lisbeth glaubte ihr, sah jedoch immer noch die Angst in ihren Augen. Es gab da etwas, das sie nicht sagen durfte, neben der Tatsache, dass sie Angst davor hatte, ihren Job zu verlieren. Ging es darum, eine Sache vor ihnen, den Ermittlern, zu verbergen? Oder ging es um eine Sache, die der Kapitän nicht wissen durfte, weil sie massiv gegen die Dienstvorschriften verstoßen hatten? Etwas, das so gravierend war, dass die Kreuzfahrt deshalb sofort beendet werden musste? Lisbeth konnte sich beim besten Willen keinen Reim darauf machen, was das hätte sein sollen.

»Haben Sie mit jemandem über die Tote gesprochen, außer mit der Hausdame?«, fragte Paul.

Frau Budong schüttelte den Kopf. Nach einem kurzen, fragenden Blick zu Lisbeth, bedankte sich Paul und verabschiedete sich von ihr.

»Sie weiß etwas, das sie nicht erzählen darf.«

»Den Eindruck hatte ich auch. Wie kommst du darauf?«

Lisbeth berichtete über die Unterhaltung, die sie mit angehört hatte. Paul hatte, genau wie Lisbeth, keine Idee, was es sein könnte, dass nicht ans Licht kommen durfte.

Die Befragung der Hausdame brachte keine neuen Erkenntnisse. Den vorläufigen Obduktionsbericht fand Paul in seinem E-Mail-Postfach. Er druckte den Bericht aus, sodass Lisbeth ihn auch lesen konnte. Darin stand, der Tod von Corinna Bauer sei infolge des Eindringens des Eispickels in die Schädeldecke und die damit einhergehenden schwerwiegenden Verletzungen am Gehirn eingetreten. Es bedurfte enormer Kraft, um die Schädeldecke zu durchstoßen. Daher vermutete Dr. Janssen einen männlichen Täter.

Am rechten Handgelenk und unterhalb des rechten Knies fand der Rechtsmediziner mehrere Hämatome. Corinna Bauer hatte sich offenbar verzweifelt gewehrt. Ihr Mageninhalt wies neben Essensresten eine geringe Menge Alkohol auf.

»Hat sie vor ihrem Tod Sekt getrunken?«, fragte Lisbeth.

Paul hob die Hände mit den Handflächen nach oben. »Ich weiß es nicht. Vielleicht war es auch ein anderes Getränk, welches man gewöhnlich auf viel Eis trinkt.«

Lisbeth griff zum Telefonhörer, wählte die Nummer des Leiters der Außenalsterbar und bat ihn, festzustellen, ob am Abend des Auslaufens in Bremerhaven Gäste Getränkebestellungen aufgegeben hätten, die auf ihre Kabine geliefert werden sollten. Der Angerufene wollte das in Erfahrung bringen und sie umgehend zurückrufen.

Kapitel 8

Es klopfte an der Tür. Ein Crewmitglied stellte eine Thermoskanne, zwei Tassen, Milch und Zucker auf dem Tisch ab und verschwand ohne viele Worte wieder. Paul schenkte Kaffee in beide Tassen ein. Er nahm den ersten Schluck und verbrannte sich fast die Lippen. Im Vergleich zum Kaffee in Oldenburg schmeckte dieser hier mindestens drei Klassen besser.

Was verbargen die Hausdame und die Reinigungskraft aus Indonesien? Hatten sie die Leiche bereits in der Nacht entdeckt? *Dieser markerschütternde Schrei.* Kam er doch von Frau Budong? Ihrer zierlichen Figur nach zu urteilen, brächte sie niemals die Kraft auf, Corinna Bauer den Eispickel durch die Schädeldecke bis ins Gehirn zu rammen. Half sie also dem Mörder? Bezahlte er sie für ihr Schweigen, weil sie etwas gesehen hatte? Doch dann hätte die Hausdame kein Interesse daran, geheime Absprachen zu treffen.

Das Telefon klingelte. Paul nahm ab. Es meldete sich der IT-Experte Arne Claaßen aus Oldenburg. Paul aktivierte die Mithörfunktion, sodass Lisbeth das Telefonat mitverfolgen konnte.

»Moin, Paul. Ich habe die Fotos sämtlicher Passagiere mit dem Foto von Gregor Eden verglichen. Das heißt, nicht ich direkt. Es gibt da eine völlig neuartige Gesichtererkennungssoftware. Genau genommen handelt es sich um eine Beta-Version, die mit einer Treffsicherheit von über 95 % Ergebnisse liefert – auch bei schlechter Bildqualität – das ist besser als alles, was es bisher auf dem Markt …«

»Das ist ja alles schön, wunderschön. Komm bitte auf

den Punkt.«

»Normalerweise dürfte ich diese Software gar nicht benutzen. Ich habe dir doch von meinem Kumpel in Washington D. C. erzählt, der hier in Oldenburg sein Auslandssemester absolviert hat, oder? Nur der Teufel allein weiß, wo er solche brandheißen Waren auftreibt ...«

»Arne! Hast du ein Ergebnis für mich? Hat deine Supersoftware etwas gefunden, was uns weiterhilft?«

»Dazu wollte ich doch gerade kommen. Du musst mich nur ausreden lassen.«

Paul stöhnte in den Hörer und rieb sich über die Stirn.

»Es gibt zwei Treffer. Das heißt, zwei Passagiere weisen eine sehr hohe Übereinstimmung mit Gregor Eden auf, was die biometrischen Daten betrifft. Der Vollbart des einen Passagiers erschwert dabei den Vergleich. Leider erfüllen die Bilder, die von der Besatzung beim Einchecken gemacht wurden, nicht den Standard, den bei uns z. B. ein Foto in einem Reisepass haben muss.«

»Was willst du mir damit sagen?«

»Na, das liegt doch wohl auf der Hand. Ihr müsst euch die beiden Passagiere schnappen und sie mit dem Foto von Gregor Eden vergleichen. Laut Personalausweis ist Gregor Eden 1,80 groß. Wenn ihr euch die beiden Gäste anschaut, könnt ihr vielleicht einen von denen aufgrund der Größe ausschließen. Am besten schickt dir der Kollege aus Osnabrück noch ein paar Fotos von Herrn Eden. Dann könnt ihr ziemlich sicher sagen, ob er unter falschem Namen auf das Schiff gekommen ist.«

»Danke.«

Paul rief den Sicherheitsoffizier an und erkundigte sich, ob sich die von Arne genannten Passagiere derzeit an Bord aufhielten. Nach einigen Minuten rief Herr Hansen zurück und erklärte, beide Männer hätten morgens ausgecheckt und befänden sich in der Reisegruppe, deren Ziel Stonehenge war.

Würde Gregor Eden, falls er der Täter war, nach einem Mord seelenruhig ein Touristenprogramm abspulen? Warum? Um nicht aufzufallen, oder um sich auf diesem Weg in England abzusetzen? Dann wäre es doch viel schlüssiger, sich in den nächsten Linienbus zu setzen, ein Taxi heranzuwinken oder sich in einen Zug zu setzen. Noch war es keineswegs sicher, ob er unter falschem Namen die Reise angetreten hatte. In wenigen Stunden würde Paul es erfahren.

Als die Dämmerung hereinbrach, der Zeitpunkt für das Kommando *Alle Mann an Bord* verstrichen war, rief Paul Sicherheitsoffizier Hansen an, um sich zu erkundigen, ob die Gäste vollzählig eingecheckt hatten.

»Die Gästeliste ist vollständig …«, an der bedeutungsvollen Pause merkte Paul, dass etwas nicht in Ordnung war.

»Sprechen Sie weiter, Herr Hansen.«

»Nun, ich weiß gar nicht, wie ich das sagen soll. So etwas ist bisher noch nie vorgekommen.«

»Was ist bisher noch nicht vorgekommen?«

»Dass ein Mitglied der Crew sich nicht ordnungsgemäß an Bord und zum Dienst gemeldet hat, also das kommt schon mal vor. Aber nicht, wenn es sich um eine Vorgesetzte handelt.«

»Um wen handelt es sich?«

»Um unsere Hausdame Diana Brugger. Wir können sie auch telefonisch nicht erreichen. Dabei ist gerade sie ein Musterbeispiel an Pflichtbewusstsein.«

Kapitel 9

Auf Nachfrage erklärte der Kapitän, er könne nicht auf die Hausdame warten. Die *Mein Schiff 5* würde wie geplant um 21 Uhr auslaufen.

»Wenn Frau Brugger im Stau steht, ihr Handy kaputt ist oder keine Akkuleistung mehr hat, ist das ihr Problem. Dann wird sie nach Wales fahren und an unserer nächsten Station in Holyhead zusteigen. Falls sie einen Unfall hatte und im Krankenhaus liegt, werden wir das erfahren. Die Behörden in England sind informiert. Ihre Kollegen telefonieren gerade die nächstgelegenen Krankenhäuser ab.«

Oder sie ist es, die sich abgesetzt hat. Ihre Fingerabdrücke konnten in der Kabine sichergestellt werden. Das verwunderte niemanden. Nach dem Auffinden der Leiche hatte Frau Budong schließlich ihre Vorgesetzte alarmiert und diese hatte pflichtbewusst die Kabine aufgesucht. Keiner konnte es ihr in einer solchen Situation verdenken, etwas angefasst zu haben. Paul konnte den Gedanken nicht zu Ende denken, da er das dreimalige Ertönen des Schiffshorns hörte. Das akustische Signal galt allen anderen Schiffen im Hafen von Southampton. Sie sollten aufpassen, wenn sich der Kreuzfahrtriese mühsam in Bewegung setzte. Je größer ein Schiff, desto lauter das Horn. Paul hörte es nur gedämpft, da er sich nicht an Deck befand.

»Sollen wir die Kollegen von Scotland Yard bitten, Frau Brugger zur Fahndung auszuschreiben?«, fragte Lisbeth.

»Erstens kenne ich die rechtlichen Vorgaben in England nicht. Zweitens ist sie auch nach deutschem Recht nicht dringend tatverdächtig. Sich nicht zurück zum Dienst zu melden, ist keine Straftat. Das würde uns selbst in

Deutschland kein Staatsanwalt unterschreiben.«

Lisbeth sah ihn enttäuscht an.

»Bist du anderer Meinung? Ich meine, was haben wir denn schon gegen sie in der Hand? Sie hat irgendwas mit Frau Budong besprochen, von dem wir nicht genau wissen, was es ist. Und sie hat sich nicht zurück zum Dienst gemeldet. Das mag für sie ungewöhnlich sein, ist jedoch nicht unser Problem. Welches Motiv sollte sie haben, Frau Bauer einen Eispickel in den Kopf zu jagen?«

»Vielleicht kannten sie sich.«

»Möglich, halte ich aber für unwahrscheinlich. Das werden wir überprüfen.«

Lisbeth stieß hörbar die Luft aus und lehnte sich mit dem Rücken gegen die Wand. »Also gut, konzentrieren wir uns zunächst weiter auf das Umfeld von Corinna Bauer. Wir müssen mehr über ihre Vita herausbekommen und über Personen, die hier an Bord sind und sie schon vor der Reise kannten.«

***

Die *Mein Schiff 5* lief mit einer Geschwindigkeit von 14 Knoten nach Westen. Am frühen Morgen würde sie den Ärmelkanal verlassen und Kurs auf die Irische See nehmen. Wer sich an Deck befand, konnte die Positionslichter von vorbeifahrenden Tankern und Containerschiffen sehen. Am sternenklaren Himmel zeigte sich der Mond, der noch nicht ganz seinen vollständigen Umfang erreicht hatte. Irgendwo kreischte eine Möwe. Die Silhouette eines Mannes zeichnete sich an der Reling ab. Niemand nahm von ihm Notiz. Über ihm befand sich eines der Rettungsboote, das im Notfall 150

Menschen das Überleben sichern sollte. Angetrieben von einem Dieselmotor könnte ein solches Boot die englische Küste auch bei schwerer See sicher erreichen. Der Mann fragte sich, ob es möglich war, ein solches Rettungsboot heimlich zu Wasser zu lassen, um damit zu verschwinden. Geld genug, um ein oder mehrere Besatzungsmitglieder zu bestechen, hatte er. Das Ausklinken eines Rettungsbootes würde nicht unbemerkt von anderen Besatzungsmitgliedern bleiben. Es wäre vielleicht klüger gewesen, sich in Southampton abzusetzen. Doch dann wäre der Verdacht erst recht auf ihn gefallen. Sie hätten spätestens kurz vor dem Auslaufen bemerkt, dass er fehlt. Bis vor einigen Stunden noch glaubte er, die Situation im Griff zu haben. Schließlich hatte er in seinem bisherigen Leben immer alles geregelt bekommen. Inzwischen war er sich nicht mehr so sicher, ob er seine missliche Lage meistern konnte.

Was wäre, wenn er jetzt über Bord springen würde, um an Land zu schwimmen? Er schätzte die Wassertemperatur auf etwa 15 Grad. Die englische Küste dürfte etwa zwei Seemeilen entfernt sein. Das könnte er schaffen. Was er überhaupt nicht einschätzen konnte, waren die Strömungen, die es unmöglich machen konnten, lebend das Land zu erreichen. Außerdem war keineswegs sicher, ob sie im Falle einer vermissten Person nicht doch eine Fahndung auslösen würden. Der emsigen Polizistin aus Oldenburg traute er einiges zu. Sie und ihr Kollege gaben sich zwar große Mühe, die Ermittlungen so diskret wie möglich durchzuführen. Dennoch wusste er Bescheid. Über kurz oder lang würden sie ihm auf die Schliche kommen. Der Plan, sich mit einem Sprung über die Reling davonzumachen, sein Leben zu riskieren, war kompletter Wahnsinn. Er strich ihn gedanklich als Option. Er musste die Sache anders regeln, so wie er es immer getan hatte.

***

Seine Rückenmuskeln fühlten sich an wie Stahlseile. Die einseitige Sitzhaltung in dem kleinen Raum, der sein Büro geworden war, führte zu Verspannungen. Nur zweimal hatte er das Büro verlassen: zum einen für das Mittagessen, zum anderen um Wiebke und die Kinder zurück an Bord zu begrüßen. Sowohl Levke als auch Tom schwärmten vom riesigen Schloss Windsor. Tom hatte ein Schwert und eine echte Rüstung anfassen dürfen.

»Das ist ganz schön dort, wohnen möchte ich da aber nicht«, fiel Wiebkes Kommentar aus, »im Minutentakt kommen da Flieger am nahegelegenen Flughafen Heathrow runter, schlimmer als bei deinen Eltern in Frankfurt.«

Nach dem schnellen Abendessen fiel es Paul schwer, zurück ins Büro zu gehen, anstatt mit seiner Familie die Artistenshow im bordeigenen Theater zu genießen. Arne Claaßen hatte ihm eine Nachricht auf sein Smartphone geschickt. Er bat um baldigen Rückruf.

»Arne, was hast du für mich?«

»Mit dem Durchsuchungsbeschluss im Gepäck haben die Kollegen aus Osnabrück die Wohnung von Corinna Bauer auf den Kopf gestellt. Genauer gesagt sind sie jetzt noch dabei. Ihren Laptop habe ich durch einen Streifenwagen auf schnellstem Wege nach Oldenburg bringen lassen …«

Paul hatte den Eindruck, Arne wollte noch etwas

erzählen. Er hörte jedoch nur noch ein Schmatzen.

»Arne, was futterst du da schon wieder?«

»Hm … 'ne Pizza, ist nur noch lauwarm. Hey, ich habe heute den ganzen Tag noch nichts gegessen«, rechtfertigte er sich. »Wäre es dir vielleicht lieber gewesen, ich hätte mir etwas gekocht und den Laptop von der Bauer erst morgen untersucht?«

Mann, der hört sich an, als wäre ich 40 Jahre lang mit ihm verheiratet. Paul stellte sich vor, wie Arne seine fettigen Finger an seinem T-Shirt abwischte, das über seinem stattlichen Bauch spannte.

»Arne, mach kein Quiz daraus. Was hast du auf ihrem Laptop gefunden?«

»Ich habe natürlich noch nicht alles analysiert und überprüft. Zunächst sah ich mir den Browserverlauf an. Ist ja das Standardvorgehen, wenn wir ein solches Gerät sichergestellt haben …«

Warum kam er nie auf den Punkt? Wollte er absichtlich einen dramaturgischen Spannungsbogen aufbauen, um am Ende als Held dazustehen? Oder war er nur ungeschickt?

»Und jetzt kommt es …«

Na endlich, ich werde hier aber keinen Trommelwirbel simulieren. Erst jetzt merkte Paul, wie er ungeduldig mit den Fingern der linken Hand auf der Tischplatte trommelte. Er hörte augenblicklich damit auf.

»Sie hat ein Profil bei *Direct-Dates* erstellt. Sie trägt auf dem Foto eine Maske. Sieht hochprofessionell aus. Sie heißt dort *Dark Angel* und bietet Escort-Dienste an, wenn du verstehst, was ich meine.«

»Ich denke schon.«

»Ihre Zielgruppe sind betuchte Herren, die geschäftlich eine Begleitung brauchen. Geschäftsessen,

Theaterbesuche, geschäftliche Empfänge … das ganz vornehme Programm eben. Auf der anderen Seite Hotelbesuche mit entsprechenden Diensten einer Professionellen.«

Seine Rückenschmerzen waren vergessen. Pauls Gedanken rasten. Was war, wenn ihr Ex-Freund Gregor Eden davon erfahren hatte? Vielleicht hat er sie sogar gebucht, ohne zu wissen, dass es sich um seine Freundin handelte. Anschließend trennte sie sich von ihm. Als Täter kamen jetzt auch finanziell gut gestellte Männer in besten Positionen infrage, die möglicherweise von ihr erpresst wurden.

»Hat Corinna Bauer Videoaufnahmen auf dem Gerät?«

»Kann ich noch nicht sagen. Das wollte ich als Nächstes überprüfen. Jedenfalls sehe ich hier eine Kundenkartei mit über 50 Männern. Sie hat ihnen Decknamen gegeben. Irgendwo muss sie die Klarnamen und die Adressen haben. Wenn sie sich auf dem Laptop befinden, finde ich sie.«

Das durfte doch wohl nicht wahr sein. Da schlummern möglicherweise Videos auf dem Laptop, und er zieht sich gemütlich eine Pizza rein.

»Arne, ich brauche sowohl die Datei mit den Klarnamen als auch mögliche Videos. Wenn sie diese Treffen gefilmt und jemanden erpresst hat, dann ergibt sich daraus ein glasklares Mordmotiv. Das ist dir doch klar, oder?« Ohne zu wollen, schlug Paul mit der flachen Hand auf den Tisch.

»Bis wann brauchst du die Ergebnisse?«

War das zu fassen? »Bis wann, bis wann?«, äffte er seinen Mitarbeiter nach. »Bis gestern, Mensch!«

»Hey, Chef, mach mal halblang. Ich bin doch schon

dran. Während wir hier telefonieren, sucht mein Programm jedes mögliche Videoformat auf dem Laptop. Ich ruf dich zurück, sobald ich was habe.« Damit war die Verbindung tot. Vermutlich hatte Arne keine Lust darauf, sich weitere Vorhaltungen von ihm anhören zu müssen. Paul sah auf seine Armbanduhr: 23:37 Uhr.

»Das war jetzt schon ein bisschen unfair, oder?«, maßregelte Lisbeth ihn.

»Wie meinst du das?«

»Na ja, er hat keine Zeit verstreichen lassen. Du weißt genau, wie Arne arbeitet. Da laufen mehrere Programme im Hintergrund, durchforsten den Rechner, oder was er auch sonst untersuchen muss, während er sich nebenbei etwas zum Essen reinschiebt. Du solltest froh sein, dass wir einen wie ihn haben.«

Natürlich hatte Lisbeth recht. Arne Claaßen war einer seiner fähigsten Mitarbeiter, auf den er sich zu einhundert Prozent verlassen konnte. Es gab kaum ein elektronisches Gerät, das er nicht knacken konnte. Gab es wirklich mal eines, an dem er sich die Zähne ausbiss, kannte er zumindest jemanden, der ihm weiterhelfen konnte.

»Du hast recht, Lissi. Dieser Mord geht mir mehr an die Nieren, als ich gedacht habe.« Paul stand auf, ließ den Kopf kreisen und fasste sich in den Nacken. »Ich habe das Gefühl, dieser Fall entwickelt sich zu etwas Großem. Er droht uns zu entgleiten.«

»Wir haben doch schon ganz andere Fälle gelöst. Wie kommst du darauf?«

Paul drehte seine Handflächen nach oben. »Ich weiß es nicht, es ist nur so ein Gefühl.«

Kapitel 10

Je weiter das Schiff aus dem Ärmelkanal fuhr, desto heftiger wehte der Wind ihnen entgegen. Aufgrund der ausgefahrenen Stabilisatoren bekamen die Passagiere von den etwa fünf bis sechs Meter hohen Wellen kaum etwas mit. Kapitän Voss hatte diesen Wellengang in seiner Durchsage angekündigt.

»Wir werden die kommende Nacht wie in einer Wiege sanft hin und her schaukeln, kennen Sie alle noch von früher.«

Keine einzige Beschwerde bezüglich des Seegangs ging bei der Besatzung ein. Einige vorsichtige Passagiere besuchten vor Anbruch der Nacht vorsorglich die Krankenstation. Angeblich halfen Pflaster, die hinter die Ohren geklebt wurden, gegen eine mögliche Seekrankheit. Der Schiffsarzt, der 16 Jahre lang bei der Marine als Sanitätsoffizier gedient hatte, verschrieb nichts anderes. Er genoss hohes Ansehen bei der Besatzung.Das Telefon klingelte mitten in der Nacht. Paul nahm den Hörer ab.

»Captain Kirk, ich habe da etwas für Sie. Das ist faszinierend.«

»Arne, hör auf mit dem Star-Wars-Quatsch. Es tut mir leid, dass ich dich vorhin so angefahren habe. Du sitzt so spät noch im Büro …«

»Enterprise«, unterbrach ihn der IT-Spezialist.

»Was?«

»Der Weltraum – unendliche Weiten. Dies sind die Abenteuer des Raumschiffs *Enterprise* – hat nichts mit Star Wars zu tun. In dem erst genannten sind es Klingonen, bei letzterem sind es Jedi-Ritter.«

Hoffentlich fängt er nicht gleich an zu röcheln wie dieser Darth

Vader.

»Den Unterschied wirst du nie lernen. Egal. Jedenfalls habe ich tief im Universum des Rechners der armen Frau Bauer einige Dateien gefunden, die nie ein Mensch zuvor gesehen hat. Außer ihr selbst, versteht sich.« Arne Claaßen lachte lauthals über seinen eigenen Witz.

Paul musste sich zusammenreißen, dieses Verhalten nicht zu kommentieren. Er sagte nichts.

»Es sind explizite Aufnahmen von ausgefeilten Praktiken bei denen selbst die erfahrene Beate Uhse – Gott hab sie selig – rot geworden wäre.«

»Sind die Gesichter der Männer zu erkennen?«

»Alle Gesichter sind sehr gut zu erkennen, alle bis auf das eines Mannes. Der trägt eine schwarze Maske. Ganz kranke Sadomaso-Scheiße, sage ich dir.«

Paul fuhr sich mit der Hand über das Gesicht. »Über wie viele unterschiedliche Männer – oder vielmehr Kunden – reden wir?«

»Außer Schwarzmaske sind es vier weitere. Ich tippe, dass es sich um hochgestellte Persönlichkeiten handelt. Keine Prominenten, ich kenne davon keinen einzigen. Sie hat nicht alle ihre Kunden heimlich gefilmt, sondern nur diese fünf.«

»Deswegen schätzt du, dass sie nur diejenigen, die etwas zu verlieren haben und wo etwas zu holen ist, gefilmt hat?«

»In Verbindung mit der Drohung, das Filmmaterial zu veröffentlichen oder es der Ehefrau zu schicken, ja. Sie ist auf den Aufnahmen nur selten zu sehen. Wenn dann nur von hinten oder maskiert. Ihr Gesicht ist nie zu erkennen.«

Mindestens fünf neue Tatverdächtige. Zudem war

Gregor Eden damit noch lange nicht aus dem Schneider. Wenn er vom Escort-Service oder den anderen Diensten – wie auch immer – erfahren hatte, taugte allein diese Tatsache als Motiv für einen Mord.

»Kannst du mit deiner Zaubersoftware für Gesichtserkennung die vier Männer mit den Bildern der Passagierliste abgleichen?«

»Glaubst du etwa, hier sitzt ein Anfänger? Während wir hier fröhlich plaudern, rödelt sich mein süßes Programm gerade einen Wolf.«

»Ich wusste es, du bist der Beste. Ich werde dich bei der Sternenflotte weiterempfehlen.«

»Das ist tatsächlich von Enterprise, ich bin beeindruckt. Dann werde ich mal hinabsteigen in den Maschinenraum und sämtliche Kommunikationswege überprüfen. Die pikanten Videos habe ich dir als Anhang in einer verschlüsselten E-Mail geschickt. Mögest du lange und glücklich leben.«

Der macht mich wahnsinnig. Wenn dieser Mann nicht so unverschämt gut wäre, in dem was er macht! Nach der Verabschiedung öffnete Paul die Videodateien. Fassungslos starrte er auf den Bildschirm.

»Haben die sogar Pay-TV an Bord? Wusste ich gar nicht.« Unbemerkt hatte Lisbeth das Büro betreten. In der Hand hielt sie ein Tablett. Darauf befanden sich Burger, Pommes frites und zwei dampfende Tassen Kaffee. Paul ließ Lisbeths Spitze unkommentiert stehen.

»Das sogenannte *Tag & Nacht Bistro* trägt seinen Namen zurecht. Möchtest du einen Imbiss zu den Pornos?«

Die Aufnahmen sind alle im selben fensterlosen Raum entstanden. Auf den ersten Blick sah es wie ein gewöhnliches Schlafzimmer aus. Ein Doppelbett aus

Metall, das sich für Fesselspiele eignete, stand dort – wie spätere Videosequenzen bestätigten. Passend dazu zwei Nachtkästchen. Schlichte Tapeten. Ein großer Spiegel an der Wand, davor eine Kommode. Ein Kleiderschrank war nicht zu sehen. Paul vermutete das Versteck der Kamera in eben diesem Schrank. Während die männliche Kundschaft niemals bewusst in Richtung der Kamera blickte, schien sich Corinna Bauer hin und wieder mit einem prüfenden Blick zu vergewissern, dass die heiklen Szenen gut im Bild waren. Der einzige Mann, der nie ins Bett ging, war der Maskenmann. Er kroch, von ihr angeleint wie ein Hund, vor dem Bett auf und ab. Wie sollte Corinna Bauer ihn erpressen, wenn sein Gesicht nicht zu erkennen war?

»Stopp. Halte das Video an, bitte.«

Paul drückte mit der Maus auf die entsprechende Taste.

»Ein bisschen zurück – so drei, vier Sekunden etwa.«

Jetzt erkannte Paul es auch. Eine auffällige Tätowierung an der Schulter des muskulösen Maskenmannes. Je mehr Paul das Standbild vergrößerte, desto schlechter wurde die Bildqualität.

»Sieht aus wie ein asiatisches Schriftzeichen«, sagte Lisbeth halb zu sich selbst, halb zu Paul. Dieser nickte, kopierte sowohl das Standbild als auch die Vergrößerung in eine E-Mail und bat Arne darum, herauszufinden, um was für ein Tattoo es sich handelte. Leider sprach der Mann mit der Maske auf den Videos nicht. Er verfiel völlig in seine Rolle als devoter Hund, der mit einer Gerte gezüchtigt wurde.

»Meine Güte, jetzt hält er sogar die Zunge raus und hechelt«, sprach Paul laut das aus, was er dachte.

»Wirst du jetzt artig sein und gehorchen?«, fragte seine

Herrin.

Statt einer Antwort fing er an zu bellen. Lisbeth fing lauthals an zu lachen und hielt sich beide Hände vor den Mund. Paul sah tadelnd zu ihr hinüber.

»Entschuldigung, aber wie soll ich da bitte ernst bleiben?«

Als das Bellen in ein Jaulen überging, brachen bei Lisbeth alle Dämme. Sie konnte sich nicht mehr gegen die Lachattacke wehren. Mit Tränen in den Augen klopfte sie sich auf die Schenkel.

»Warum ..., warum ...?«, zwischen den Worten bekam sie einen weiteren Lachanfall und japste nach Luft.

»Warum was?«, hakte Paul vollkommen ernst nach.

»Warum wedelt der nicht mit dem Schwanz?«

»Wer weiß, vielleicht kommt das noch?«

Mit einem Taschentuch trocknete sich Lisbeth die Tränen. »Bitte nicht. Stopp den Film, das halte ich nicht durch.«

Paul schloss die Videodatei und fuhr den Rechner herunter. »Es ist schon sehr spät. Für heute machen wir Schluss.«

Als Paul zu seiner Kabine ging, dämmerte es bereits.

***

Bei einem Fall, der sie aufwühlte, konnte Lisbeth nie sofort einschlafen. Anstatt sich ins Bett ihrer Kabine zu legen, ging sie auf den Balkon. Sie widerstand dem Bedürfnis, eine Zigarette zu rauchen. Es hätte ihr sicherlich geholfen, runterzukommen. Irgendwo hatte sie gelesen: *Ich kann allem widerstehen, nur der Versuchung nicht.* Was für ein Blödsinn.

Die frische Seeluft, die sie inhalierte, konnte ihre Müdigkeit nicht vertreiben. Natürlich nicht. Gegen Müdigkeit half nur Schlaf. Lisbeth zog ihr Smartphone umständlich aus der Jackentasche. Keine neue Nachricht von Philip. Ihre Mobilfunkanzeige zeigte nicht einmal den kleinsten der vier Balken an. Sie beschloss trotzdem, ihm in einer Nachricht mitzuteilen, wie sehr sie ihn vermisste. Zwar würden die Zeilen jetzt nicht rausgehen, doch sobald sie sich wieder in Küstennähe befanden, würde es klappen. Sie fragte sich, was er in diesem Moment wohl machte. Vermutlich schlief er friedlich in seiner Wohnung in Hamburg. Im Gegensatz zu ihr hatte ihr Freund so gut wie nie Schwierigkeiten mit dem Einschlafen. Egal ob im Zug, im Auto oder auf einem Stuhl. Wenn er müde war, schloss er die Augen – und weg war er. Beneidenswert.

Lisbeth ging in ihre Kabine und schloss die Balkontür. Nachdem sie sich aus ihren Klamotten geschält hatte, schlüpfte sie in ihr Nachthemd und griff zur Fernbedienung. Sie zappte durch die Kanäle, ohne etwas zu finden, das ihr gefiel. Schließlich blieb sie bei einem Kanal hängen, der ganz passable Musik spielte. *NDR 2 führt sie musikalisch durch die Nacht, egal ob sie arbeiten müssen oder einfach ein Frühaufsteher sind*, sagte ein Moderator. Obwohl sie lieber eingeschlafen wäre, musste Lisbeth an das Mordopfer denken. Sie fragte sich, was für ein Mensch Corinna Bauer gewesen war. Was motivierte eine Krankenschwester dazu, nebenberuflich als Escort-Dame zu arbeiten? War es nur die Gier danach, in relativ kurzer Zeit viel Geld zu verdienen, oder empfand sie Lust dabei? Vielleicht eine Mischung aus beidem. Oder steckte sie in finanziellen Schwierigkeiten, hatte hohe Schulden und musste deswegen schnell viel Geld verdienen? Für

Lisbeth käme diese Art des Broterwerbs niemals infrage. Sich selbst dabei zu filmen schon zweimal nicht. Lieber würde sie in einer finanziellen Notsituation kellnern oder putzen gehen.

Sie quälte sich aus dem Bett und goss sich ein Glas Wasser ein. Der erste Schluck tat ihrer trockenen Kehle gut. Lisbeth zog die Vorhänge vor der Fensterfront zu, um nicht von den ersten Sonnenstrahlen geweckt zu werden. Sie legte sich ins Bett und sehnte sich nach erholsamem Schlaf. Ohne jemals dort gewesen zu sein, dachte sie an die zerklüftete Küstenlandschaft Irlands und an warmen Regen. Schließlich holte sie der Schlaf zu sich in sein Reich.

»Lissi, was ist los mit dir?«

Ehe sie richtig begriff, wo sie sich befand, hämmerte es an der Tür.

»Mach auf, Mensch!« Erneutes Hämmern.

Sie betätigte den Lichtschalter, zog sich einen Bademantel über und öffnete.

»Moin, junge Dame. Ich habe fünfmal auf deinem Handy und dreimal auf deinem Kabinentelefon angerufen.«

Lisbeth rieb sich die Augen. »Willst du etwa jetzt schon frühstücken?«

»Frühstück ist durch. Wenn du dich beeilst, bekommst du vielleicht noch was zum Mittagessen.«

»Oh.« Lisbeth gab die Tür frei und bat ihn mit einer Geste herein. »Machst du mir einen Kaffee, während ich kurz unter die Dusche springe?«

Paul schnaufte und ging zur Kaffeemaschine. Er kontrollierte, ob der Wassertank gefüllt war, nickte und schaltete die Maschine ein, während Lisbeth im

Badezimmer verschwand. Er tauschte eine verbrauchte Kapsel gegen eine neue aus und platzierte eine Kaffeetasse an der dafür vorgesehene Stelle. Damit Lisbeth ihren Kaffee heiß trinken konnte, wartete Paul damit, den finalen Knopf zu drücken, bis sie aus dem Bad zurück war.

Lisbeth kam im Bademantel und mit nassen Haaren zurück in die Kabine. In der rechten Hand hielt sie ein Handtuch, mit dem sie ihre Haare trocken rubbelte.

»Wie lange bist du schon wach?«

»Ich habe nur drei Stunden geschlafen.« Er drückte den Knopf und die schwarze Brühe strömte ratternd in die Tasse.

»Du Streber.« Sie zwinkerte ihm zu, warf das Handtuch achtlos auf das Bett und griff sich die Kaffeetasse. »Was gibt es Neues?«

»Ich habe mit den Männern gesprochen, die laut Arnes Software Gregor Eden ähnlichsehen.«

»Und?«

»Sie scheiden beide aus. Sie sehen vom Gesicht seinem aktuellen Foto zwar tatsächlich sehr ähnlich, doch der eine ist zu groß, der andere ist mit 1,69 viel zu klein. Außerdem konnten sie sich ausweisen. Ich habe ihre Angaben überprüft, die sind in Ordnung.«

»Das heißt, Gregor Eden ist definitiv nicht an Bord und fällt somit als möglicher Täter aus.«

»Davon müssen wir ausgehen. Er wird wohl kaum jemanden damit beauftragt haben, seiner Ex-Freundin einen Eispickel in den Kopf zu rammen.«

Lisbeth spürte, wie der letzte Schluck Kaffee die Speiseröhre hinunterglitt und das Koffein seine Wirkung entfaltete. Immer wenn ein Tatverdächtiger ausgeschlossen werden konnte, blieb mehr Zeit, sich auf die anderen Kandidaten zu konzentrieren. Eine gute Nachricht.

»Was hast du sonst noch?«

»Die Hausdame, Frau Brugger, hat sich telefonisch gemeldet. Sie war in einen Verkehrsunfall verwickelt, verlor kurzzeitig das Bewusstsein und musste ins Krankenhaus eingeliefert werden. Ihre Verletzungen stellten sich dann jedoch als nicht so schwerwiegend heraus. Inzwischen konnte sie die Klinik wieder verlassen und reist mit dem Zug nach Holyhead, um dort wieder an Bord zu gehen.«

Paul sah auf seine Armbanduhr. »In 15 Minuten haben wir eine Videokonferenz mit Arne und den Kollegen aus Osnabrück. Schaffst du das?«

Lisbeth nickte und stieg in die Nasszelle. »Ich gehe schon mal vor«, sagte Paul zur Tür, die sie bereits hinter sich zugezogen hatte.

Kapitel 11

Die wenigen Stunden Schlaf machten Paul gar nicht viel aus. Er fühlte sich trotzdem ausgeruht und fit. Vielleicht lag es an dem Gefühl, dem Täter und damit der Aufklärung des Falles ein deutliches Stück nähergekommen zu sein. Die jüngsten Ereignisse hatten seinen Jagdinstinkt geweckt. Nur zu genau wusste er, dass er jetzt nicht nachlassen durfte, wenn er dem Täter so dicht auf den Fersen war. Zu seinem großen Glück zeigte Wiebke dafür Verständnis. Als sie merkte, wie aufgewühlt er nach dem Aufwachen war, hatte sie seine Hand genommen.

»Wenn diese Geschichte vorbei ist, dann steht uns doch eine Ersatzkreuzfahrt zu, oder? Dafür, dass du hier gar keinen richtigen Urlaub machen kannst.«

»Also ich habe noch nicht mit dem Kapitän gesprochen, aber das ist wohl das Mindeste. Was schwebt dir denn als neues Reiseziel vor?«

Sie grinste verstohlen. Ihre Wangen zeigte eine gesunde Farbe. »Zum Nordkap, den ganzen Weg an der norwegischen Küste durch die ganzen Fjorde und dann möchte ich im nördlichsten Postamt Europas eine Postkarte einstecken. Gestern gab es einen Vortrag über diese Reise, die Bilder hättest du sehen sollen, das hätte dir auch gefallen.«

»Schon gut, schon gut, du hast mich überzeugt, ich werde …«

»Oh, Mama, Levke ist so doof. Die greift mir immer auf den Bildschirm.«

»Mach ich gar nicht.«

»Sie soll das lassen, jetzt, wo ich gerade Empfang habe.«

Paul verfluchte sich innerlich dafür, dass er Tom leichtsinnigerweise sein altes Smartphone überlassen und zudem noch Pokémon Go installiert hatte. Auf einer Kreuzfahrt gab es doch wohl genügend andere Dinge zu entdecken als diese virtuellen Monster.

»So jetzt reicht es. Tom, du putzt dir die Zähne, danach ziehst du dich an. Ist das klar?«

»Och menno, ich muss doch nur noch dieses Level schaffen.«

»Wenn ich bis drei gezählt habe, ist das Smartphone weg bis zum Ende der Reise. Eins, zwei …«

»Ey, das ist voll ungerecht. Levke darf immer alles.« Er warf das Smartphone auf sein Kopfkissen und schlurfte ins Bad. Als er darin verschwunden war, griff Paul sich Levke und hievte sie zu sich ins Bett. »Und du meine kleine Schnecke hörst auf, deinen Bruder zu ärgern: Sonst …«

Er hatte sich einen kleinen Vortrag zurechtgelegt. Doch dieses unverschämt hinterlistige Grinsen nahm ihm sämtlichen Wind aus den Segeln. Anstatt ihr Vorhaltungen zu machen, setzte er seinen Mund an ihren Hals und prustete so dagegen, dass es sich wie wildes Gepupse anhörte. Levke juchzte vor Vergnügen. Er hörte kurzzeitig damit auf. Nur um gleich darauf das Spiel zu wiederholen, wobei sie noch lauter lachte als zuvor.

»So, jetzt ist Feierabend.« Er küsste sie auf die Wange. »Die Mama sucht dir was zum Anziehen raus, und dann geht's ab zum Frühstück.«

»Krieg ich Waffeln mit Nutella?«

»Nur, wenn du dich beeilst.«

Levke nickte eifrig.

Paul zog sich seinerseits an, stopfte sein Oberhemd in

die Hose, trank auf die Schnelle einen Kaffee und verabschiedete sich mit einem Kuss von seiner Frau.

Drei Stunden verbrachte er im Büro, ohne dass Lisbeth auftauchte. Er gönnte ihr ein paar Stunden Schlaf mehr, bevor er sie weckte. Sie erschien gerade rechtzeitig zur Telefonkonferenz. Nach Begrüßungsfloskeln und einer kurzen Vorstellungsrunde forderte Paul seinen Kollegen auf: »Arne, bring uns und die Kollegen aus Osnabrück doch bitte auf den neuesten Ermittlungsstand.«

»Laut Impressum hat die Firma *Direct-Dates* ihren Firmensitz in Hameln, Niedersachsen. Wir haben einen Gerichtsbeschluss erwirkt, der uns zur Herausgabe aller Daten bezüglich Corinna Bauer beziehungsweise ihrem dortigen Pseudonym *Dark Angel* verpflichtet. Ihre Kunden haben bei *Direct-Dates* weder ihre Klarnamen noch ihre Postadressen hinterlegt.«

»Müssen sie nicht wenigstens eine Kreditkarte oder eine Kontoverbindung hinterlegen?«, wollte Paul wissen.

»Nein, nicht unbedingt. Sie können auch über PayPal bezahlen, also was ihre monatliche Mitgliedsgebühr angeht. Wie sie die Frauen, die sie buchen, bezahlen, ist Verhandlungssache zwischen der jeweiligen Frau und dem Kunden. Die meisten Kunden bezahlen in bar. Nach der Inanspruchnahme des Dienstes können die Frauen die Männer dann online bewerten. Zum einen, ob sie wie vereinbart bezahlt haben, zum anderen, ob sie anderweitig aufgefallen sind, zum Beispiel, ob sie handgreiflich geworden sind. Da legt *Direct-Dates* großen Wert drauf. Ich habe mit dem Geschäftsführer gesprochen. Bei groben Verstößen wird das entsprechende Kundenkonto sofort gesperrt. Bei kleineren Verstößen bekommen sie eine Verwarnung, wie eine gelbe Karte beim Fußball.«

Lisbeth stellte sich neben Paul, der auf einem Stuhl saß, um durch die Bildschirmkamera gesehen zu werden. »Was ist mit den fünf Männern, die auf den Videos zu sehen sind? Konntest du deren Identität und ihre Adressen ermitteln?«

»Nicht direkt.«

»Was soll das denn heißen? Hast du sie nun: ja oder nein?«, brach es aus Paul heraus.

Lisbeth legte eine Hand auf Pauls Unterarm zum Zeichen, dass er sich mäßigen und nicht so ungeduldig sein sollte.

»Das Problem ist, dass die Seite paypal.de über Luxemburg läuft. Ich habe mit unserem Staatsanwalt gesprochen. Um an deren Daten zu gelangen, müssen wir einen Richter finden, der uns einen Beschluss für die Herausgabe der Daten in Luxemburg unterschreibt. Danach müssen wir uns an die Behörden in Luxemburg wenden.«

»Bei Ermittlungen wegen Mordes wird das unterschrieben.«

»Sicher, das sagt der Staatsanwalt auch, nur dauert das eben. Über die IP-Adressen und die anderen Daten, die ich vor einer Stunde von *Direct-Dates* erhalten habe, kann ich zurückverfolgen, von wo und über welche Provider sich die Nutzer eingewählt haben. Bei denen können wir dann rausfinden, wer die Anschlussinhaber sind, und mit etwas Glück haben wir unsere *Direct-Dates*-Nutzer. Das läuft gerade. Wenn sie sich allerdings über ein öffentliches W-Lan eingeloggt haben oder über einen nicht gesicherten Anschluss einer Privatperson, der nicht ihr eigener ist, wird es schwierig, die Identität herauszubekommen.«

»Bei vier der fünf Männer überprüfen meine Leute das gerade«, meldete sich der leitende Kripobeamte aus Osnabrück zu Wort.

»Zwei IPs führen nach Nordrhein-Westfalen, Bielefeld und Gütersloh. Ein Kunde hat sich stets in Osnabrück, der vierte in Vechta eingeloggt«, sagte Arne.

»Was ist mit dem Maskenmann?«, fragte Lisbeth.

»Der ist unser größtes Problem.«

»Warum?«

»Ich kann den Typen keinem Kundenprofil zuordnen. Es gibt keine Kommunikation über den Laptop zu diesem Mann, keine E-Mail, kein Chat, nichts. Jedenfalls keine offensichtliche. Ich tippe darauf, dass Corinna Bauer ihn außerhalb von *Direct-Dates* kennengelernt hat, vielleicht über eine Weiterempfehlung.«

Paul fragte sich, was mit ihren anderen Kunden war, die nicht gefilmt worden waren. Oder hatte sie noch mehr gefilmt, die Dateien aber noch nicht auf den Laptop gespielt? Der Kreis der Verdächtigen könnte somit viel größer als diese fünf Männer sein.

»Herr Kollege, haben Sie die versteckte Kamera bei der Hausdurchsuchung gefunden?«

»Leider nein. Nachdem Herr Claaßen uns über die gefundenen Videodateien informiert hat, durchsuchten meine Mitarbeiter nicht nur den Schlafzimmerschrank erneut, sondern auch jeden Winkel des Schlafzimmers, sowie die gesamte Wohnung. Nichts.«

Sie wird sie mitgenommen haben. In der Kabine von Corinna Bauer konnte keine Videokamera gefunden werden, nicht einmal ihr Smartphone. Wenn sie diese Kamera mit an Bord genommen hatte, hat sie der Mörder an sich genommen. Vielleicht musste sie genau wegen dieser Aufnahmen sterben.

Es klopfte an der Tür. Eine Mitarbeiterin brachte ein Tablett herein und stellte es wortlos auf den Tisch. Dass sich darauf Kanapees liebevoll belegt mit Lachs, Schinken, Mett, Kräuterquark oder Ei befanden, registrierte Paul zunächst gar nicht. Lisbeth hingegen griff sofort zu.

Paul vereinbarte die nächsten Schritte mit den Teilnehmern der Videokonferenz. Sobald neue Erkenntnisse vorlagen, wollte man sich erneut auf diesem Wege besprechen.

Als sich Lisbeth über das achte Kanapee hermachte, klopfte es erneut, und dieselbe Servicekraft brachte eine Kanne Kaffee herein.

»Brauchen Sie sonst noch etwas?«

»Nein danke, alles prima.«

Sie lächelte und ging.

»Können wir die Dame nicht für unser Büro in Oldenburg engagieren?«

»Lissi, bitte!«

»Wieso? Der Kaffee ist viel besser als bei uns, und diese Schnittchen solltest du mal probieren, echt lecker.«

Ohne auf ihre Bemerkung zu reagieren, goss Paul ihnen beiden Kaffee ein. Nach dem ersten Schluck nahm er sich einen Filzstift und ging an die Schreibtafel, die er am Morgen angefordert hatte. Zentral schrieb er den Namen Corinna Bauer auf. Darüber notierte er *Maskenmann*, schrieb direkt darunter *Schultertattoo* als Schlagwort. Den vier anderen gefilmten Männern gab er unterschiedliche Fantasienamen: *Bubi, Muskelmann, Spanier und Skandinavier.*

»Woher weißt …«, murmelte Lisbeth mit vollem Mund. Sie merkte selbst, dass sie kaum zu verstehen war, aß hastig auf. »'tschuldigung, woher weißt du, dass der dritte Spanier ist?«

»Weiß ich doch gar nicht, hätte auch Italiener oder Türke schreiben können. Südländer klingt so abwertend, finde ich. Vielleicht kommen nur seine Eltern aus dem Mittelmeerraum, aber du musst zugeben, ein bisschen Maurisches ist bei dem schon drin, oder?«

Lisbeth nickte und nahm ihre Kaffeetasse in die Hand.

Die Schreibtafel füllte sich mit immer mehr Notizen und Verbindungen zwischen Corinna Bauer und den tatverdächtigen Männern. Paul wurde das Gefühl nicht los, dass sie etwas Wichtiges übersehen hatten.

Kapitel 12

Es fiel ihm schwer, am Bordalltag - wie alle anderen - teilzunehmen. Er ertappte sich immer wieder dabei: Je mehr er sich bemühte, sich unauffällig zu verhalten, umso auffälliger verhielt er sich tatsächlich. Wenn er zum Beispiel sichergehen wollte, dass ihn keiner beobachtete, wenn er in einen bestimmten Raum ging, musste sein verstohlenes Umsehen doch auffallen. Welcher Mensch, der nichts zu verbergen hatte, sah sich dauernd um wie ein Getriebener? Es war ein Ding der Unmöglichkeit, sich bewusst unauffällig zu verhalten. *Tu einfach so, also wäre nichts geschehen, und als suchten die beiden Oldenburger Kripobeamten nicht nach dir,* sagte er sich immer wieder. Die Folge war, dass er sich durch diese Gedanken anders als sonst benahm.

Als Kind hätte ihm keiner eine solchen Werdegang zugetraut, am allerwenigsten sein Vater. Mit Hängen und Würgen bekam er die Empfehlung für die Realschule, die er durchschnittlich abschloss, um eine Ausbildung im öffentlichen Dienst zu absolvieren. Erst nach dieser Ausbildung holte er sein Abitur auf dem zweiten Bildungsweg nach. Bereits bei den Eltern nach heftigem Streit ausgezogen, fiel es ihm schwer, sich finanziell über Wasser zu halten. BAföG hätte er nicht bekommen, da sein Vater zu viel verdiente. Er wollte ihn nicht auf monatliche Zahlungen verklagen, weil er ihm beweisen wollte, dass er es ganz allein schaffen konnte. »Du wirst es eh zu nichts bringen, du Versager«, war der Lieblingssatz seines Vaters, den dieser gebetsmühlenartig wiederholte.

Tagsüber jobbte er entweder bei einem Versandhändler oder in einer Drogerie. Je nachdem, wer ihn gerade brauchte. Manchmal malochte er in Doppelschichten. Abends, wenn seine Freunde sich auf ein Bier trafen, büffelte er den Stoff der Sekundarstufe II. Bis spät in die Nacht ackerte er sich durch Jahreszahlen und Ereignisse im Mittelalter, berechnete Ableitungen, schlug sich mit Binomischen Formeln herum oder schrieb auf Englisch eine Inhaltsangabe zu John Steinbeck. Es kam sogar vor, dass er vor Erschöpfung mit dem Kopf auf seinem kleinen Schreibtisch einschlief. Nur, um dann zwei Stunden später mit Nackenschmerzen aufzuwachen und festzustellen, dass er sich in drei Stunden zur Arbeit fertigmachen musste. In den heißen Phasen vor den Prüfungen fand er auch am Wochenende keine Zeit, um sich zu erholen und neue Kraft zu tanken. Damals wusste er noch nicht genau, was sein berufliches Ziel war. Das sollte er erst viel später herausfinden. Er wusste nur, mit dem Abitur hätte er bessere Voraussetzungen als seine Kollegen beim Versandhandel. In dieser Zeit zwangen ihn die Umstände sich zu disziplinieren, seine sonstigen Bedürfnisse hintenanzustellen und alles dem einen Ziel unterzuordnen. Diese Fähigkeiten, eine ausgeprägte Willensstärke und eiserne Disziplin sollten wichtige Eckpfeiler in seinem späteren Leben werden.

Umso unverständlicher war es für ihn, warum die Geschichte mit der Schlampe so aus dem Ruder laufen konnte. Wo war seine Disziplin zu diesem Zeitpunkt geblieben? Er hatte doch nur mit ihr reden wollen - wie zwei zivilisierte Menschen. Wie hätte er ahnen können, dass sie ihn immer wieder provozieren, gezielt Salz in seine wunden Punkte streuen und ihn damit zur Weißglut bringen würde? Es schien ihr Spaß zu machen, denn am Ende lachte sie ihn höhnisch aus. Genau da verlor er die

Kontrolle.

Er fragte sich, wie die Polizei auf ihn kommen sollte. Alles, was er in ihrer Kabine angefasst hatte, und das war nicht viel, hatte er sorgfältig abgewischt. Selbst wenn sie DNA-Spuren, Hautpartikel oder ein Haar von ihm fanden, mit was sollten sie es vergleichen? Sein Genmaterial war in keiner Datei verzeichnet. Und in einer Kabine würden sie jede Menge DNA von vorherigen Gästen finden. Selbst, wenn das Kabinenpersonal äußerst gründlich reinigte. Von dieser Seite dürfte keine Gefahr drohen.

Er glaubte nicht, dass ihn jemand gesehen hatte, als er sie aufsuchte. Als er bei ihr klopfte, befand sich keine Menschenseele auf dem Gang. Da war er sich sicher. Es gab jedoch eine andere Verbindung zu Corinna Bauer. Dass sie diese jedoch herausfinden würden, bezweifelte er.

***

Während Paul mit seiner Familie zum Abendessen verabredet war, arbeitete Lisbeth alle Informationen durch, die sie bisher zusammengetragen hatten. Kurz bevor er ging, versuchte er sie noch zu überreden, sich ihnen anzuschließen.

»Wiebke und die Kinder würden sich freuen, das weißt du genau.«

»Nur die?«

Als Paul Luft holte, um sich zu rechtfertigen, hob sie die Hand. »Hey Chef, das war ein Spaß. Ich weiß, du freust dich auch. Ich möchte mir diesen ganzen Krempel«, sie zeigte auf den Computerbildschirm, »gedanklich sortieren.

Irgendetwas stimmt da noch nicht. Ich möchte nichts übersehen. Ein anderes Mal, okay?«

Er nickte und ging, ohne zu antworten.

Lisbeth nahm sich Arnes Bericht vor. Die Auswertung des Laptops war abgeschlossen. Corinna Bauer verfügte über drei E-Mail-Konten. Eines davon verwendete sie ausschließlich für ihre männlichen Kunden. Lisbeth konnte mithilfe der Zugangsdaten, die Arne in der E-Mail mitgeschickt hatte, auf diese Kommunikation zugreifen. Corinna Bauer und die Kunden sprachen sich nicht mit Klarnamen an. Offenbar kannten sie sich aus gemeinsamen Chats und verwendeten die dort gewählten Spitznamen.

Lisbeth schlug mit der flachen Hand auf den Tisch. Es war zum Verrücktwerden! Jedes Mal, wenn es interessant wurde, verwies *Dark Angel* auf eine bestimmte Mobilfunknummer, ohne sie explizit zu nennen. Die Kunden mussten sie auf einem anderen Weg erfahren haben. Arne vermutete, dass Corinna Bauer ein gesondertes Handy mit Prepaid-Karte verwendete. Bei dem Mobiltelefon könnte es sich um ein altes Nokia handeln, mit dem SMS versendet und empfangen wurden, erklärte Arne. Solche inzwischen antiquierten SMS seien von Außenstehenden nicht so leicht abzufangen, wie zum Beispiel WhatsApp-Nachrichten.

Würde Corinna, wenn sie tatsächlich einen solchen alten Mobilfunkknochen für ihre Kunden benutzte, dieses Gerät mit auf eine Kreuzfahrt nehmen? Wohl eher nicht. Es sei denn, sie wollte sich mit einem der Kunden auf dem Schiff treffen. Da sie ein solches Handy nicht in ihrer Kabine sichergestellt hatten, stellte sich die Frage: Wo befand es sich? Lisbeth überlegte, wo sie ein solches

Gerät verstecken würde. Vielleicht in ihrem Wohnzimmerschrank zu Hause, in ihrem Auto oder in ihrem Spind auf der Arbeit? Nein, auf Arbeit würde sie es nicht mitnehmen. In ihrer Handtasche vielleicht.

Hastig kramte sie in einem Papierhaufen. Schließlich fand sie, wonach sie gesucht hatte: Das Protokoll der Sachen, die in der Kabine von Corinna Bauer sichergestellt worden waren. Mit dem Finger fuhr sie über jeden Punkt der Liste. Am Ende angekommen, klopfte sie mit der Faust auf den Tisch und rieb sich das Kinn. Es gab keine Handtasche auf dieser Liste. Lisbeth kannte keine Frau, die ohne ihre Handtasche oder zumindest eine Umhängetasche auf einem Kreuzfahrtschiff verreisen würde. Warum war ihr das nicht schon damals aufgefallen, als sie die Kabine inspizierte? Sie ging an die Schreibtafel und notierte:

- *Wo ist die Handtasche von Corinna Bauer?*
- *Prepaid Handy (Nokia)?*

Lisbeth schob die Verschlusskappe auf den Filzschreiber und tippte sich gedankenverloren mit dem Stift gegen die Lippen. Falls der Mörder die Handtasche – mit oder ohne Prepaid Handy – an sich genommen hatte, wie sollten sie dann an diese rankommen? Sie konnten schlecht jede einzelne Kabine auf diesem riesigen Kreuzfahrtschiff durchsuchen. Es fehlte die rechtliche Grundlage, und der Kapitän würde eine solche Maßnahme nicht unterstützen.

Lisbeth musste an ihren Vater denken – Walter Brenneken. Als Mensch hatte sie durch sein rücksichtsloses Verhalten jede Achtung vor ihm verloren. Sie erinnerte sich noch genau an einen Vorfall in der Grundschule, als sie ein Diktat mit zwölf Fehlern mit nach Hause brachte. Er schrie sie wütend und mit hochrotem Kopf an und ließ sie ein Diktat nach dem anderen schreiben. Selbst ihre Tränen konnten ihn nicht erweichen, als sie ein und denselben Fehler zum zweiten Mal machte. Erst nach Stunden schrieb sie ein Diktat ohne Fehler. Darauf folgte ein stummes Nicken. Kein *gut gemacht*, kein *jetzt bin ich zufrieden mit dir* oder ein *siehst du, du kannst es doch.* Seine Karriere war ihm wichtiger als seine Familie. Vom Ehrgeiz zerfressen zog es ihn nach Hannover. Am Ende zahlte es sich für ihn aus. Auch wenn sie seit Jahren keinen Kontakt mehr zu ihm hatte, konnte sie sich denken, dass er sich für ihren beruflichen Werdegang interessierte. Als oberster Dienstherr würde es für ihn ein Leichtes sein, Erkundigungen über sie von der Kripo Oldenburg einzuziehen. Sie wusste, er war stolz auf sie. Ihm hatte sie es zu *verdanken*, dass sie hier ermitteln *durfte.* So ein Fall auf einem Kreuzfahrtschiff war schließlich prestigeträchtig und konnte der Karriere dienlich sein. Seine Sturheit und seine Willensstärke hatte sie von ihm geerbt. Er würde sie sogar ermutigen. »Los zeig mal, was in der steckt.«

Sie schob ihre Gedanken beiseite und arbeitete die restlichen Unterlagen durch. Kurz bevor sie fertig war, kehrte Paul vom Abendessen zurück.

»Na? Konntest du deine Familie bei Laune halten?«

»Das musste ich nicht einmal. Erstaunlicherweise haben sie sich inzwischen daran gewöhnt, dass ich hier so viel arbeiten muss. Wiebke macht das Beste daraus und freut sich auf die nächste Kreuzfahrt, die wir hoffentlich erstattet bekommen.«

»Und die Kinder?«

»Die sind durch die Kinderanimation bestens versorgt.«

Paul fing an zu lachen. »Du hättest Levke sehen sollen, die war geschminkt wie eine Katze. Sie wollte das Zeug unbedingt drauf behalten. Wie lief es bei dir?«

Lisbeth stand auf, drückte ihr Kreuz durch und trat dann auf die Schreibtafel zu. Sie deutete auf einen Punkt. »Hier. Warum haben wir die Handtasche von Corinna Bauer nicht sicherstellen können?«

»Hm, gute Frage. Vielleicht hatte sie keine dabei.«

»Vergiss es, Paul. Hat Wiebke eine Handtasche dabei?«

»Zwei sogar. Eine für die Zeit auf dem Schiff und so eine Bootsmanntasche für die Landgänge, die haben wir mal in Kiel gekauft.«

»Siehst du, ich habe auch eine dabei. Keine Frau lässt ihre Handtasche zu Hause, wenn sie verreist.«

Paul verschränkte die Arme vor der Brust. »Gut, dann muss der Täter sie an sich genommen haben. Entweder befindet sie sich noch in seinem Besitz, oder er hat die Handtasche über Bord geworfen.«

»Das sehe ich auch so.« Sie nahm den Filzschreiber und tippte auf den zweiten Punkt. »Arne vermutet, als Escortdame habe sie höchstwahrscheinlich ein Prepaid Handy benutzt. Auch das konnten wir nicht finden.«

»Vielleicht befindet es sich in der Handtasche, und der Täter hat sie deswegen mitgenommen.«

»Möglich, oder sie hat es gar nicht mitgenommen.«

»Gute Arbeit, Lissi. Wir haben gleich einen Termin beim Kapitän.«

Lisbeth sah ihn erstaunt an.

»Er möchte sich über den aktuellen Stand der Ermittlungen informieren.«

Ohne weitere Worte machten sie sich auf den Weg.

***

Überraschenderweise führte sie ein Mitarbeiter direkt auf die Brücke. Lisbeth sah sich um: Konsolen, Monitore, jede Menge Knöpfe, einige beleuchtet, andere nicht. Sie zählte insgesamt fünf Schiffsoffiziere. Ein unverständliches Kommando knarzte aus dem Funkgerät, das der Kapitän in der Hand hielt. Er führte es an den Mund, drückte einen Knopf und sprach eine kurze Antwort in englischer Sprache. Das Handfunkgerät und ein Fernglas, durch das einer der Männer durch die große Fensterfront in der Ferne spähte, waren die einzigen Geräte, die wohl schon vor 50 Jahren in der Seefahrt verwendet wurden. Kapitän Voss blickte kurz zu ihnen herüber und ging dann auf sie zu.

»Wo ist das Steuerrad?«, fragte Lisbeth.

Der Kapitän hob die Hand. »Einen Augenblick noch. Gleich bin ich für Sie da.« Er wandte sich ab, um einem Offizier ein paar Anweisungen zu geben. »So, jetzt habe ich Zeit. Ein Steuerrad? Sie meinen wie auf alten Piratenschiffen?« Er lachte kehlig.

Lisbeth verfluchte sich dafür, diese offenbar naive Frage gestellt zu haben.

»Das ist eine Frage, die ich von Gästen häufig gestellt bekomme. Leider kann ich nur damit dienen.« Er deutete mit seiner Nase in Richtung eines kleinen Pults, das unscheinbar neben den Hauptkonsolen stand. Er trat an das Pult und tippte mit dem Zeigefinger auf den Joystick.

»Mit diesem Ding, das mich an meinen alten Commodore 64 erinnert, steuern Sie einen Ozeanriesen?«

Kapitän Voss nickte.

Lisbeth erinnerte sich an einen Winterabend, an dem sie bei Familie Schweigert zu Besuch war. Wiebke hatte Paul einen Retro-Joystick gekauft. In dem Fuß des Gerätes befand sich ein Chip, auf dem ein paar Spiele gespeichert waren und der einfach nur an einen Flachbildschirm angeschlossen werden musste. Sie spielten Summer Games – Olympische Sommerspiele. Beim 100-Meterlauf musste sie den Joystick wie eine Irre möglichst schnell immer wieder von links nach rechts bewegen, um mit einer möglichst guten Zeit ins Ziel zu kommen. Was hatten sie für einen Spaß gehabt. Sie wusste noch, dass sie Tränen gelacht hatte.

»Frau Eicken, haben Sie das soweit verstanden, was ich Ihnen gerade erklärt habe?«

»Was? Ja, ja klar«, log sie. »Das klingt sehr interessant.«

»Gut, wenn Sie keine weiteren Fragen haben, gehen wir jetzt besser in mein Büro.«

Er wandte sich an einen Offizier, auf dessen Namensschild A. Köhler stand. »Nr. 1, Sie haben die Brücke.«

»Ay, ay, Käpt'n.«

Von der Brücke war es nicht weit bis ins Büro des Kapitäns, das sich Lisbeth beeindruckender vorgestellt hätte. Es maß etwa zwölf Quadratmeter und war damit nur etwas größer als ihr provisorisches Büro. Genau wie ihres, war dieses nicht mit einem Fenster ausgestattet. Der Kapitän forderte sie auf, Platz zu nehmen.

So prägnant wie möglich fasste Paul ihren derzeitigen Ermittlungsstand zusammen. Dabei unterbrach ihn der

Kapitän kein einziges Mal. Als Paul zu Ende gesprochen hatte, nickte Kapitän Voss einige Male und brummte dabei.

»Schön, ich merke, Sie sind auf dem richtigen Weg. Wir, das heißt die Reederei und ich, sind mit Ihrer bisherigen Arbeit sehr zufrieden, insbesondere was die Diskretion angeht. Ich hörte zwar, es sei ein Gerücht im Umlauf, es gäbe eine Leiche an Bord, doch wie mir mein Sicherheitsoffizier mitteilte, wird das von den meisten Passagieren wohl nicht ernst genommen und als Seemannsgarn abgetan. Selbst der Innenminister aus Hannover, Herr Brenneken …«

Wieso musste ausgerechnet der sich einmischen? Sie hatten alles im Griff und für die operative Aufklärung eines Kapitalverbrechens war er ja wohl kaum zuständig.

»Danke, wir kennen den Namen«, herrschte ihn Lisbeth an. Erst als sie es bereits ausgesprochen hatte, merkte sie, wie unangemessen ihr Tonfall war, »also ich meine, natürlich kennen wir unseren obersten Dienstherren namentlich.«

»Also wie gesagt, der Herr Innenminister ist voll des Lobes, ich soll Ihnen beste Grüße ausrichten. Er wünscht Ihnen viel Erfolg.«

Paul sah Lisbeth an. Lisbeth blickte peinlich berührt nach unten auf ihre Schuhe.

Sie konnte den Gedanken an ihren Erzeuger nicht abschütteln. Fehlte nur noch, dass er sich mit einem Helikopter einfliegen lässt. Inszeniert wie in einem schlechten Hollywoodstreifen, würde er in einem maßgeschneiderten Anzug und Budapester Schuhen aus Krokodilleder aussteigen. Selbst wenn die Gäste bloß interessiert guckten, weil ein Hubschrauber nur selten auf einem Kreuzfahrtschiff landete, würde sein Ego dieses Interesse auf sich beziehen und gierig aufsaugen.

»Lissi, was ist jetzt? Willst du nicht mitkommen?«

Sie drehte sich um und sah Paul zusammen mit dem Kapitän an der Tür stehen.

»Natürlich.«

Hastig stand sie auf, schulterte ihre Tasche und folgte den beiden. Mit einem Handschlag verabschiedete sich der Kapitän von ihnen und empfahl sich. Als er außer Hörweite war, fragte Paul: »Kannst du mir verraten, was das gerade war?«

»Was meinst du?«

»Ich weiß nicht, wo du mit deinen Gedanken warst, aber vom Gespräch hast du jedenfalls nicht viel mitbekommen.«

»Entschuldige bitte, ich …«

»Es ist, weil er deinen Vater erwähnt hat, oder?«

Lisbeth presste ihre Lippen zusammen.

Paul sah sich um, ob jemand ihre Unterhaltung mithören konnte. Er sprach leise weiter: »Okay, du kommst nicht mit ihm klar, beziehungsweise du willst nichts mit ihm zu tun haben. Das verstehe ich ein Stück weit. Du solltest jedoch deine Gefühle zurückstellen und professionell arbeiten. Schaffst du das? «

»Selbstverständlich.«

»Gut, ich brauche dich nämlich hier noch.«

Kapitel 13

Ich bin ein gottverdammtes Genie, dachte er. Seine Lebenserfahrung hatte ihn jedoch gelehrt, dass der Grat zwischen Genie und dem größten Idioten aller Zeiten mitunter ein schmaler war. Es war alles andere als leicht gewesen, sich Zugang zum Computer von Schweigert und Eicken zu verschaffen. Blieb dieser Zugriff auch weiterhin unbemerkt – vieles sprach dafür – würde er jederzeit über ihren derzeitigen Ermittlungsstand und über ihre weiteren Schritte informiert werden. Dinge, die die sogenannten Kollegen in Osnabrück herausfanden, konnte er zwar nicht beeinflussen. Doch es reichte völlig aus, wenn er deren Ergebnisse umgehend erfuhr. Er grinste in sich hinein, zwang sich nicht laut loszulachen. Das wäre aufgefallen. Man hätte ihm nach dem Grund seines Lachens gefragt. In jener Nacht hatte ihn niemand gesehen. Zumindest hatte sich kein Zeuge gemeldet. Warum also sollte sich zum jetzigen Zeitpunkt noch jemand melden? Die Tat hatte sich noch nicht überall herumgesprochen. Die Durchsage des Kapitäns, sie müssten wegen eines medizinischen Notfalls einen ungeplanten Stopp in Calais einlegen, schienen die meisten Passagiere geschluckt zu haben. Sie freuten sich, ihren wohlverdienten Urlaub wie geplant fortsetzen zu können.

Jetzt war er froh, dass er sich nicht zu einer Kurzschlussreaktion hatte hinreißen lassen. Möglicherweise fand die Geschichte für ihn doch noch ein gutes Ende. Er wusste, die meisten Mordfälle konnten über kurz oder lang aufgeklärt werden. Doch nur diejenigen, bei denen eine persönliche Beziehung zwischen Täter und Opfer bestand. In seinem Fall gab es diese zwar, doch blieb sie bisher unentdeckt. Wenn er nur vorsichtig genug war und sich im Hintergrund hielt, würden sie ihm nicht auf die Schliche kommen. Falls doch, bräuchte er einen Notfallplan. Er kannte einige wichtige Leute, die ihrerseits viel zu verlieren hatten. Besonders einer von ihnen war ihm noch einen großen Gefallen schuldig. Diesen Gefallen konnte er jederzeit einfordern.

Über die Bordlautsprecher ertönte eine Durchsage des Entertainment-Managers. Er wies auf das unvergessliche Abendprogramm hin, das man sich auf keinen Fall entgehen lassen dürfe. Ihn interessierte das nicht. Er musste sich auf ganz andere Dinge konzentrieren als auf die schnöde Unterhaltung für das gemeine Volk. Um sich abzulenken, setzte er Kopfhörer auf. Über sein Smartphone hörte er sich Songs von den Toten Hosen an. Die Jungs aus Düsseldorf halfen ihm, sich zu beruhigen. Langsam schaffte er es, seine Gedanken zu sortieren. Es gab noch einiges zu erledigen, bis sie morgen früh in einen kleinen Hafen in Wales einlaufen würden.

***

Gemeinsam verständigten sich Paul und Lisbeth darauf, heute nicht so lange zu arbeiten wie die Tage zuvor. Beide brauchten eine Erholungsphase, um für den nächsten Tag fit zu sein. Obwohl Lisbeth sich nur noch auf ihre Kabine zurückziehen wollte, ließ sie sich von Paul überreden, mit ihm bei Gosch zu Abend zu essen. Hier konnten sich die Passagiere entweder am Buffet selbst bedienen oder im

À-la-carte-Bereich die Speisen servieren lassen.

»Ich nehme das Seelachsfilet, als Nachspeise die Crème brûlée«, entschied Lisbeth.

»Möchten Sie als Beilage Kartoffelsalat, Salz- oder Bratkartoffeln?«, hakte die hochgewachsene Bedienung nach.

»Was empfehlen Sie denn?«

»Der Kartoffelsalat ist unsere Spezialität, nicht zu viel Mayonnaise. Der ist sehr gut.«

»Okay, den nehme ich.«

»Ausgezeichnete Wahl.«

Während nach Paul auch Wiebke bestellte, kuschelte sich Levke an ihre Mutter. Offenbar hatte der Tag und die frische Seeluft jede Menge Energie gekostet. Ihr fielen fast die Augen zu.

Tom zeigte freudestrahlend auf einen Punkt der Speisekarte, als er gefragt wurde. Dabei grinste er spitzbübisch.

»Den Gosch-Liebesteller für den jungen Mann?«

»Was ist alles dabei, auf *diesem* Teller?«, wollte Wiebke wissen.

Tom grinste weiter, als ginge es gar nicht um seine Bestellung.

»Vollkornbrot mit Nordseekrabben und einem Spiegelei.«

»Ah ja, das ist okay, das isst er.«

»Oh Mama, sonst hätte ich den doch nicht bestellt.«

»Nimm die Ellbogen vom Tisch.«

Tom gehorchte widerwillig.

Paul wandte sich an Lisbeth. »Wir müssen morgen noch …«

Seine Frau legte ihm eine Hand auf den Unterarm.

»Heute Abend bitte nicht über die Arbeit reden, okay?«

Er nickte, zückte einen Notizblock und notierte sich seinen Gedanken von eben. Er wusste, wenn er sich die Frage an Arne nicht aufschrieb, würde er es vergessen.

»So, Tom. Wie war euer Tag, was habt ihr alles Schönes gemacht?«

»Ich war kicken mit den anderen Kindern. Wir haben auf kleine Tore gespielt.«

»Und wer hat gewonnen?«

»Wir natürlich. Ich habe drei Tore geschossen. Das macht total Bock mit dem Mike.«

»Mike?«

»Der Animateur«, half Wiebke aus.

»Danach haben wir noch eine Runde Tischtennis gespielt. Kannst du morgen nicht auch dazu kommen?«

Paul seufzte.

»Och, bitte Papa. Ich bin richtig gut geworden.«

»Tom, das geht leider nicht.« Sein Sohn zog eine Schnute. »Wenn du dich beim Abendessen benimmst, können wir vielleicht nachher noch …«

»Au ja!«

Paul musste an ihr letztes Spiel zu Hause denken. Schon damals hatte er gute Fortschritte gemacht. Um ihn zu schlagen, musste er sich anstrengen. Seinen Sohn gewinnen zu lassen, kam nicht infrage.

Der Sicherheitsoffizier trat zu ihnen an den Tisch und flüsterte Paul ins Ohr: »Ihr Mitarbeiter, Herr Claaßen bittet dringend um Rückruf.«

Paul nickte, zog sein Smartphone aus der Hosentasche und wischte über das Display. Die Anzeige verriet ihm, dass er momentan keinen Empfang hatte. Er stand auf, gab Wiebke einen Kuss und sagte: »Entschuldigung, Arne will mich dringend sprechen. Lissi, du kommst am besten gleich mit.«

»Und was ist jetzt mit unserem Tischtennisspiel?«

»Das verschieben wir.«

Lisbeth stand wortlos auf und lief in die falsche Richtung davon.

»Lissi, da bist du völlig falsch, da geht es zum Heck.«

»Bin gleich zurück, gib mir zwei Minuten.«

Sie kehrte mit zwei Fischbrötchen vom Buffet zurück und reichte Paul eines davon. »Hier, die essen wir unterwegs, wenn uns schon das à la carte-Menü entgeht.«

***

Paul schloss ihre Bürotür auf. Nach kurzer Zeit stand die telefonische Verbindung nach Oldenburg.

»Arne, was gibt es so Dringendes?«

»Sorry Chef, auf deinem Smartphone sprang immer nur die Mailbox an. Deswegen habe ich direkt bei diesem Sicherheitsoffizier angerufen.«

»Schon gut. Wir sind auf See und ich habe momentan keinen Empfang. Was gibt es so dringendes?«

»Die Kollegen in Osnabrück haben jetzt endlich den richterlichen Beschluss für das Konto von Corinna Bauer bei der Sparkasse in Osnabrück vorliegen. Ihr aktueller Kontostand weist einen Betrag von 117.489,54 Euro aus, im Haben wohlgemerkt.«

»Woher kommt das Geld?«

»Es sind viele unterschiedliche Zahlungen. Einige ihrer Stammkunden scheinen einen Dauerauftrag eingerichtet zu haben. Von einem Konto auf den Cayman Islands überweist ihr ein Gönner jeden Monat stattliche 2.000

Euro. Unmöglich für uns den wirtschaftlich Berechtigten herauszubekommen.«

Warum will er mich so dringend sprechen, wenn wir sowieso nicht an die Hintermänner von ausländischen Konten kommen?

»Ich habe mich bisher auf die größeren Zahlungen konzentriert. Von den Inhabern der Konten dieser auffälligen Beträge habe ich mir Profilbilder organisiert. Webseiten, soziale Netzwerke, das Internet gibt erstaunlich viel preis. Keiner dieser Kontoinhaber stimmt mit den vier Kunden, die wir auf dem Video haben, überein. Vermutlich haben die in bar für diese Dienstleistungen bezahlt.«

»Arne, können wir bitte den unwichtigen Teil überspringen? Was willst du uns sagen?«

»Nur Geduld. Meine Informationen sollen schließlich vollständig sein, oder? Am Ende heißt es sonst: Arne, hätt'ste, hätt'ste, hätt'ste früher was gesagt.

Paul atmete tief ein und aus.

»Jedenfalls stammt eine Einzahlung von einer Firma, an der ein hochrangiges Mitglied der Hannoveraner Gesellschaft beteiligt ist.«

»Jetzt mach's nicht so spannend. Von wem sprichst du?«

»Von keinem Geringeren als unserem Innenminister Walter Brenneken.«

Lisbeth sah Paul mit weit aufgerissenen Augen an.

»Er kann nicht unser Täter sein. Er ist nicht an Bord dieses Schiffes«, stellte Paul nüchtern fest.

»Das nicht, aber möglicherweise ist er trotzdem in die Sache verstrickt. Oder andere vornehme Herren, die ihm freundschaftlich oder gesellschaftlich verbunden sind. Ich dachte, das könnte euch interessieren.«

»Allerdings«, schaltete Lisbeth sich ein. »Das hast du gut

gemacht. Danke, Arne.«

Kapitel 14

Er versuchte, sich so normal wie möglich zu verhalten. Keiner sollte ihm etwas anmerken. Das war gar nicht so einfach. Er stand unter gewaltigem Druck. Von einem verdammten Kreuzfahrtschiff konnte man nicht einfach so verschwinden. Unzählige Male dachte er darüber nach, im nächsten Hafen das Schiff zu verlassen und nicht zurückzukehren. Und dann? Sein Verschwinden würde nicht unbemerkt bleiben. Die beiden Ermittler aus Oldenburg waren nicht dumm. Sie würden seinen Lebenslauf durchleuchten. Wenn sie erst einmal Witterung aufgenommen hätten, würden sie nicht lockerlassen, bis sie seine Verbindung zu Corinna Bauer gefunden hätten. Deswegen wollte er durch sein mögliches Verschwinden keine schlafenden Hunde wecken. Und wie sollte er sich in Wales durchschlagen? Eine gewisse Menge Bargeld konnte er organisieren. Seine Kreditkarte sollte er nach Möglichkeit nicht verwenden. Die Sprache war kein Problem. Er konnte sich sehr gut auf Englisch verständigen. Wie lange konnte man als Illegaler in Großbritannien leben, ohne aufzufallen, ohne irgendwo kontrolliert zu werden? Er wusste es nicht. Niemand konnte das wissen.

Er stand an der Tür zum Theater. Gerade wurde das Musical *The West Side Story* aufgeführt. Die Künstler kamen aus unterschiedlichen Ländern. Mit erstaunlicher Professionalität und Leidenschaft sangen und tanzten sie, als wäre es das Einzige in ihrem Leben, was sie von ganzen Herzen liebten. Sie verkörperten wahre Lebensfreude und gingen sprichwörtlich in ihren Rollen auf.

Er war einer der wenigen, die sich keinen Millimeter dafür interessierten. Sein Blick richtete sich auf eine Familie, die nicht vollständig im Theater erschienen war. Der Familienvater musste heute Abend leider arbeiten. Paul Schweigert hatte alle Hände voll zu tun, um *ihm* auf die Schliche zu kommen. Sollte er sich nicht besser um seine Familie kümmern? So ein Kreuzfahrtschiff war nicht so sicher, wie alle dachten. Bei über 2.500 Passagieren und etwa 1.000 Crewmitgliedern konnte niemand so genau sagen, ob sich da nicht der eine oder andere darunter befand, der Übles im Schilde führte. Das sollte der Herr Hauptkommissar eigentlich wissen. Wieso hatte er diesen Fall überhaupt übernommen? Das Ganze ging ihn überhaupt nichts an. Er hätte hier einen völlig unbeschwerten Urlaub verbringen können. So ein Idiot. Dann säße er jetzt neben seiner Frau, wo er hingehörte. Dann müsste er sich nicht den Kopf darüber zerbrechen, wer Corinna Bauer den Eispickel in den Kopf gerammt hatte.

Der Junge sah wie paralysiert mit offenem Mund zur Bühne. Seine kleine Schwester schien ziemlich müde zu sein, kämpfte immer wieder gegen das Zufallen ihrer Augen an. So ein tapferes kleines Mädchen!

Frau Schweigert nahm ihn gar nicht wahr. Das war gut so. Er wollte ihnen nicht den schönen Abend mit dieser erstklassigen Aufführung vermiesen. Sie kümmerte sich rührend um die kleinen Racker. Womit hatte ihr Mann, dem der Beruf offenbar über alles ging, so eine Frau verdient? Seine Karriere schien ihm wichtiger zu sein als seine drei Liebsten. Könnte er es sich jemals verzeihen, wenn auch nur einem von ihnen etwas zustoßen würde, und er nicht da war, um sie zu beschützen?

Er hatte gar nichts gegen sie. Wirklich nicht. So ein vollkommenes Familienglück. Bei dem Gedanken an seine Familie, die er einmal gehabt hatte, bildeten sich Tränen in seinen Augen. Er wischte sie mit dem Handrücken weg.

»Alles in Ordnung mit Ihnen?«, fragte eine Bedienung, die die Gäste im Theater mit Getränken versorgte.

»Selbstverständlich.«

Wegen eines anderen hatte sie ihn samt Kind verlassen. Durch die viele Arbeit war er selten zu Hause. Ausgerechnet mit einem Nichtsnutz aus der Nachbarschaft musste sie sich einlassen. Eines Tages kam er unverhofft nach Hause, erwischte die beiden dabei, wie sie durch ihr gemeinsames Ehebett turnten. Er hätte ihm direkt an die Gurgel gehen sollen. Doch nach einigen Flüchen hatte er sich umgedreht und das Haus verlassen. Am nächsten Tag wollte er in Ruhe mit ihr über alles reden. Des Kindes wegen wäre er bereit gewesen, alles zu verzeihen, es noch einmal miteinander zu versuchen. Alles auf Anfang. Doch davon wollte sie nichts wissen. Sie meinte, ihre Ehe sei bereits seit Langem im Eimer. Wie er sich das überhaupt vorgestellt hätte, ein intaktes Familienleben, wo er doch mit seinem Beruf verheiratet wäre?

Er wusste gar nicht, was er antworten sollte. Schließlich kannte sie seinen Beruf und seine beruflichen Ziele, als sie ihn geheiratet hatte. Lange bevor ihre Tochter geboren wurde. Er konnte sich seine Arbeitszeiten nicht aussuchen. Außerdem wollte sie einen Mann, zu dem sie in zweierlei Hinsicht aufschauen konnte. Zum einen, was die Körpergröße angeht, zum anderen, was die gesellschaftliche Stellung anging. Sie zeigte gern, mit wem sie verheiratet war. Hob sich gerne vom einfachen Arbeiter ab. Sie hasste es, wenn sie bei jedem Einkauf, ob es sich nun um Lebensmittel oder um Kleidung oder Schuhe handelte, auf den Preis achten musste. Also hatte der Mann gefälligst genügend Geld nach Hause zu bringen. Wie konnte sie dann aber erwarten, dass er sich in gleicher Weise um die Familie kümmerte? Das hatte ihm sein Vater schon viel früher klargemacht: »Kümmerst du dich sehr viel um die Familie, musst du Abstriche im Job machen und kommst nicht vorwärts, und deine Frau wird unzufrieden werden. Machst du eine steile Karriere, wirst du zu wenig zu Hause sein. Dann wird sie ebenso unzufrieden. Einen Tod stirbst du immer.«

Unterm Strich hätte er froh sein müssen, dass er diese Frau los war, wenn seine Tochter nicht wäre. Wann immer es ihm möglich war, sah der die kleine Rabeah. Umso wichtiger war es für ihn, dass er nicht ins Gefängnis wanderte. Er würde sie sonst nicht aufwachsen sehen.

Er warf einen letzten Blick auf die drei Schweigerts, um sich dann von ihnen abzuwenden. Eine beneidenswerte Familie. Er fragte sich, wie es Frau Schweigert schaffte, mit den unregelmäßigen Arbeitszeiten ihres Mannes fertig zu werden. Sie konnte doch unmöglich damit einverstanden sein, dass ihr Mann auf dem Schiff fröhlich ermittelte, während sie die Kinder bespaßen musste. Vermutlich war dieser Urlaub ein großer Traum und lange im Voraus geplant gewesen. Seine Ex-Frau hätte ihm die Hölle heißgemacht, wenn er es gewagt und während ihres Urlaubs gearbeitet hätte.

Er sollte nicht so viel in der Vergangenheit schwelgen. Es gab weiß Gott Wichtigeres, auf das er sich jetzt konzentrieren musste.

***

Der Ozeanriese hatte in Holyhead festgemacht. Nach der Erledigung der Formalitäten mit den örtlichen Behörden gab Kapitän Voss das Schiff zum Landgang frei und sagte für den Tag Höchsttemperaturen von 25 Grad Celsius voraus. Strahlender Sonnenschein begrüßte die deutschen Gäste im kleinen Ort an der walisischen Küste. Diejenigen, die den Landausflug *Wanderung zum Leuchtturm* gebucht hatten, würden eine zerklüftete Steilküste erleben, die eher an Irland als an Wales erinnerte. Der weiße Leuchtturm auf der kleine Felseninsel South Stack war der letzte vor Liverpool – seit 1983 wegen der Automatisierung unbewohnt – und diente heute hervorragend als Fotomotiv für die Touristen.

Das alles konnte Paul nicht genießen. Seit dem frühen Morgen saß er zusammen mit Lisbeth im Büro. Lisbeth bat ihn, das Telefongespräch mit ihrem Vater, dem Innenminister von Niedersachsen, zu führen. Er sollte es so klingen lassen, als ob er sich alleine im Raum befand. Sie wollte unter keinen Umständen mit ihm sprechen.

»Guten Morgen, Herr Schweigert. Was verschafft mir die Ehre Ihres Anrufs?«

Dieser alte Schleimbolzen, dachte Lisbeth. *Nach außen immer schön freundlich. So war er immer schon gewesen. Wer ihn nicht besser kannte, hielt ihn für charmant. Bei den Wählern kam er sehr gut an.*

Ohne eine Antwort abzuwarten, setzte er nach:

»Kommen Sie mit Ihren Ermittlungen voran?«

»Ja, danke der Nachfrage. Herr Minister, wie stehen Sie zu der Firma *Bon-Image*?«

Stille in der Telefonleitung. *Jetzt überlegt er fieberhaft, wie er sich verhalten soll und vor allem, warum Paul das wissen will.*

»Sie meinen die Werbeagentur hier in Hannover?«

So ein gewiefter Hund. Mit dieser fadenscheinigen Nachfrage will er nur Zeit gewinnen.

»Ja.«

»Meines Wissens hat meine Partei einmal wegen einer Wahlkampfkampagne dort angefragt. Wieso interessiert Sie das?«

Typisch, er lässt sich nicht in die Karten schauen, will aber auf der anderen Seite herausbekommen, was wir darüber wissen.

»In welcher geschäftlichen Beziehung stehen Sie persönlich zu dieser Agentur?«

»Herr Kriminalhauptkommissar, ich verstehe die Frage nicht.« *Ach, jetzt wird er auf einmal ganz förmlich.* »Sie sind von der Kriminalpolizei. Was hat eine Werbeagentur mit Ihren aktuellen Ermittlungen zu tun?«

»Hat sie das?«

Sehr gute Gegenfrage, Paul. Sie deutete mit einer Geste Beifall an. *Heiz' ihm ordentlich ein.*

»Ich gehe davon aus …«

Zum ersten Mal wirkt er verunsichert.

»Würden Sie sonst Ihren obersten Dienstherren danach fragen?«

Das war sowas von klar. Wenn es eng wird, lässt er den Vorgesetzten heraushängen.

»Laut Creditreform sind Sie einer der Gesellschafter von *Bon-Image*, Herr Brenneken.«

»Ich verstehe immer noch nicht, was das mit Ihren –

wie ich zugeben muss – außergewöhnlichen Ermittlungen im Fall Bauer zu tun haben soll.«

»Von einem Konto der Werbeagentur *Bon-Image* ging eine beträchtliche Summe an das Mordopfer Corinna Bauer. Können Sie mir das erklären?«

Lisbeth sah ihren Erzeuger förmlich vor sich, wie er schwitzend auf und ab ging und sich dabei die Krawatte lockerte. Die Pause vor der nächsten Antwort dauerte ihr entschieden zu lange.

»Davon weiß ich nichts. Zur Gründung der Gesellschaft habe ich einem ehemaligen Studienfreund mit einer Kapitalspritze unter die Arme gegriffen. Mehr nicht. Das ist Jahre her. Operativ bin und war ich da nie eingebunden. Ich habe keinerlei Kontovollmachten.«

»Wie heißt dieser Studienfreund?«

»Martin Brandtner.«

»Wann standen Sie das letzte Mal mit ihm in Kontakt?«

»Kann ich nicht sagen, müsste ich in meinem Terminkalender nachsehen.«

»Kannten Sie Corinna Bauer?«

»Nein! Herr Schweigert, bei aller Liebe. Ich bin Ihnen sehr dankbar für Ihr Engagement in diesem Fall, obwohl Sie im Urlaub waren, wirklich. Doch was diesen Hinweis angeht – dem Sie sicherlich gewissenhaft nachgehen müssen – befinden Sie sich auf dem Holzweg. Hätte ich mich sonst persönlich dafür eingesetzt, dass zwei hervorragende Kripo-Beamte aus Niedersachsen diesen Fall übernehmen?«

Paul sagte nichts, sah zu Lisbeth hinüber. Sie lehnte an der Wand und hatte die Arme vor der Brust verschränkt.

»Ich erwarte noch heute einen vorläufigen Bericht über den aktuellen Ermittlungsstand. Ich muss jetzt in den

Plenarsaal. Einen schönen Tag noch.«

Ohne eine Verabschiedung abzuwarten und vor allem, ohne Paul die Möglichkeit einer weiteren Frage zu geben, hatte er aufgelegt.

»Und, was hältst du von seiner Geschichte?«

Lisbeth hob stumm die Schultern an und ließ sie langsam sinken.

Nach einer Weile sagte sie schließlich: »Er wirkte nervös. Ich glaube nicht, dass er unmittelbar in den Fall verwickelt ist. Aber irgendwie hängt er da mit drin und weiß mehr, als er uns sagen will.«

»Den Eindruck habe ich auch. Er hat nicht nach dir gefragt, dich nur indirekt erwähnt.«

»Ja, ja, *zwei hervorragende Kripobeamte*«, äffte sie ihn nach. »Schleimen konnte er schon immer gut. Mutter hat er so immer wieder rumgekriegt.«

Sie musste aufpassen, sich nicht in Rage zu reden. *So ein affektierter Arsch. Immer schön freundlich nach außen.* Ob er eine neue Frau gefunden hatte? An sich war ihr das egal. Dass er seine Familie der Karriere wegen verlassen hatte, würde sie ihm niemals verzeihen können.

»In einem Punkt muss ich ihm recht geben:«, unterbrach Paul ihre Gedanken. »Er hätte den Fall nicht an sich gezogen, wenn er selbst darin verstrickt wäre.«

»Vielleicht gerade deshalb, um Einfluss darauf zu nehmen, wenn wir ihm auf die Schliche kommen. Er ist verdammt schlau.«

»Na ja, er kann sich über den aktuellen Ermittlungsstand informieren …«

»Was er soeben angeordnet hat.«

»Gewiss, doch die Ermittlungen direkt beeinflussen kann er nicht.«

»Unterschätze ihn nicht.«

»Ich kann mir nicht vorstellen, dass er eine solche Überweisung veranlasst hat. Wenn öffentlich bekannt würde, dass er direkt oder indirekt eine Escort-Dame für gewisse Dienste bezahlt, dann wäre er politisch erledigt.«

Man hat schon ganze andere hochgestellte Persönlichkeiten über ihren eigenen Schwanz stolpern sehen. Im Nachhinein schrien dann immer alle: *So doof kann doch keiner sein, wegen einer Frau seine Karriere aufs Spiel zu setzen.*

»Was ist, wenn Corinna Bauer ihn erpresst hat, und er ihren Mord in Auftrag gegeben hat?«

Paul stand auf, ging ein paar Schritte und fuhr sich mit der Hand über die Stirn. »Möglich wäre das schon. Doch die Umstände, wie die Bauer ums Leben kam, sprechen dagegen. Wir gehen doch davon aus, dass der bordeigene Eispickel verwendet wurde, weil er gerade griffbereit herumlag, oder?«

Lisbeth nickte.

»Würde ein Auftragsmörder eine solche Art zu töten wählen?«

»Wohl kaum.«

»Dann sind wir uns einig. Trotzdem überprüfen wir diesen Studienfreund Martin …«, Paul schaute auf seinen Notizzettel.

»Brandtner«, vervollständigte Lisbeth den Namen.

»Richtig. Wir werden die Kollegen der Kripo Hannover bitten, mit der Geschäftsführung von *Bon-Image* zu sprechen. Ich bin gespannt, wie sie die Überweisung rechtfertigen.«

Es klopfte an der Tür. Nachdem Paul geöffnet hatte, trat der Sicherheitsoffizier Hansen ein.

»Sie wollten benachrichtigt werden, sobald unsere Hausdame Diana Brugger zurück an Bord ist?«

Paul und Lisbeth nickten gleichzeitig.

»Vor zehn Minuten ist sie an Bord gegangen.«

»Wir würden uns gerne gleich mit ihr unterhalten.«

»Ihr Vorgesetzter hat sie direkt zur Krankenstation geschickt. Unser Schiffsarzt soll sie zunächst untersuchen, um festzustellen, ob sie diensttauglich ist.«

Sollte sie die Täterin sein, würde sie bestimmt nicht – nachdem sie sich abgesetzt hatte – freiwillig zurück an Bord kommen. Sie dürfte jedoch mehr über den Fall wissen, als sie bisher erzählt hat. Es gab zu viele Leute, die ihr Wissen nicht mit ihnen teilten. Es gab noch sehr viel Arbeit zu erledigen, während die Gäste dieses Schiffes ihre Landausflüge bei strahlendem Sonnenschein genießen durften.

Kapitel 15

Lisbeth war an Deck gegangen, um frische Luft zu schnappen und den Kopf freizubekommen. Sie sah auf die Pier. Mächtige Taue sorgten dafür, dass sich das Schiff nicht von der Stelle bewegen konnte. Vor Jahren hatte sie das Rauchen aufgegeben. Als sie daran dachte, sich eine Zigarette anzuzünden, erklang eine Durchsage, die ihre Gedanken zu lesen schien.

»Wir starten in Kürze mit der Treibstoffaufnahme. Während dieses Vorgangs ist das Rauchen strikt verboten. Wir informieren Sie unverzüglich, sobald wir das Füllen der Treibstofftanks beendet haben. Vielen Dank.« Gleich darauf folgte die Ansage in englischer Sprache.

Es wäre sowieso eine dämliche Idee von ihr gewesen, einfach wieder mit dem Rauchen anzufangen. Ihr Freund Philip hätte ihr die Leviten gelesen, wenn sie nach so langer Zeit wegen etwas Stress wieder dem alten Laster gefrönt hätte. Beim Gedanken an Philip nahm sie ihr Smartphone in die Hand, loggte sich in das kostenlose WLAN des Hafens ein und erhielt augenblicklich zwei Nachrichten von ihrem Freund. Sie solle sich nicht zu sehr stressen lassen, er würde dauernd an sie denken. Beim Lesen der zweiten Nachricht errötete sie. Schnell tippte sie eine Antwort, in der sie ihm antwortete, wie sehr sie ihn vermisse und sich auf ein Wiedersehen freue.

»Wollen wir einen Döner essen?«, fragte Paul, der plötzlich hinter ihr auftauchte.

Lisbeth schickte schnell die Nachricht ab, bevor sie Paul antwortete: »Es gibt allen Ernstes Döner auf einem Premium Kreuzfahrtschiff?«

»Ja klar. Die bieten das an, was die Leute kennen und

essen wollen. Lass uns gehen, das ist nicht weit weg von hier, nennt sich Bosporus Snackbar, und wir können draußen sitzen.«

Der Dönermann, auf dessen Namensschild *Emre* stand, strotzte vor guter Laune.

»Bitte schön, was darf es sein für die Herrschaften?«

»Zwei Döner Kebab, bitte.«

»Kalb-, Rind- oder Geflügelfleisch?«

»Für mich Rindfleisch«, er sah fragend zu Lisbeth herüber.

»Pute, bitte.«

»Sehr gute Wahl, die Dame. Beide Döner mit weiße Soße und alles?«

Mit *weißer* Soße und *allem*, verbesserte Lisbeth ihn in Gedanken.

»Machen Sie ruhig das ganze Programm. Oder?«

Lisbeth nickte.

Emre schnitt das Fleisch vom Drehspieß, befüllte das vorgewärmte Brot mit unterschiedlichem Gemüse und veredelte das Gericht mit einer weißen Soße.

»So, zweimal Döner Kebab mit alles für das hübsche Paar. Lassen Sie sich es schmecken.«

Weder Lisbeth noch Paul stellten klar, dass sie kein Paar waren.

»Woher stammen Sie, Emre?«, fragte Lisbeth.

»Berlin-Kreuzberg, hört man det nich?«

Paul lachte lauthals los und hatte Mühe den ersten Bissen im Mund zu halten. Sie setzten sich auf zwei Holzstühle in einer windgeschützten Ecke. Die Sonnenstrahlen kitzelten Lisbeths Nase. Für einen Moment schloss sie die Augen und genoss das wärmende Gefühl. Dann hielt sie ihre Hand wie einen Schirm über die Augen, um nicht von der Sonne geblendet zu werden.

»Mit dem Döner und der Sonne ist es doch irgendwie fast wie im Urlaub, oder?«

»Na ja, im Moment ist es ganz okay. Und das Ding«, sie zeigte auf ihren Döner, »ist echt saulecker. Aber echter Urlaub ist doch etwas anderes.«

»Ich verstehe schon«, er grinste sie an. »Dein Freund fehlt dir. Wie geht es ihm? Hat er irgendwelche Schäden davongetragen von der Geschichte, als er damals im Koma lag?«

Lisbeth kaute und schluckte hinunter, bevor sie antwortete. »Alles wieder im grünen Bereich. Die Zeit, die ich mit ihm während des Winters auf Spiekeroog verbracht habe, war klasse. Sie half nicht nur ihm, wieder auf die Beine zu kommen, sondern …«, sie suchte nach der richtigen Formulierung.

»… hat euch tolle Zweisamkeit beschert.«

Zweisamkeit auf dieser beschaulichen Insel. Das war genau der richtige Ausdruck. Genau das hatten sie nach den vielen Missverständnissen gebraucht, um sich wieder ganz nahezukommen. Wenn sie einen Wunsch frei hätte, würde sie ihn sich sofort auf das Schiff wünschen, um mit ihm den Spa & Meer Bereich zu erkunden. Sie zwang sich, diesen Gedanken beiseitezuschieben. Sie hoffte, das fiese Grinsen, welches Philip oft bei ihr feststellte, genauso schnell wieder loswerden zu können.

»Allerdings. Im Nachhinein tat mir das total leid, dass ich ihn zu Unrecht verdächtigt habe. Seit diesem Urlaub sind wir wieder im Reinen mit uns und verhalten uns wie zwei verknallte Teenager.«

»Das ist schön zu hören, und es freut mich für dich.« Paul wischte sich mit einer Serviette den Mund ab. »Lass uns über unseren Fall reden, Lissi.«

Sie hörte aufmerksam zu.

***

Er beobachtete die beiden aus sicherer Entfernung. Zwar verstand er nicht, was gesprochen wurde, doch konnten die beiden ihn nicht sehen, ohne sich den Hals zu verrenken. Nur allzu lange sollte er hier nicht stehen bleiben, sonst würde er womöglich jemandem auffallen.

War das zu fassen? Anstatt sich in ihr Büro einzuschließen oder weitere Leute zu befragen, sonnten sich die beiden Vorzeigekommissare auf dem Deck und aßen Döner. Die hatten die Ruhe weg. Auf der anderen Seite konnte ihm das nur recht sein, wenn sie mit ihren Ermittlungen nicht so recht vom Fleck kamen. Durch seine Zugriffsmöglichkein auf ihren Computer wusste er, sie hatten mittlerweile eine sehr gute Vorstellung davon bekommen, was die kleine Schlampe für ein Doppelleben geführt hatte. Dieser IT-Vogel aus Oldenburg hatte sogar delikate Videodateien gefunden. Leider konnte man sie darauf kaum oder gar nicht erkennen. Dieser schwarze Engel – oder wie sie sich gerne nannte: *Dark Angel* – verstand sein Metier aus dem Effeff. Sie ging mit jeder Faser ihres Körpers auf alle erdenklichen Wünsche ihrer Kundschaft ein. Was sie ablieferte, war Champions League würdig. Hochmut kommt vor dem Fall. Wenn jemand zu geldgierig wurde, führte das fast immer zu ernsten Konsequenzen. Ein solches tödliches Ende hatte er nicht geplant, doch es ließ sich einfach nicht vermeiden. Jetzt galt es, das Beste aus der Situation zu machen.

Herr Schweigert und Frau Eicken nickten ihm kurz zu, als sie ihn passierten. Wo war er bloß mit seinen Gedanken? Er hatte gar nicht mitbekommen, dass sie von ihren Stühlen aufgestanden waren. Obwohl sie nicht wussten, dass er derjenige war, den sie suchten, fühlte er sich seltsam ertappt. Er hoffte, sie sahen ihm seine Verlegenheit nicht an. Sie gingen stur ihres Weges und drehten sich nicht mal mehr nach ihm um. Zur sehr schienen sie mit ihrem Fall beschäftigt. Er würde in Zukunft vorsichtiger sein müssen.

Er hasste sich selbst dafür, zu einer Professionellen gegangen zu sein. So etwas hatte er vorher noch nie gemacht. Nachdem sich seine Frau von ihm getrennt hatte, konnte und wollte er sich nicht auf eine neue Beziehung einlassen. Zu sehr hing er noch an ihr, an ihrer gemeinsamen Vergangenheit. An Angeboten anderer Frauen mangelte es nicht. Einige machten ihm eindeutige Avancen. Er war schon immer gut bei Frauen angekommen. Während seiner Ehe empfand er diese Annäherungsversuche als aufdringlich. Er nahm keines dieser Angebote an, obwohl einige sehr hübsche Frauen darunter gewesen waren. Seine Frau bedeutete ihm alles, da fiel das Treusein nicht schwer. Umso schwerer fiel es ihm, die Trennung zu verkraften. Selbst heute noch erschien ihm eine mögliche neue Beziehung als Verrat an seiner Frau. Paradox. Nicht zu erklären. Unlogisch. Doch es war so.

Da er seine männlichen Bedürfnisse nicht länger ignorieren konnte, hatte er *Dark Angel* im Internet angeschrieben. Bei ihr musste er keine Gefühle einbringen, konnte sich auf seine Lust konzentrieren. Sie machte alles mit, ohne nervige Fragen zu stellen, solange er sie anständig bezahlte. Wie hätte er wissen können, was für ein geldgeiles Luder sie war?

»Die Sache ist doch ganz einfach«, hatte sie ihm lasziv zugeflüstert, »entweder du bezahlst, oder ich veröffentliche heikle Bilder von dir im Internet. Ich kann mir nicht vorstellen, dass dein Arbeitgeber auf einen solch zweifelhaften Ruf wert legt. Dann ist deine Karriere im Arsch.« Ja, so vulgär hatte sie sich ausgedrückt. Diese Ausdrucksweise hatte ihn unter anderen Umständen immer scharfgemacht. Nur nicht bei dieser Gelegenheit. Am ersten Abend auf dem Schiff wollte er nur mit ihr reden, sie zur Vernunft bringen. Es half nichts. Diese berechnende Schlange ließ sich nicht umstimmen. Nicht mit Worten.

»Kann ich bitte den Ball zurückhaben?«, fragte ein Junge und riss ihn aus seinen Gedanken.

Er sah zu Boden und bemerkte den Fußball, der vor ihm lag. Mit der Sohle seines rechten Schuhs spielte er dem Burschen den Ball zu. »Wie heißt du denn, mein Junge?«

»Tom.« Der Junge kniff die Augen zusammen, weil die Sonne ihn blendete.

»Wo ist denn deine Mutter, Tom?«

»Da vorne.« Tom zeigte auf eine Liege. »Spielst du mit Fußball?«

Er sah demonstrativ auf die Uhr. »Ich muss leider los. Ein anderes Mal vielleicht, okay?« Während er das sagte, strich er Tom über die Haare.

Als sich Frau Schweigert aufrichtete und in seine Richtung sah, drehte er sich um und ging davon.

***

Paul trank inzwischen den vierten Kaffee des Tages. Obwohl dieser deutlich besser schmeckte, als der in der Dienststelle, machte es für ihn keinen großen Unterschied. Entscheidend war die Wirkung des Koffeins in seinem Körper.

Lisbeth telefonierte mit den Kollegen aus Hannover, die sie um Amtshilfe gebeten hatten. Sie sollten Martin Brandtner, den ehemaligen Studienfreund des Innenministers aufsuchen. Das war inzwischen geschehen. Zuerst hatte dieser sich zugeknöpft gezeigt als die Namen Corinna Bauer und Walter Brenneken fielen. Zunächst hatte er gar nichts zu dem Thema sagen wollen, außer, dass er den Namen der Frau noch nie gehört und Walter Brenneken tatsächlich mit ihm zusammen studiert habe. Ob das neuerdings ein Verbrechen sei, hatte er sie gefragt. Zu getätigten Überweisungen nehme seine Agentur grundsätzlich keine Stellung, sie sollten wiederkommen, wenn sie diesbezüglich einen richterlichen Beschluss in der Tasche hätten. Der versierte Kommissar aus Hannover machte Herrn Brandtner klar, wie negativ sich eine mögliche offizielle Durchsuchung auf den hervorragenden Ruf der Bon-Image auswirken würde. Schließlich könne man nie wissen, ob die Presse davon Wind bekäme.

»Hören Sie auf! Um welche Überweisung geht es genau? Ich brauche das Datum und den genauen Betrag.«, gab er sich schließlich geschlagen. Herr Brandter sah sich die

Überweisung auf dem Firmenkonto an. Er schüttelte mit dem Kopf, stand auf und zog sich einen Aktenordner, in dem offenbar Belege aufbewahrt wurden. »Die Überweisung ist von unserem Vertriebsleiter Kilian Wolf veranlasst worden. Zusammen mit einer weiteren Zahlung bezahlte er eine Firmenfeier für unsere Verkäufer in Osnabrück. Ich hatte keine Ahnung, dass sich unter dem Punkt *Verköstigung* die Dienstleistung einer Professionellen verbirgt. Das müssen Sie mir glauben!«

Nachdem Lisbeth von ihren Kollegen über die Vernehmung ins Bild gesetzt worden war, sah Paul sie fragend an.

»Offenbar trat Corinna Bauer alias Dark Angel bei einer Firmenfeier der Bon-Image-Agentur auf. Auf die Idee, ihre Dienstleistung als Verköstigung zu verbuchen, musst man erst einmal kommen. Der Vertriebschef Kilian Wolf ist offiziell dafür verantwortlich.«

»War Walter Brenneken auf dieser Feier?«

»Angeblich hat er sich nie in die Firmengeschäfte eingemischt. Ihm wurden lediglich die Geschäftsberichte geschickt. Die Gewinne, die ihm als Gesellschafter zustehen, hat er seit seinem Amtsantritt als Minister einer gemeinnützigen Stiftung als Hilfe für Opfer von Justizirrtümern zukommen lassen.«

»Also gibt es keine direkte Verbindung zwischen deinem Vater und Corinna Bauer?« Paul stand auf und ging an die Tafel.

»Nicht so eilig. So schnell streichen wir ihn nicht von der Liste. Die Kollegen wollen erst noch jeden Teilnehmer dieser tollen Firmenfeier einzeln befragen – hinsichtlich einer möglichen Verwicklung Martin Brandtners oder meines Erzeugers.«

Paul legte den Filzstift, den er in die Hand genommen hatte, wieder zurück an seinen Platz. »Kannst du bitte nachsehen, ob Martin Brandtner oder Kilian Wolf auf der Passagierliste stehen.

Lisbeth blätterte durch die ausgedruckte Liste. Nach kurzer Zeit legte sie die Blätter zurück auf den Schreibtisch. »Nein, unter diesen Namen hat niemand eingecheckt.«

Es verging etwa eine halbe Stunde, in der kaum ein Wort gesprochen wurde, weil die beiden Kommissare sich durch die kürzlich eingegangenen Berichte aus Oldenburg und Osnabrück arbeiteten. Ohne anzuklopfen, stand plötzlich der Sicherheitsoffizier in der Tür. Er sah kreidebleich aus.

»Ist Ihnen nicht gut, Herr Hansen?«, fragte Lisbeth.

Der Angesprochene schloss die Tür und atmete zweimal tief durch. »Bitte! Sie müssen schnell kommen!«

»Was ist passiert?«

»Es gibt …«, er schnappte nach Luft, seine Lippen bebten. »… wir haben einen zweiten Todesfall an Bord.«

»Wer ist es?«

»Unsere Hausdame, Diana Brugger.«

Kapitel 16

Paul fühlte sich schlecht. Die Dinge wuchsen ihm über den Kopf. Ihm war, als befände sich ein Eisklumpen in seinem Magen. Mit nur zwei Kriminalbeamten vor Ort konnte ein zweiter Mord nicht aufgeklärt werden. In Oldenburg wäre eine Sonderkommission gebildet worden. Obwohl ihm seine Kollegen in Sachen Befragungen, Recherche, Spurensicherung, Auswertung, Analyse und Rechtsmedizin aus der Ferne zur Seite standen, waren sie derzeit nicht an Bord.

Ohne den Fundort der Leiche, eine öffentlich zugängliche Toilette auf Deck 7, betreten zu haben, ordnete Paul als erste Maßnahme an, diesen Ort abzusperren. Ihm war völlig schleierhaft, wie Kapitän Voss das Ganze geheim halten wollte. Genau das hatte ihm Sicherheitsoffizier Hansen mitgeteilt. Paul kam sich vor wie ein Amateur, als er mit Lisbeth die Toilette aufsuchte. Ihr einziges Hilfsmittel waren lediglich Einmalhandschuhe.

Diana Brugger lag auf dem Boden einer Toilettenkabine, ihr rechtes Bein stand in einem unnatürlichen Winkel ab. Ihre Augen waren weit aufgerissen, ebenso ihr Mund. Als ob sie um ihr Leben flehte. Ihre Hände formten sich zu Krallen. Ein abgebrochener Fingernagel lag neben ihrer rechten Hand. Sie trug ihre Uniform, eine weiße Hose und ein weißes, kurzärmliges Hemd mit Rangabzeichen. Ihr Hals wies rote Stellen auf.

»Strangulationsspuren?«, fragte Lisbeth.

»Könnte sein, aber für diesen Fall brauchen wir einen Rechtsmediziner und ein Team der Spurensicherung.«

Lisbeth nickte zustimmend.

Paul streifte sich die Einmalhandschuhe ab. »Ich muss mit dem Kapitän reden. So geht das hier nicht weiter.«

»Kapitän Voss erwartet Sie bereits«, mischte sich Sicherheitsoffizier Hansen ein, der vor einem Waschbecken stand. »Sie werden jede Unterstützung bekommen, die Sie brauchen.«

»Wer hat Ihre tote Kollegin gefunden?«

»Eine Reinigungskraft.«

»Lissi, übernimmst du die Befragung bitte, während ich mit dem Kapitän rede?«

»Natürlich.«

Paul ging in Richtung Ausgang. Bevor Paul den Toilettenbereich verließ, drehte er sich noch einmal zu Herrn Hansen um. »Wie begründen Sie die Absperrung dieses Bereiches gegenüber den Passagieren?«

»Technischer Defekt.«

Paul schüttelte voller Unverständnis den Kopf.

Da wird seine Kollegin tot aufgefunden, mutmaßlich stranguliert, und er deklariert es als *technischen Defekt*. So makaber es klang, wahrscheinlich war es sogar richtig. Genauso wie im Flugzeug galt es auch an Bord eines Schiffes um jeden Preis eine Panik zu vermeiden, auch wenn sie gerade in einem Hafen lagen. Ein Flatterband mit der Aufschrift *Polizeiabsperrung* dürfte nicht gerade dazu beitragen, dass Passagiere Vertrauen zu einem aufbauten.

»Sie sorgen bitte dafür, dass Ihre Mitarbeiter diesen Ort absichern. Keiner betritt mir diese Toilette ohne unsere ausdrückliche Zustimmung. Haben wir uns verstanden?«

Hansen nickte.

Natürlich würde es auf dem öffentlich zugänglichen Klo vor Fingerabdrücken und DNA-Spuren nur so wimmeln.

Trotzdem musste der mutmaßliche Tatort abgeriegelt, Spuren und Beweismaterial gesichert werden. Das konnte nur durch geschulte Leute der Spurensicherung geschehen.

Paul betrat einen Besprechungsraum, in dem der Kapitän saß.

»Herr Kapitän, bei allem Respekt und bei allem Verständnis für die Interessen der Reederei: Wir können das nicht mehr geheim halten und so tun, als wären nicht zwei Menschen gewaltsam zu Tode gekommen.«

Kapitän Voss faltete die Hände wie zum Gebet und sagte nichts.

»Juristisch ist der zweite Todesfall klar: Angelegenheit der Polizeibehörden in Wales.«

Kapitän Voss schwieg.

»Wir *müssen* die Behörden einschalten.«

»Scotland Yard ist bereits informiert. In Kürze wird eine ganze Mannschaft hier anrücken. Spurensicherer, Rechtsmediziner und Leute vom …,« er sah auf seinen Notizzettel, »Criminal Investigation Department. Ich habe deren Chef umfassend über den ersten Mord informiert, wer die Ermittlungen leitet und auch über die zweite Tote in Kenntnis gesetzt. Oder gehen Sie davon aus, dass der Tod von Frau Brugger ein Unfall gewesen sein könnte?«

»Sehr unwahrscheinlich.«

Kapitän Voss nickte.

Er hatte also schon die Kavallerie angefordert. Dann durften sie den Fall bald abgeben. Das war auch das Beste für alle Beteiligten, da sie sich mit ihren bisherigen Ermittlungen bereits innerhalb einer juristischen Grauzone bewegten.

»Wir werden nicht wie geplant heute Abend ablegen, sondern die Nacht im Hafen verbringen. In Kürze werde ich eine Durchsage diesbezüglich machen.«

»Wie werden sie diesen Umstand den Passagieren erklären?«

»Nun«, der Kapitän stand auf und strich seine Uniformjacke glatt, »wir werden sagen, dass wir auf ein Ersatzteil warten. Es wird eine außerplanmäßige Poolparty mit Cocktails stattfinden.«

Die wollen allen Ernstes feiern, obwohl gerade eine Kollegin ums Leben gekommen ist?, dachte Paul, verkniff sich jedoch den Einwand.

Als wenn der Kapitän Pauls Gedanken erraten hätte, hob er beschwichtigend die Hände. »Ich weiß, wie sich das für Sie anhören muss. Sie finden es pietätlos, weil wir gerade eine geschätzte Kollegin verloren haben.«

»Allerdings.«

»Die Alternative wäre die schonungslose Wahrheit. Würde ich jetzt durchsagen, dass schon zwei Menschen umgebracht worden sind, was glauben Sie, was dann hier los wäre?«

Paul antwortete nicht.

»Eine Massenpanik würde ausbrechen. Die Gäste würden alle auf einmal das Schiff verlassen wollen. Dabei könnten viele Menschen verletzt werden. Das kann ich nicht zulassen. Ich bin für die Sicherheit aller Menschen an Bord verantwortlich. Vom Imageschaden für unser Unternehmen will ich gar nicht reden. Die Buchungen für alle Schiffe würden massiv einbrechen. Doch das wäre unser kleinstes Problem.«

Wie kann man nach zwei Morden ans Geschäft denken? Was die Panik anging, fand Paul das Argument schlüssig.

»Wie sieht also ihr Plan aus, Herr Kapitän?«

»Ich möchte Sie bitten, mit den Kollegen von Scotland Yard zusammenzuarbeiten. Sie bringen einen Übersetzer mit.«

Paul schüttelte ungläubig den Kopf.

»Herr Schweigert, Sie sind in den Fall eingearbeitet, verfügen über das gesamte Wissen, mögliche Motive, das Umfeld der Opfer und so weiter. Sie werden so oder so mit den britischen Kollegen reden müssen.«

Da hatte er recht. Eine Übergabe, beziehungsweise eine Einarbeitung müsste in jedem Fall erfolgen.

»Also schön. Wir werden mit Scotland Yard zusammenarbeiten. Wollen Sie die Kreuzfahrt morgen dennoch fortsetzen?«

»Das habe ich noch nicht entschieden.«

Zumindest waren die englischen Kollegen so schlau, gleich einen Übersetzer mitzuschicken. Paul sprach ganz gut Englisch, für den Urlaub reichte das allemal, doch die englischen Fachausdrücke aus dem kriminalistischen Bereich waren ihm nicht geläufig.

Paul verabschiedete sich vom Kapitän und ging zurück zum mutmaßlichen Tatort. Bevor die Einheit des Criminal Investigation Departments eintraf, hatte Sicherheitsoffizier Hansen den Toilettenbereich auf Deck 7 weiträumig absperren lassen. Vielleicht hoffte er, dadurch die britischen Kollegen möglichst unauffällig an den Auffindeort der Leiche zu bekommen. Eine gute Maßnahme, fand Paul.

»Was sagt die Putzfrau?«, wollte Paul von Lisbeth wissen.

Sie winkte ab. »Bringt uns nicht weiter. Als sie die Tote fand, befand sich angeblich niemand anderes in der

Damentoilette. Ob sich jemand auf der Herrentoilette aufhielt, weiß sie nicht. Sie war jedoch so geistesgegenwärtig, die Damentoiletten abzuschließen.«

Paul nickte und winkte Hansen heran. »Ist es üblich, dass Crewmitglieder die öffentlichen Toiletten benutzen?«

»Den einfachen Mitarbeiten, wie zum Beispiel Putzkräften oder Kellnern der Bar ist es untersagt. Bei den Offizieren sieht das anders aus. Sie dürfen sich genauso frei bewegen wie unsere Gäste, die Restaurants besuchen oder eben auch öffentliche Toiletten aufsuchen.« Er deutete auf sein Rangabzeichen. »Wenn die Gäste hin und wieder einen Offizier unter dem *normalen Volk* sehen, fühlen sie sich sicher.«

»Frau Brugger war Offizierin?«

»Selbstverständlich. Als erste Hausdame war sie für den gesamten Bereich Housekeeping und die Sauberkeit an Bord verantwortlich.«

»Was hat die Untersuchung von Frau Brugger beim Arzt ergeben?«

»Die Einzelheiten kenne ich nicht. Doch unser Schiffsarzt hat sie wieder diensttauglich geschrieben.«

»Danke, Herr Hansen.«

Damen und Herren in Vliesanzügen mit Metallkoffern gingen an ihnen vorüber. Ein unscheinbar wirkender, untersetzter Mann stellte sich als James Stoker vor. Er sprach gut Deutsch. Dennoch hörte man seine britische Herkunft heraus.

»Herr Schweigert, vermute ich?«

»Ja, das ist meine Kollegin Lisbeth Eicken. Wie kommt es, dass Sie so gut Deutsch sprechen, Mr. Stoker?«

»Sagen Sie bitte James zu mir. Ich habe in Deutschland studiert und danach noch viele Jahre dort gelebt. Die haben gute Pubs in Frankfurt und viel besseres Bier als hier auf der Insel.« Sein Lachen führte dazu, dass sowohl Paul als auch Lisbeth mitlachen mussten.

»Mein Vater kommt aus Nordengland und meine Mutter aus Wales. Eigentlich verdiene ich mein Geld als Touristenführer. Ein guter Freund von mir ist Polizist und rief mich vorhin an, ob ich Zeit hätte, um zu übersetzen.« Er drehte den Kopf. »Darf ich Ihnen Detective Chief Inspector Mark Jackson vorstellen?«

Paul begrüßte den Mann, der einen Kopf größer war als James, mit Handschlag.

»Er wird die Ermittlungen der britischen Kollegen leiten.«

Zu viert gingen sie in ihr Büro. Dort erklärte Paul detailliert, was geschehen war und brachte seinen Amtskollegen auf den aktuellen Ermittlungsstand. Dabei unterbrach Paul seine Erläuterungen nur, damit James dolmetschen konnte.

»Gibt es eine heiße Spur, einen Tatverdächtigen?«, fragte Jackson und James übersetzte.

Paul und Lisbeth verneinten gleichzeitig. Jackson verstand das Nein auch ohne James' Übersetzung.

»Sie gehen davon aus, dass beide Todesfälle zusammenhängen?«

»Vorbehaltlich der Obduktion, ja.« Paul berichtete über das merkwürdige Verhalten von Diana Brugger gegenüber der Putzfrau und von ihrem sonderbaren Verschwinden inklusive ihres Klinikaufenthaltes. Chief Inspector Jackson notierte sich etwas auf einem Zettel, fragte nach dem Hospital, in dem sie behandelt worden war. Lisbeth rief eine Datei auf dem Computer auf und beantwortete ihm seine Frage.

Jackson stand auf, zog seine Jacke aus und hängte sie über einen Stuhl. »Ich muss gestehen, solch einen Fall hatten wir noch nie. Bei einem Frachtschiff ging vor Jahren mal ein Seemann über Bord, ein anderer starb an einer Alkoholvergiftung. Aber zwei gewaltsame Todesfälle auf einem Kreuzfahrtschiff, das ist für mich Neuland. Wird in rechtlicher Hinsicht nicht einfach werden. Warum haben Sie die Kreuzfahrt nicht unterbrochen und sind umgekehrt nach Bremerhaven oder haben zumindest den nächstgelegenen Hafen angelaufen?«

Paul holte tief Luft und atmete aus. »Es war die Entscheidung des Kapitäns, der zuvor mit der Reederei gesprochen hatte.«

»Und die Entscheidung eines übereifrigen Innenministers«, fügte Lisbeth hinzu.

»Sie waren zunächst als gewöhnlicher Passagier unterwegs, Herr Schweigert?«

Paul nickte.

»Das nenne ich mal *deutsches Pflichtbewusstsein*. Wie dem auch sei, wir übernehmen die Ermittlungen an dieser Stelle. Ich würde Sie bitten, uns auf Augenhöhe zu unterstützen. Ohne Amtshilfe von deutscher Seite ginge das sowieso nicht. Ich habe größten Respekt vor der deutschen Kriminalpolizei – vor Jahren musste ich mit Kollegen aus Hamburg zusammenarbeiten – und halte große Stücke auf sie.«

Paul beobachtete Lisbeth dabei, wie sie die Augenbrauen hochzog und ihre Arme vor der Brust verschränkte. »Wir werden gerne mit Ihnen zusammenarbeiten.«

Obwohl Paul das nicht beabsichtigt hatte, zogen ihn die

Ermittlungen immer tiefer in die zwei Fälle hinein. Langsam machte er sich Sorgen um seine Familie. Was war, wenn der Mörder sich in die Ecke gedrängt fühlte, von seiner Tätigkeit wusste und es am Ende auch noch auf seine Familie abgesehen hatte? Das Beste wäre, sie würden umgehend das Schiff verlassen und nach Hause fliegen.

Ein grauhaariger Mann betrat den Raum und stellte sich als Arzt vor. Er berichtete in knappen Sätzen, dass der Fundort auch der Tatort wäre, es einen Kampf gegeben hätte – Hautreste unter den Fingernägeln bestätigten dies. Das Opfer sei erdrosselt worden, vermutlich durch einen Gürtel. Genaueres könne er jedoch erst nach der Obduktion sagen.

Warum sollten britische Rechtsmediziner sich nicht genauso vorsichtig äußern wie unsere?

»Wir werden den Kontakt zu unserem Rechtsmediziner Dr. Janssen herstellen, er obduzierte die erste Leiche.«

Der Arzt nickte, flüsterte Jackson noch etwas ins Ohr und verließ den Raum, als die Durchsage des Kapitäns über alle Lautsprecher zu hören war: »Wegen einer Störung im Betriebsablauf werden wir nicht wie geplant heute Abend ablegen, sondern die Nacht in Holyhead verbringen. Freuen Sie sich auf beste Unterhaltung. Hiermit gebe ich ab an unseren Entertainment Manager …«

Wegen einer Störung im Betriebsablauf? Hatte der Kapitän früher als Lokführer bei der Deutschen Bahn gearbeitet? Doch irgendetwas musste er den Passagieren schließlich sagen, ohne Panik zu verbreiten. Wenn er die Wahrheit gesagt hätte: »*Auf unserem Schiff werden regelmäßig Leute ermordet, betrachten Sie Ihre Reise somit als Abenteuerurlaub und versuchen*

Sie zu überleben«, was wäre dann wohl auf dem Ozeanriesen los gewesen?

Kapitel 17

Er konnte sich nur zu gut vorstellen, wie es weitergehen würde: Spätestens morgen würden die Passagiere von Bord geschickt, in Hotels untergebracht oder in Bussen zum nächstgelegenen Flughafen gebracht werden, wenn dort kurzfristig genügend Flüge bereitgestellt werden konnten. Hätte sich damit die Geschichte für ihn erledigt? Mit Sicherheit nicht. Durch das Auftauchen der britischen Bullen verkomplizierte sich seine Situation erheblich. Sie würden auch den Mord an der Bauer unter die Lupe nehmen. Auf diese Ermittlungsergebnisse hatte er keinen Zugriff, konnte nicht darauf reagieren. Doch was sollte er dagegen unternehmen?

Er könnte versuchen, ein Ablenkungsmanöver zu starten. Bei Feuer an Bord eines Schiffes müssten alle Gäste evakuiert werden. Es sei denn, sie bekämen den Brand schnell in den Griff. Keine gute Option.

Vielleicht wäre es an der Zeit, eine falsche Fährte zu legen, den Verdacht auf jemand anderen zu lenken. Er überlegte fieberhaft, wer sich als Schuldiger eignen würde. Möglicherweise ein anderer Gast. Es müsste jemand sein, der die Bauer gekannt hatte. Eine falsche Zeugenaussage könnte die Ermittlungen in eine bestimmte Richtung lenken, jemand anderes belasten. Selbst als Zeuge aufzutreten, kam für ihn nicht infrage. Es gab genügend Fälle, bei denen sich ein Zeuge, der sich selbst bei der Polizei meldete, in Widersprüche verwickelte und sich damit selbst belastete. Könnte er einen anderen dazu bringen, auszusagen, jemand zum fraglichen Zeitpunkt auf dem Flur gesehen zu haben? Ihm fiel zwar jemand ein, der ihm einen Gefallen schuldete, doch es dürfte äußerst schwierig werden, diesen Plan perfekt in die Tat umzusetzen. Was, wenn die Person widersprüchliche Angaben machte, und was, wenn die Polizisten ihn in die Mangel nahmen und dazu brachten, den Namen seines Auftraggebers preiszugeben?

Von Natur aus war es in unseren Genen seit der Steinzeit so angelegt, dass wir auf existenzgefährdende Gefahrensituationen nur mit drei Reaktionen antworten konnten. Kampf, Flucht und Sich-tot-Stellen. Kampf kam hier nicht in Frage, wie sollte er es mit so vielen Polizisten auf einmal aufnehmen? Beim Sich-tot-Stellen fiele er nur unnötig auf. Eine Flucht würde den Verdacht erst recht sofort auf ihn lenken, es sei denn, alle würden das Schiff verlassen müssen. Obwohl? Vielleicht war das tatsächlich *die Lösung*, unauffällig das Schiff zu verlassen und im Ausland unterzutauchen.

Er bestellte sich einen Tee und dachte erneut über alles nach.

***

Während Paul dringend mit Wiebke sprechen wollte, arbeitete Lisbeth sich durch die bisherigen Berichte. Vielleicht hatten sie ihren Fokus falsch gesetzt. Natürlich war Erpressung verbunden mit der Drohung Videos zu veröffentlichen ein starkes Motiv, wenn der Ruf eines honorigen Mannes auf dem Spiel stand. Bisher gab es keine Belege für eine Erpressung. Möglicherweise hatte Corinna Bauer diese Videos nur zu ihrer eigenen Sicherheit gemacht, für den Fall, dass ein Kunde nicht bezahlte oder sie misshandelte.

Was, wenn Corinna nie vorgehabt hatte, die Reise mit

ihrem damaligen Partner anzutreten? Wenn ein möglicher Geliebter die Reise alleine gebucht, sie auf ihrer Kabine aufgesucht und sie mit Sekt auf ihrer Kabine feiern wollten? Es könnte einen Streit gegeben haben, der dann eskalierte.

Lisbeth strich sich eine Strähne aus dem Gesicht und rieb sich die Augen. Sie atmete hörbar ein und aus. Viel zu viele *Wenn* und *Hätte* für ihre Hypothese. Es gab keine Hinweise auf einen Geliebten. Sicherheitshalber suchte sie in der Passagierliste nach Männern zwischen 20 und 60 Jahren, die alleine eingecheckt hatten. Die Excel-Liste half ihr dabei, ein schnelles Ergebnis zu bekommen: sieben Treffer. Lisbeth druckte die Namen der Männer aus. Auch wenn es gar keinen Liebhaber gab, könnte jemand darunter sein, der diese Reise nur unternehmen wollte, weil sie auf dem Schiff war. Ein Stalker oder ein Kunde, der ihre sexuellen Dienstleistungen in Anspruch nahm.

Zwei der sieben Treffer unterstrich sie mit Rot, weil der eine in der Nähe von Osnabrück wohnte, der andere in Hannover. Lisbeth überlegte, ob es Sinn machte, die beiden zu fragen, ob sie Corinna Bauer oder *Dark Angel* kannten. Wenn der Täter darunter wäre, würde er es nicht zugeben. Aber seine Reaktion könnte ihn verraten. Die Alternative wäre, die Kollegen in Osnabrück und Hannover zu bitten, deren Umfeld zu beleuchten. Befand sich ein Mann aus Hannover in der Kundenkartei von *Bon-Image*? Welche Internetseiten hatten die beiden Männer besucht? Gab es SMS-Kontakte oder Anrufe mit Corinna Bauer? Weder für die Agentur noch für die Männer würde ihnen ein Richter einen Durchsuchungsbeschluss unterschreiben. Allein eine Kreuzfahrt zu buchen war keine Straftat, nicht einmal ein

Verdachtsmoment. Dafür würden sie mehr brauchen.

Paul betrat den Raum.

»Und, was sagt Wiebke?«

»Sobald sie freie Plätze für sich und die Kinder in einer Maschine buchen kann, fliegt sie mit den Kindern von Liverpool nach Bremen oder Hamburg.«

»Gut.«

»Hast du etwas Neues?«

»Armin Kreuzer und Nils Theilen«, sie zeigte auf den Ausdruck, »haben alleine eingecheckt. Insgesamt haben sieben Männer ohne Begleitung diese Reise angetreten. Die anderen fünf lassen wir erst einmal außen vor, die wohnen zu weit von Osnabrück entfernt.«

Mit einem Mal war Lisbeth nicht mehr sicher, ob ihre Idee nicht völlig abwegig war.

»Du meinst, jemand ohne Begleitung könnte *wegen ihr* diese Reise gebucht haben?«

»Genau. Ein Verehrer, Stalker oder Geliebter, von dem wir noch nichts wissen.«

»Oder ein Kunde«, ergänzte Paul die Aufzählung. »Guter Punkt, Lissi. Die beiden sollten wir befragen.« Paul ging unruhig auf und ab. »Wir sollten die Befragung umgehend durchführen. Der Kapitän könnte die Kreuzfahrt jeden Augenblick für beendet erklären und die Gäste zum Flughafen oder in umliegende Hotels bringen lassen. Dann wären diese kaum noch für uns erreichbar.«

»Warum sorgen wir dann nicht dafür, dass alle an Bord bleiben müssen? Der Täter ist garantiert darunter.«

»Ja, aber das bekommen wir nie durch. Wir könnten allenfalls jeden Gast kontrollieren lassen, bevor er das Schiff verlässt. Doch wonach suchen wir genau? Wir haben weder eine Täterbeschreibung, noch irgendetwas, durch das wir ihn identifizieren könnten. Nichts. Und alle Gäste unnötig lange auf dem Schiff festzuhalten, wäre Freiheitsberaubung.«

»Wir sollten trotzdem versuchen, die Passagiere so lange wie möglich hier festzuhalten, vielleicht unter einem Vorwand.«

Paul kratzte sich am Hinterkopf. »Okay, das könnten wir versuchen. Es dürfte sowieso einige Zeit dauern, bis ausreichend Flüge für über 2.000 Gäste zur Verfügung stehen. Und ich gebe dir recht: Je länger unser Täter an Bord bleibt, desto besser ist das für uns.«

Wie lange würden sie den Kapitän und die Reisenden hinhalten können? Vielleicht wäre es sogar besser, sie könnten die Kreuzfahrt fortsetzen. Irland anlaufen, danach Cork. Wenn jemand dann nach einem Landausflug nicht an Bord zurückkehrte, würde es auffallen. Doch was war, wenn es noch eine Leiche gäbe, eine dritte? Konnten sie für die Sicherheit aller Gäste garantieren? Einschließlich der von Levke, Tom und Wiebke? Wohl kaum.

Es klopfte an der Tür.

»Ja, bitte?«

Der Schiffsarzt stand in der Tür. »Sie wollten mich sprechen?«

Paul bot ihm einen Stuhl an. Dr. Jaspers setzte sich.

»Herr Doktor, Sie haben vom Tod ihrer Kollegin Diana Brugger gehört?«

Er nickte, faltete die Hände wie zum Gebet und knetete sie. »Ist sie …«, er suchte offenbar nach den richtigen Worten, »… wirklich ermordet worden?«

»Wie kommen Sie darauf?«

»Nun, die Absperrung des Bereichs auf Deck 7. Die

britischen Männer mit ihren Ganzkörperanzügen sahen aus wie Leute von der Spurensicherung.«

Paul beantwortete die Frage des Arztes nicht. »Sie haben Frau Brugger untersucht, als sie wieder an Bord kam?«

»Ja.«

»Was machte sie auf Sie für einen Eindruck? Wirkte sie anders als sonst?«

»Zunächst legte sie mir den Befund des Krankenhauses in Southampton vor. Damit war alles in Ordnung.«

»Wie lange war sie dort in Behandlung?«, fragte Lisbeth.

»Nur über Nacht. Am nächsten Morgen verließ sie die Klinik auf eigenen Wunsch. Diana war sehr pflichtbewusst, ja fast pflichtbesessen.«

Diana? Er nennt sie beim Vornamen, dachte Lisbeth.

»Wie lange kannten Sie Frau Brugger?«

»Auf der *Mein Schiff 5* fuhren wir, seitdem es in Dienst gestellt wurde, also einige Wochen. Wir fuhren davor fast zwei Jahre auf der *Mein Schiff 2*.«

»Sie haben die Ausgangsfrage meines Kollegen nicht beantwortet«, erinnerte Lisbeth.

»Sie wirkte ein wenig durcheinander, ein bisschen gestresst. Kein Wunder, sie machte sich Vorwürfe wegen der Zeit, die sie an Bord gefehlt hat. Was sie von ihren Mitarbeitern verlangt hat, lebte sie selbst vor. Sie war immer erreichbar, selbst wenn sie einen freien Tag hatte. Sie hat für ihren Beruf gelebt, ging darin auf. Wenn die Sauberkeit von einem Gast gelobt wurde, strahlte sie wie ein kleines Mädchen an ihrem Geburtstag.«

Er scheint Frau Brugger ja sehr gut zu kennen. Hatten die was miteinander? Lisbeth sah auf den goldenen Ring an der rechten Hand des Arztes.

»Waren Sie gut mit Frau Brugger befreundet?«,

»Ich weiß nicht, ob man das Freundschaft nennt. Wir fanden uns sympathisch. Wenn man solange zusammen auf einem Schiff fährt, wächst etwas zusammen, auch wenn man in unterschiedlichen Bereichen arbeitet.«

Nach dem Tod von Corinna Bauer waren außer der Reinigungskraft nur drei Mitglieder der Besatzung in der Kabine: der Sicherheitsoffizier, Diana Brugger und der Schiffsarzt. War das Zufall?

»Wie hatte Frau Brugger auf den gewaltsamen Tod von Corinna Bauer reagiert?«

»Wie schon? Sie war geschockt, wie wir alle. So etwas habe ich noch nie auf einem Schiff erlebt. Einmal starb ein Gast an einem Herzinfarkt. Doch einen gewaltsamen Tod, das gab es noch nicht, zumindest nicht auf den Schiffen, auf denen ich bisher gefahren bin. Ich glaube, Diana hat sich als Erste wieder gefangen und professionell reagiert.«

»Vielen Dank, Herr Dr. Jaspers.« Paul warf Lisbeth einen fragenden Blick zu. Sie schüttelte mit dem Kopf zum Zeichen, dass sie keine weiteren Fragen an ihn hatte. »Das wär's von unserer Seite.«

Der Schiffsarzt erhob sich, stand kurze Zeit verloren im Raum, als wolle er noch etwas sagen, verließ dann aber wortlos den Raum.

Als sie allein waren, fragte Paul: »Glaubst du, der hatte was mit der Brugger?«

»Möglich. Spielt das für unsere Ermittlungen eine Rolle?«

»Nur, wenn einer von beiden in den Fall beziehungsweise in *die* Fälle verwickelt ist, beziehungsweise war.«

Lisbeth nahm den Computerausdruck, warf einen Blick

drauf, faltete ihn zusammen und ging zur Tür.

»Wo willst du jetzt hin?«

»Auf Deck 6, Armin Kreuzer befragen. Mal sehen, ob er Corinna Bauer gekannt hat.«

Kapitel 18

Es gab viele unterschiedliche Reaktionen, an denen erfahrene Ermittler erkennen konnten, ob ein Mensch log. Manche Verdächtige wichen einfach nur dem Blick aus und schauten auf den Boden. Bei anderen kam es darauf an, in welche Richtung sie schauten, wenn sie etwas erzählten. Nach rechts, wenn sie sich etwas ausdachten, nach links, wenn ihr Gehirn auf Erinnerungen zurückgriff. Manchmal wiederholte ein potenzieller Delinquent die gestellte Frage, oder er stellt eine Gegenfrage, um Zeit zu gewinnen, sich eine Lüge auszudenken. Wenn die Hände das Gesicht berührten, zum Beispiel die Nase, konnte das ein weiteres Indiz für eine Lüge sein. Eine einzelne Geste oder eine Handlungsweise lieferte noch lange keinen eindeutigen Beleg für eine Lüge, aber mehrere zusammen ergaben ein Muster, das viele Lügner entlarvte.

Die Kommissare erreichten die Kabine auf Deck 6 und Paul klopfte an der Kabinentür. Ein Mann im Frottee-Bademantel öffnete diese vorsichtig. Er hatte nicht die geringste Ähnlichkeit mit einem der Männer auf den Videos von Corinna Bauer.

»Ja, bitte?« Er kräuselte die Stirn. Seine Überraschung über den unerwarteten Besuch konnte er nicht verbergen.

»Sind Sie Armin Kreuzer?«

»Wer will das wissen?«

»Mein Name ist Paul Schweigert von der Kriminalpolizei.« Er zeigte seinen Dienstausweis. »Das ist meine Kollegin Frau Eicken. Wir haben ein paar Fragen an Sie. Dürfen wir reinkommen?«

»Ich komme gerade aus der Sauna.« Während seiner

Antwort band er die Schleife noch einmal fester, als fürchtete er, der Bademantel könnte versehentlich aufgehen.

»Es dauert nicht lange.«

Armin Kreuzer gab den Kabineneingang frei. Paul und Lisbeth traten ein. Sie gingen durch bis zur Schiebetür vor dem Balkon, drehten sich um und blieben stehen. Herr Kreuzer setzte sich auf den Stuhl vor dem kleinen Schreibtisch. Im V-Ausschnitt des Bademantels kam seine dunkle Brustbehaarung zum Vorschein. Er schien sich in seinem Aufzug nicht unwohl zu fühlen. Paul hätte sich an seiner Stelle in der Nasszelle umgezogen, bevor er Fragen beantwortet hätte.

»Ich dachte, ich wüsste sehr viel über die Ausstattung und das Personal eines Kreuzfahrtschiffes. Dass jetzt schon Beamte von der Kripo dazu gehören, ist mir neu.«

Paul verstand die Ausführungen als indirekte Frage, warum sie sich überhaupt dienstlich auf diesem Schiff aufhielten. Er ging nicht darauf ein.

»Herr Kreuzer, ist es richtig, dass sie diese Kreuzfahrt alleine gebucht und angetreten haben?«

»Ist das ein Verbrechen?«

Eine Gegenfrage auf eine direkt gestellte Frage.

»Hier sind fast nur Paare auf dem Schiff oder zwei Freundinnen, die sich eine Kabine teilen. Herren ohne Begleitung sind doch eher die Ausnahme.«

»Und *das* ist ein Fall für die Kriminalpolizei?«

Paul und Lisbeth ließen die Frage im Raum stehen.

»Ich habe nichts zu verbergen.« Er hob die Hände. »Meine Frau hat mich vor geraumer Zeit wegen eines anderen verlassen. Wir wollten schon immer mal zusammen eine Kreuzfahrt machen. Dazu kam es leider nie, da ich beruflich sehr eingespannt war. Nach der Trennung wollte ich mir beweisen, dass ich für eine solche Reise keine Frau brauche. Ich komme ganz gut alleine zurecht, bin mir selbst genug, wie man so schön sagt.«

»Kennen Sie eine Frau Bauer, Corinna mit Vornamen?«, fragte Lisbeth.

Er sagte nichts. Seine Augen blickten nach rechts an Paul und Lisbeth vorbei.

»Sollte ich sie kennen?«

Eine erneute Gegenfrage.

»Beantworten Sie bitte die Frage meiner Kollegin.«

»Ich fürchte, nein.«

»Sie fürchten? Das heißt, Sie sind sich nicht sicher?«

»Bedauere, Bauer ist ein Allerweltsname. Ich kann nicht ausschließen, einer Frau Bauer begegnet zu sein. Ich komme beruflich ziemlich viel herum.«

Armin Kreuzer wirkte nicht nervös, sondern souverän, als wäre es ein geschäftliches Gespräch. Die meisten Menschen hatten wenig oder nie mit der Kriminalpolizei zu tun. Deswegen waren viele sehr aufgeregt, spulten Krimiserien vor ihrem geistigen Auge ab.

»Was machen Sie beruflich?«

»Ich bin selbstständiger Immobilienmakler.«

»In Osnabrück?«

»Dort habe ich meine Firma angemeldet. Im Laufe der Jahre habe ich meinen Wirkungskreis ständig erweitert. Vechta, Cloppenburg, Oldenburg, seit diesem Jahr auch Hannover. Würden Sie mir jetzt vielleicht verraten, was die ganze Fragerei soll?«

Lisbeth sah zu Paul. Keiner sagte etwas.

»Ist es wegen dieses Aufmarsches von Polizisten auf

Deck 7? Was ist dort passiert?«

»Herr Kreuzer, wir bedanken uns für Ihre Zeit.«

Paul ging Richtung Tür, Lisbeth folgte schweigend. Er hatte bereits die Türklinke in der Hand, als er sich umdrehte: »Der Name Diana Brugger, sagt Ihnen der etwas?«

»Nein.«

Dieses Mal kam die Antwort sofort. Ohne Nachdenken. Ohne Verzögerung.

»Danke.«

Warum hatte er so lange überlegt, als sie ihn nach Corinna Bauer fragten? Es schien so, als müsse er abwägen, was er ihnen erzählen konnte. Im allerersten Moment zeigte sich in seiner Mimik aber kein Anzeichen der Wiedererkennung. Möglicherweise hatte er die Frage erwartet.

Anstatt auf einen der freien Fahrstühle zu warten, benutzten Paul und Lisbeth die Treppe. Sie kamen an einem älteren Ehepaar vorbei und hörten, wie sie sich aufgeregt über die britischen Kollegen unterhielten. Offenbar schien sich herumzusprechen, dass etwas Schlimmes passiert sein musste.

»Wissen Sie, was da auf Deck 7 los war?«, fragte Paul ungeniert.

»Es soll eine Frau zu Tode gekommen sein«, sagte die hagere Frau, die Paul auf etwa 70 Jahre schätzte. »Stellen Sie sich das mal vor«, sie winkte Paul zu sich heran und flüsterte ihm ins Ohr: »Ermordet!«

»Tatsächlich?«

»Wenn ich es Ihnen doch sage. Nicht mal auf einem Kreuzfahrtschiff ist man noch sicher.«

»Komm Hilde, wir müssen jetzt los zur Anwendung.

Guten Tag.«

Es hatte sich also bereits herumgesprochen. Keine Möglichkeit, die Geschichte zu verheimlichen. Solche Gerüchte verbreiteten sich immer in Windeseile. Durch das stete Weitererzählen, das stille-Post-Spielen wollte Paul gar nicht wissen, was man dem letzten Passagier auftischte, weil von Mal zu Mal immer mehr Sachen hinzugedichtet wurden.

Nachdem sie die Kabine auf Deck 5 erreicht hatten, klopfte Paul an der Tür. Keine Reaktion. Er klopfte erneut. Nils Theilen befand sich offenbar nicht auf seiner Kabine.

***

Er strampelte bis seine Oberschenkel brannten. Schweißperlen tropften von seiner Stirn. Er erhob sich vom Sattel, trat noch heftiger in die Pedale des Heimtrainers als zuvor. Dabei hechelte er wie ein Hund. Sein T-Shirt war triefend nass. Das Handtuch, das über dem Lenker hing, beachtete er nicht. Irgendwie musste er den Druck loswerden, der auf ihm lastete. Die englischen Ermittler arbeiteten sehr gut mit den beiden Oldenburgern zusammen. Hätte er sich bloß nicht auf die Schlampe eingelassen! Wie hätte er ahnen können, dass sie nur auf seine Kohle aus war? In ihrem anderen Leben war sie eine biedere Krankenschwester, die anderen Menschen half. So eine scheinheilige Kuh. Ihr offizieller Beruf diente allein dem Zweck, den Schein zu wahren. Die liebe Frau Bauer war ja so sozial eingestellt. Die zweitgrößte Enttäuschung in seinem Leben. Doch das hatte er erst begriffen, als er in ihrer Kabine mit ihr redete. Billig angezogen mit übertrieben rotem Lippenstift begrüßte sie ihn lachend. Nicht einmal da sah er die Dollarzeichen in ihren Augen. Ihre gespielte Freundlichkeit legte sie nicht ab. Sie strich ihm lasziv über sein Hemd, hauchte ihm Schweinereien ins Ohr.

»Wenn unser kleines Geheimnis nicht auffliegen soll, kostet das was!«

»Wieviel?«

Im selben schlüpfrigen Tonfall nannte sie eine aberwitzige Summe.

»Das ist völlig unmöglich. Selbst, wenn du mir genügend Zeit geben würdest, könnte ich das viele Geld nicht aufbringen, und das weißt du!«

Sie grinste ihn teuflisch an. »Jetzt stell dir mal vor, die Bilder gelangen durch einen blöden Zufall in die Öffentlichkeit. Was würde dein Chef wohl dazu sagen? Und die Kunden, hm? Na gut, zumindest die Männer würden es gerne anschauen, heimlich versteht sich. Eins ist doch wohl klar: Deine Karriere wäre am Ende.«

Sie hatte recht. Natürlich hatte sie das. Selbstverständlich wäre seine vorbildliche Karriere mit einem Schlag beendet. Obwohl es kein Verbrechen war, sich sexuelle Dienstleistungen zu erkaufen, konnte er auf keinen Fall zulassen, dass diese pikanten Aufnahmen in einer Boulevardzeitung oder im Internet zu sehen sein würden. *Er*, der eine beispiellose Laufbahn vorzuweisen hatte. Vorbildliche Praktika. Empfehlungsschreiben der besten Männer in der Branche. Sowohl Kollegen als auch Kunden sprachen in den höchsten Tönen von ihm. Die nächste berufliche Ebene hatte man ihm schon fest zugesagt – als jüngster, der je einen solchen Posten angetreten hatte, zumindest in Deutschland. Soweit er wusste, sogar europaweit.

Sollte er nach seinem Tiefschlag im privaten Bereich einen weiteren vernichtenden Schlag ertragen? Das konnte er nicht zulassen. Es gab für ihn nur zwei wichtige Säulen im Leben: Das private Glück – die Familie, die große Liebe. Als zweite gab es den Beruf, der bei ihm wahrhaft Berufung war. Würde nun auch die zweite tragende Säule über ihm zusammenbrechen, würde er das nicht überleben.

»Können wir uns nicht irgendwie einigen? Ich könnte dir einen Teil des Geldes besorgen, wenn du im Gegenzug den Film und die Bilder löschst.«

Sie nahm ihr Smartphone und spielte das Video ab. Dabei lachte sie dreckig. »Och, mein Kleiner, ich dachte du hättest Humor? Ich finde, du bist sehr gut getroffen.« Plötzlich wurde sie todernst: »Das dreckige Filmchen sollte dir doch viel mehr wert sein, oder?«

Er griff nach dem Handy. Sie hielt es nach oben, so wie man es einem kleinen Kind vorenthalten will. Bestimmt hatte sie das Video längst in einer E-Mail verschickt, sodass es auf unterschiedlichen Servern lag. Sie würde niemals Ruhe geben. Vielleicht war genau das der Punkt, an dem ihm die Sicherungen durchknallten, er keinen Ausweg mehr sah. Er konnte es nicht mehr genau sagen. Als hätten sich die folgenden Minuten in seinem Gedächtnis gelöscht, kam er erst wieder zu sich, als sie mit weit aufgerissenen Augen und dem Eispickel in der Stirn vor ihm lag.

***

Nicht nur James arbeitete als Dolmetscher. Um die

Kollegen von Scotland Yard auf den aktuellen Ermittlungsstand zu bringen, übersetzte ein Mitarbeiter der Kripo in Oldenburg, der zweisprachig aufgewachsen war, sämtliche Berichte der Sonderkommission *Kreuzfahrt* ins Englische. Während sich Chief Inspector Jackson durch die nach und nach eingehenden elektronischen Berichte arbeitete, stellte er immer wieder Verständnisfragen, die Paul ihm beantwortete.

An frischem Kaffee und belegten Brötchen fehlte es ihnen nicht. Dennoch entschuldigte sich Paul nach einer Stunde bei seinem britischen Kollegen und ging an Deck, um frische Luft zu schnappen. Er stützte sich mit den Unterarmen auf die holzbeschlagene Reling und blickte auf den kleinen Hafen. Die untergehende Sonne kitzelte seine Nase und die Luft roch salzig.

Was hatte er übersehen? Hingen die beiden Mordfälle tatsächlich zusammen? Welche Rolle spielte der Schiffsarzt Dr. Jaspers in der ganzen Geschichte? Diente der zweite Mord nur dazu, die Aufklärung des ersten Mordes zu verhindern? Wäre immerhin ein klassisches Mordmotiv: Angst vor Entdeckung, wie es Vergewaltiger machen, weil sie Angst davor haben, das Opfer könnte sie später wiedererkennen und ins Gefängnis bringen. Wenn dem so war, kannte Diana Brugger den Täter und wollte sich bereits in England absetzen, weil sie sich von ihm bedroht fühlte? Dann musste sie es sich anders überlegt haben. Möglicherweise, um den Täter zu überreden, sich der Polizei zu stellen.

Bisher schien der Täter, wenn es sich nur um einen handelte, großes Glück gehabt zu haben. Der erste Mord geschah in der Nacht. Da war es kein Wunder, dass ihn keiner gesehen hatte. Nicht aber der Mord an Diana

Brugger. Doch wer achtete schon darauf, wenn jemand aus einer öffentlich zugänglichen Toilette kam. Es sei denn, ihn hatte jemand genau in dem Augenblick beobachtet, als er aus der Damentoilette kam. Das würde auffallen. Sollten Sie deswegen über 2.000 Passagiere befragen, ob jemand einen Mann aus dem Damen-WC auf Deck 7 kommen hat sehen und dabei einen gehetzten Eindruck machte?

Weitere Fragen trieben Paul um: Kannten sich Corinna Bauer und Diana Brugger? Die Hausdame wohnte in Leipzig, Corinna Bauer in Osnabrück. Hunderte von Kilometern lagen dazwischen. Das wäre ein großer Zufall, wenn sie sich kannten. Welche Hobbys hatte die Brugger, mit welchen Kollegen verbrachte sie ihre knapp bemessene Freizeit an Bord, abgesehen vom Schiffsarzt? Paul nahm sich vor, die Personalakte von Diana Brugger beim Kapitän anzufordern und ihn nach Diana Bruggers Umgang mit den Kollegen zu fragen.

Paul befreite ein Hustenbonbon aus seinem Papier und steckte es in den Mund. Eine Möwe kreischte über ihm, als wollte sie ihn auslachen. Nur einen Meter neben ihm klatschte ein weißgrauer Gruß einer Möwe auf das Deck.

»Das nächste Mal Zielwasser trinken«, rief er der Möwe hinterher.

»Redest du jetzt schon mit Tieren?«

Er drehte sich um und kniff die Augen zusammen, weil ihn die tief stehende Sonne blendete. Lisbeth, die er nicht hatte kommen sehen, stand hinter ihm. Er zeigte auf den Vogelschiss: »Guck dir das an, das Mistvieh hätte mir fast auf den Kopf geschissen.«

Lisbeth strich ihm über den Kopf, so wie Paul es manchmal bei Tom tat: »Du armer Junge. Ich kann dich verstehen. Diese Vögel sind immer so …«, sie grinste ihn schelmisch an, »von oben herab.«

Er lachte schallend los und hob den Zeigefinger. »Der war gut. Das muss ich dir lassen. Der Wortwitz war echt gut.«

»Genug rumgealbert. Der Kapitän will uns sprechen. Er meinte, es sei dringend.«

Kapitel 19

Als sie den Raum des Kapitäns betraten, telefonierte dieser. Mit einer Geste bot er ihnen zwei Stühle an. Sie nahmen Platz. Es dauerte nicht lange, bis er das Gespräch beendet hatte.

»Das war gerade die Vorsitzende von *TUI Cruises*, Frau Müller.«

Die beiden Kommissare sagten nichts.

»Die Kreuzfahrt wird bis auf Weiteres nicht fortgesetzt werden.«

Paul beugte sich vor. »Woher kommt der plötzliche Sinneswandel? Bisher wollten sie doch um jeden Preis weiter Geld verdienen.«

Der Kapitän stützte sich mit den Ellenbogen auf dem Tisch ab. »Das wollen *sie* immer. Was viele nicht wissen, die *TUI Cruises GmbH* ist keine hundertprozentige Tochter der TUI AG, sondern ein Joint Venture mit Royal Caribbean Cruises. Und glauben Sie mir, der Zahlendruck und das Streben nach absoluter Gewinnmaximierung kommen von den Amerikanern. Wenn es nach denen ginge, wären wir seit gestern auf dem Weg nach Dublin. Scotland Yard hat sich mit dem FBI in Verbindung gesetzt. Deren Direktor in Florida ist beim obersten Chef von Royal Caribbean in deren Zentrale in Miami vorstellig geworden. Das war vor einer Stunde. Jetzt heißt die Order, wir dürfen den Hafen bis auf Weiteres nicht verlassen.«

»Wie lange wird es voraussichtlich dauern, bis die Passagiere das Schiff verlassen?«, fragte Lisbeth.

»Das kann ich Ihnen noch nicht sagen. Es hängt davon ab, wie schnell wir Flüge nach Deutschland buchen können. Das dürfte nicht einfach werden.«

»Herr Kapitän«, schaltete Paul sich ein, »der oder die Täter müssen sich noch an Bord befinden, und wir haben momentan keinen Tatverdächtigen. Das heißt, wir wissen nicht einmal, nach wem wir suchen müssen.«

»Was wollen Sie damit sagen?«

»Nun, wir wären Ihnen dankbar, wenn die Passagiere noch ein, zwei Tage an Bord blieben.«

Der Kapitän stand auf. »Können Sie dafür garantieren, dass der Täter nicht erneut zuschlägt?«

Beide Kommissare schüttelten den Kopf. Das konnten sie nicht einmal nach dem ersten Mord. Paul musste an seine Familie denken, die er lieber heute als morgen von Bord gebracht hätte. Er würde es sich nie verzeihen, wenn ihnen etwas zustieße. Mehr als in allen Fällen zuvor während seiner Laufbahn fühlte er sich unter Zeitdruck. Es galt nicht nur den Mörder zu finden, sondern dazu so schnell wie möglich, innerhalb weniger Stunden.

»Es wird sowieso einige Zeit dauern, die Rückreisen für alle Gäste zu organisieren. Ob und wann die Passagiere das Schiff verlassen, müssen wir mit den walisischen Behörden abstimmen.«

Paul und Lisbeth nickten.

»Wie kommen Sie mit Mark Jackson und seinen Leuten zurecht?«

»Ich halte ihn für einen hochprofessionellen Kollegen. Ein Übersetzer hilft uns. Die Unterstützung der britischen Kollegen kommt wie gerufen.« Paul drehte den Kopf in Richtung Lisbeth. »Einen Mordfall mit zwei Leuten vor Ort zu klären, das hatten wir noch nie, oder?«

»Mit Sicherheit nicht.«

Der Kapitän sicherte ihnen nochmals jedwede

Unterstützung bei ihrer Arbeit zu. Sie verabschiedeten sich und gingen zurück zu ihrem Büro.

Vor der Bürotür wartete Wiebke mit Levke auf dem Arm.

»Tom ist verschwunden.«

»Was heißt verschwunden?«

»Na, weg eben. Ich wollte ihn vom Kids-Club abholen. Er war nicht mehr dort. Die Betreuerin meinte, er wollte nicht mehr warten und hatte zu ihr gesagt, dass er unsere Kabine alleine finden würde.« Wiebkes Augen waren gerötet. »Zwei Animateurinnen suchen schon nach ihm.«

Bestimmt gab es eine harmlose Erklärung. Er hatte auf seinem Weg etwas Interessantes entdeckt, was ihn faszinierte. Doch was, wenn nicht? Wenn er dem Mörder in die Arme gelaufen war. Der Mörder wusste, Tom war der Sohn des Ermittlers. *Jetzt reiß dich zusammen!* Auf dem Schiff wimmelte es inzwischen von britischen Polizisten. Was für einen Sinn hätte es, wenn der Täter den Sohn eines Ermittlers kidnappte? Wenn er sich in die Ecke gedrängt fühlte, könnte es eine Verzweiflungstat sein. Paul versuchte, sich zu beruhigen.

»Wer ist denn jetzt in unserer Kabine? Für den Fall das Tom nur getrödelt hat und inzwischen vor der Tür steht.«

»Oh Gott, ja, das könnte sein. Ich gehe sofort zurück«, sagte Wiebke.

»Lisbeth, du arbeitest bitte weiter mit den Kollegen an dem Fall. Ich suche Tom.«

Paul hastete zum Kids-Club. Gedanklich schritt er den Weg ab, den Tom gegangen sein könnte. Hatte er einen der Fahrstühle oder die Treppen benutzt? So wie er seinen Sohn einschätzte, nahm er lieber die Treppen, schließlich waren es nur drei Decks und wenn Tom warten musste, konnte er schnell ungeduldig werden. *Tom musste an Deck 7 vorbei, am Tatort.* Pauls Herz hämmerte gegen seinen Brustkorb. Warum sollte der Täter seinen Jungen ausgerechnet dort schnappen, direkt vor den Augen der britischen Kollegen?

Er erreichte den Bereich der Kinderbetreuung. Dort sprach er mit der Leiterin, die ihm nicht viel mehr sagen konnte, als sie Wiebke schon erzählt hatte. Er bedankte sich bei ihr und musste sich zur Ruhe zwingen. Dazu atmete er bewusst tief ein und aus, schloss seine Augen und versuchte sich in seinen Sohn hineinzuversetzen. Welchen Weg hatte er genommen? Was könnte ihn auf seinem Weg abgelenkt haben? Am bordeigenen Kino kam er nicht vorbei, genauso wenig wie am Spielcasino. Er schritt den Weg ab, den Tom vermutlich gegangen war. An einem Café blieb er stehen, zog sein Smartphone aus der Tasche und suchte ein Foto von Tom.

»Entschuldigung, haben Sie diesen Jungen heute hier gesehen?«, fragte er eine Bedienung.

Sie sah sich das Bild an und schüttelte den Kopf. »Tut mir leid. Den habe ich noch nie gesehen.«

»Wann hat Ihre Schicht angefangen?«

»Vor drei Stunden.«

»Alles klar, ich danke Ihnen.«

Paul musste an Toms Verschwinden vor drei Jahren denken. Wiebke rief ihn im Dienst an und erzählte ihm völlig aufgelöst, dass Tom nicht von der Schule zurückgekehrt war. Damals raste er mit denselben fürchterlichen Gedanken von Oldenburg nach Varel. Er hoffte, redete sich ein, es würde schon eine harmlose Erklärung geben. Schließlich hatte er Tom wohlbehalten auf einem Bauernhof gefunden. *Bitte lass es dieses Mal auch ein harmloses Ende finden!*

Er sah kurz zu den Fahrstühlen, dabei entdeckte er nichts, was aufregend für seinen Jungen hätte sein können. Er ging ein Deck tiefer, kam direkt am Tatort vorbei, der immer noch abgesperrt war.

Warum habe ich Wiebke und die Kinder nicht in Calais von Bord geschickt, als Lisbeth zugestiegen war? Sollte ich am Ende schuld sein, wenn … Paul wollte diesen Gedanken nicht zu Ende denken. Er ballte die rechte Hand zur Faust und biss in den gekrümmten Zeigefinger bis es wehtat.

»Ist alles in Ordnung mit Ihnen? Sie sehen ganz blass aus«, fragte eine Frau, die er noch nie gesehen hatte. Sie musste etwa 60 Jahre alt sein und schien ernsthaft besorgt.

»Ja, mir geht's gut«, log Paul. »Haben Sie diesen Jungen gesehen?«, er hielt ihr das Handy vor die Nase.

»Ja.«

Pauls Herz machte einen Freudensprung. »Wann war das?«

»Gestern zusammen mit den anderen Kindern im Kids-Club. Sie machten so eine Polonaise. Ein ganz aufgewecktes Kerlchen muss ich sagen. Wie heißt der Kleine?«

»Tom«, antwortete er tonlos.

Verdammt, das konnte doch wohl nicht wahr sein! Er bedankte sich bei der Frau und ging weiter. Wenn er bei seiner Kabine angekommen wäre, ohne Tom zu finden, würde er den Kapitän bitten, eine Durchsage zu machen, die auf jedem Gang, in jedem Restaurant und auf jeder verdammten Kabine zu hören war.

Paul kam an dem Bereich vorbei, an dem die Passagiere Fotos anschauen konnten, die von den Bordfotografen bei jeder Gelegenheit geschossen wurden. Diese Fotos wurden nicht mehr ausgedruckt und einzeln an einer Wand aufgehängt, sondern man musste sich über seine Bordkarte identifizieren und die Software suchte automatisch die Bilder des entsprechenden Gastes.

Das würde Tom ähnlichsehen, sich durch das Programm zu klicken. Aber er hatte keine eigene Bordkarte. Trotzdem könnte er daran rumgespielt haben, denn es gab auch die Möglichkeit einen Namen einzugeben. Paul fragte einen Mitarbeiter, ob sich Tom vor kurzem hier aufgehalten hatte.

»Nein, den habe ich hier nicht gesehen.«

Frustriert setzte er seinen Weg fort, bis er schließlich seine Kabine erreichte. Er hielt seine Bordkarte an das Schloss und ein grünes Lämpchen leuchtete auf. Wiebke telefonierte gerade und bedeutete ihm freudig, er möge reinkommen.

»Das ist Lisbeth am Telefon. Ein gewisser James hat Tom vor dem Tatort aufgegabelt.«

Paul fiel ein Stein vom Herzen – ein ziemlich großer dazu. Gleichzeitig ärgerte er sich über die Gedankenlosigkeit seines Sohnes.

Wie sich herausstellte, hatte Tom James auf Englisch angesprochen, weil er sich für die Polizeiarbeit interessierte. Dieser fragte ihn nach seinem Namen und wusste bei Nennung des Nachnamens Schweigert sofort Bescheid. James fragte den Jungen auf Deutsch, ob er Lust auf eine Cola hätte, um ihn schnellstmöglich vom Tatort wegzulotsen.

Nachdem James ein Getränk organisiert hatte, brachte er ihn ins Büro, wo ihn Lisbeth mit offenen Armen empfing.

***

Das Büro war zu klein, um es dauerhaft gemeinsam mit den Kollegen von Scotland Yard zu nutzen, daher arbeiteten von britischer Seite nur Mark Jackson und James Stoker hier. Vor der Schreibtafel gab Paul einen Abriss über den Ermittlungsstand, erläuterte die Lebensumstände von Corinna Bauer, ihr Doppelleben, sagte etwas zu ihrem Ex-Freund und ließ auch die mögliche Verwicklung der Agentur *Bon-Image* aus Hannover nicht unerwähnt. Er schrieb den Namen Diana Brugger zusätzlich an die Tafel, notierte darunter Querverbindungen zum ersten Mordopfer.

»Und Sie glauben, die Brugger wollte sich in England absetzen?« Mark Jackson spielte mit einem Zahnstocher, steckte ihn sich zwischen seine Lippen, als vermisste er eine Zigarette.

Paul zuckte mit den Schultern. »Es wäre eine Möglichkeit. Sie galt als äußerst zuverlässig und extrem pflichtbewusst.«

»Wir haben eine Rückmeldung aus dem Hospital in Süd-England. Dort bestätigte man uns ihre Angaben. Sie wurde tatsächlich dort behandelt.«

»Warum hat sie nicht an Bord angerufen? Selbst wenn ihr Mobiltelefon kaputt war oder sie keinen Empfang hatte. Spätestens in der Klinik hätte sie doch telefonieren können.«

»Gute Frage.«

Paul notierte den Punkt *kein Anruf* unter dem Namen

von Diana Brugger.

»Was ist mit dem Smartphone von Diana Brugger?«, schaltete sich Lisbeth ein.

»Weder am Tatort noch unter den persönlichen Sachen in der Kabine von Frau Brugger konnte ein Mobiltelefon sichergestellt werden«, sagte Jackson.

Erneut nimmt der Täter ein Telefon der Getöteten an sich, dachte Paul. *Zumindest müssen wir davon ausgehen, dass er es hat. Warum? Weil Telefonate oder Nachrichten ihn belasten könnten? Oder weil sich kompromittierende Fotos oder Videos darauf befanden?*

»Wir haben die Mobilfunknummer von Diana Brugger, versuchen das Gerät zu orten. Zurzeit ist es ausgeschaltet. Falls es in Zukunft auch nur kurz eingeschaltet wird, können wir es lokalisieren«, erklärte Jackson.

Wahrscheinlich hatte es der Mörder ins Meer geschmissen. Sollte er es dennoch hier an Bord aktivieren, wäre es über denselben Sendemast eingeloggt wie alle Passagiere und alle Crewmitglieder, die ein Handy benutzen. Darüber würden sie ihn unmöglich finden können.

Unwillkürlich schweiften Pauls Gedanken ab. Beobachtete der Mörder ihn und Lisbeth? Wenn ja, wusste er, dass seine Familie an Bord war? Paul musste an Tom denken. Nicht nur sein Sohn, seine ganze Familie war in Gefahr. Noch mehr in Gefahr, als alle anderen Passagiere. Direkt nach dieser Besprechung würde er sie von Bord bringen, in irgendein Hotel, egal wohin, nur runter vom Schiff.

»Herr Schweigert?«, riss Jackson ihn aus seinen Gedanken.

»Entschuldigen Sie bitte, was haben Sie gesagt?«

»Ich fragte, ob das alle Fakten sind, die Sie bisher zusammengetragen haben?«, dabei zeigte Jackson mit dem Finger auf die Schreibtafel.

»Im Großen und Ganzen ja. Es fehlen die Videos, die Corinna Bauer auf ihrem Rechner hatte. Und bei Diana Brugger stehen wir – gemeinsam mit Ihren Jungs – am Anfang der Ermittlungen.«

Jackson nickte zufrieden. »Ich habe die Anweisung erteilt, dass alle unsere neuen Erkenntnisse mit Ihnen geteilt werden. Wir haben nur eine Chance, wenn wir eng zusammenarbeiten.«

Es klopfte an der Tür. Nach einem »Herein« von Paul trat Sicherheitsoffizier Hansen in den Raum.

»Herr Schweigert, es gibt da etwas, dass Sie sich ansehen sollten.«

Kapitel 20

Das Vorhaben, seine Familie umgehend von Bord zu schaffen, musste Paul verschieben. Der Sicherheitsoffizier ging voran. Paul, Lisbeth und Jackson folgten nicht weit dahinter. Hansen führte sie in den Bereich auf Deck 3, der nur von Mitgliedern der Besatzung betreten werden durfte. Es roch anders als in den Gängen, in denen sich die Kabinen der Passagiere befanden. Muffig, stickig und nach billigem Deodorant. Rechts von ihnen öffnete sich eine Kabinentür. Ein Asiat, der mindestens einen Kopf kleiner als Paul war, trat heraus. Bevor er die Tür hinter sich schloss, konnte Paul einen Blick in die Kabine erhaschen. Sie war nicht einmal halb so groß, wie die Kabine von Paul und seiner Familie. Kein Fenster, ein Mini-Schreibtisch und vier Betten. Paul fragte sich, wie oft es wohl vorkam, dass sich ein Lagerkoller entwickelte, und die Mitglieder der Besatzung aufgrund der Enge aufeinander losgingen.

»Wo führen Sie uns hin, Herr Hansen?«, fragte Lisbeth, die sich in dem dunklen Gang unterhalb der Wasseroberfläche sichtlich unwohl fühlte.

»Zur Crew-Messe. Dort nehmen die meisten Mitglieder der Besatzung ihre Mahlzeiten ein.«

Als sie die Messe erreichten, fühlte sich Paul an seine Zeit als Wehrpflichtiger bei der Bundeswehr erinnert. Diese Messe war ähnlich spartanisch eingerichtet wie die Kantine in einer Kaserne. Nur fühlte sich Paul damals nicht so eingeengt. Er konnte als Rekrut beim Essen zumindest aus dem Fenster sehen. Dieser Raum lud weder zum Verweilen noch zum Wohlfühlen ein.

Sicherheitsoffizier Hansen blieb vor einem Mülleimer

stehen. »Hier hat ein Besatzungsmitglied eine Handtasche gefunden.«

Paul und Lisbeth sahen sich an.

»Es handelt sich zweifelsfrei um Dianas Tasche, also die von Frau Brugger.«

Einer von Hansens Leuten stand neben einem kleinen Tisch. Auf diesem Tisch stand eine Lederhandtasche.

»Wie können Sie sich sicher sein, dass es ihre Handtasche ist?«

»Ich kenne die Handtasche.« Er zeigte auf zwei Buchstaben an der Seite: *DB*. »Ich habe sie einmal damit aufgezogen, dass sie die Initialen der Deutschen Bahn auf ihrer Handtasche trägt.«

Lisbeth zog sich Einmalhandschuhe an und leerte den Inhalt der Handtasche aus. Lippenstift, Taschenspiegel, Taschentücher, Kajal, Kopfschmerztabletten, aber kein Handy. Sie überprüfte die Seitentasche und schüttelte danach den Kopf.

»Wer hat die Handtasche gefunden?«, fragte Paul den Sicherheitsoffizier.

»Ein Mitarbeiter, der hier unten saubermacht.«

»Hat er etwas aus der Tasche entnommen?«

»Nein, nach seinen Angaben nicht. Der Mann gilt als zuverlässig.«

»Wie kam es, dass Sie von dem Fund so schnell unterrichtet wurden?«

»Der Mitarbeiter hat den Fund an seinen Vorgesetzten gemeldet. Er wollte, wie jeden Tag, den Mülleimer ausleeren. Ich hatte eine Order an alle Abteilungsleiter ausgegeben, dass alle besonderen Vorkommnisse unverzüglich an mich zu melden sind.«

Paul nickte. Wie kam die Handtasche der Getöteten in

einen Bereich, der nur Besatzungsmitgliedern zugänglich war? Es musste also ein Crewmitglied gewesen sein, das diese Tasche im Mülleimer der Messe entsorgt hatte. Der Täter? Nicht unbedingt. Vielleicht hatte der Täter die Handtasche mitgenommen, sich das Handy geschnappt und die Handtasche im öffentlich zugänglichen Bereich in eine Ecke geschmissen, wo sie von einem Besatzungsmitglied gefunden wurde. Der Finder ging damit in den Crewbereich, nahm sich das Portemonnaie, fand sonst nichts, was er gebrauchen konnte und schmiss die Handtasche in den Mülleimer.

»Hat der Mitarbeiter gesehen, wer die Tasche in den Mülleimer geworfen hat?«

»Nein.«

Lisbeth notierte den Namen des Reinigungsmitarbeiters. Jackson übernahm die Handtasche und erklärte, Mitarbeiter der Spurensicherung würden sich um die Tasche kümmern. Gemeinsam gingen sie zurück ins Büro.

***

Es fiel ihm schwer, sich zu konzentrieren. Er musste an seine Ex-Frau denken und an sein Kind. An den Tag der Einschulung, an dem noch alles in Ordnung war. Strahlende Kinderaugen mit Schultüten, die größer erschienen, als die Kinder selbst, nervöses Gemurmel, als die Lehrerin vorgestellt wurde. Dieser Tag war ein solches Glück gewesen, dass er es damals kaum fassen konnte. Rabeah hatte kaum schlafen können am Tag zuvor, so aufgeregt war sie. Was waren diese schönen Erinnerungen jetzt noch wert? Am liebsten hätte er alles stehen und liegen lassen und wäre zu ihnen gefahren. Doch dort war er unerwünscht – er war eine Persona non grata, wie es sein Vater ausgedrückt hatte – dabei war sie doch an allem schuld. Hätte sie ihn nicht betrogen, alles wäre noch im Lot. Sie würden ein spießiges Leben führen wie Millionen andere Deutsche auch. Nur, dass er einen außergewöhnlichen Beruf ergriffen hatte. Sein Verdienst sicherte seiner Familie ein gutes Einkommen. Sie hätten glücklich und zufrieden zusammenleben können. Er hätte die Bauer niemals kennengelernt, nicht im Internet nach sexuellen Kontakten gesucht. Er bekam eine unbändige Wut auf seine Ex-Frau. Seine Hände zitterten. Er atmete tief durch.

Was würde Rabeah von ihm denken, wenn sie eines Tages herausfand, dass ihr Vater lebenslänglich hinter Gittern saß? Sie würde solch ein Trauma doch nie verarbeiten können. Deswegen musste er unter allen Umständen dafür sorgen, dass sie ihn nicht erwischten. Bisher hatten sie noch nichts Belastbares gegen ihn in der Hand. Wenn er sich keinen Fehler erlaubte, sich nichts anmerken ließ, würde er unbehelligt von Bord gehen können wie alle anderen.

Er bestellte sich einen Tee, stützte seinen Ellenbogen auf den Tisch und legte sein Kinn in die Hand. Seit seiner Schulzeit interessierte er sich für Krimis, las nicht nur Kriminalromane, sondern auch Dokumentationen von echten Kriminalhauptkommissaren basierend auf wahren Fällen. Deshalb glaubte er, seine eigene Lage ganz gut einschätzen zu können. Bei einem Mord ermittelte die Kriminalpolizei immer äußerst gründlich. Weit über 90 % aller Fälle konnten in der Realität früher oder später aufgeklärt werden, wenn eine persönliche Beziehung zwischen Täter und Opfer bestand. Nur bei Fällen, wo Wahnsinnige ihre Opfer zufällig auswählten, hatten die Täter gute Chancen, unentdeckt davonzukommen. Solange sie seine Verbindung zur Bauer nicht entdeckten, war er sicher. Er stand nicht in ihrer Kundenkartei, hatte ihr gegenüber immer einen Fantasienamen verwendet. Die Zahlungen erfolgten immer in bar. Er war ja nicht blöd. Es war ein verdammter Zufall, dass sie ihn auf dem Schiff erkannte und ihre Chance sah.

Die Bedienung servierte den Tee. Er zog den Teebeutel durch das dampfende Wasser, nahm den Löffel, wickelte den Beutel mithilfe der Schnur um den Löffel. Anschließend legte er den Teebeutel auf dem dafür vorgesehenen Extrateller ab. Beim ersten Schluck hätte er sich beinahe die Lippen verbrannt.

»Ist bei Ihnen alles in Ordnung, oder darf ich Ihnen noch etwas bringen?«

»Ja, danke, ich habe alles, was ich brauche.«

Die Bedienung nickte und wandte sich einem anderen Gast zu.

Er sah auf die Uhr und bemerkte, dass er bald losmusste.

***

Als hätten sie nicht schon genug zu tun, musste sich nun auch noch Lisbeths übereifriger Erzeuger bei ihnen melden. Der Herr Innenminister wollte sich persönlich auf den neuesten Stand der Ermittlungen bringen lassen. Unangekündigt war er von Hannover nach Liverpool geflogen, und eine Polizeieskorte brachte ihn in diesem Moment zum Hafen. Sie war überzeugt, er genoss die

Aufmerksamkeit. Hatte er doch endlich die Chance, sie nach Jahren wiederzusehen und sich stolz zu präsentieren.

Lisbeth nahm Paul zur Seite. »War das mit dir abgesprochen, dass er hierherkommt?«

»Nein, natürlich nicht.«

»Hör zu, den kann ich hier gar nicht gebrauchen. Der hält uns nur von der Arbeit ab.«

»Ich weiß …«

»*Ich habe ein Auslandssemester in Oxfordshire absolviert*«, äffte sie ihn nach, »du müsstest mal hören, wie der Englisch spricht, mit dem gleichen hochnäsigen Akzent wie diese Inselaffen.«

»Psssst, leise! Mensch, wenn die britischen Kollegen das mitkriegen.«

»Mir doch egal.«

»Jetzt beruhige dich. Was sollen wir denn machen? Unserem obersten Dienstherrn die Tür vor der Nase zuschlagen?«

Lisbeth verschränkte die Arme vor der Brust und verengte die Augen. »Was, wenn er doch Dreck am Stecken hat und deswegen hier aufkreuzt? Vielleicht kennt er den Täter oder die Bauer. Wundern würde mich das nicht.«

Gedanklich steigerte sich Lisbeth immer weiter in diese Idee hinein. Die Verbindungen von *Bon-Image* zu Corinna Bauer waren immer noch nicht eindeutig geklärt.

»Warum haben wir noch keine Mitarbeiterliste von *Bon-Image* angefordert, die wir mit der Passagierliste abgleichen können?«

»Guter Punkt. Darum könntest du dich gleich kümmern.«

Lisbeth nickte und ging zum Telefon. Der

Geschäftsführer der Agentur zeigte sich kooperativ. Es sei kein Geheimnis, wer für seine Agentur arbeite. Die meisten seiner Mitarbeiter stünden sowieso auf ihrer Internetseite. Er würde den Kommissaren umgehend eine vollständige Liste senden. Keine zehn Minuten später erklang das akustische Signal für eine eingehende E-Mail. Der Abgleich mit der Passagierliste ergab einen Treffer. Kaum hatten sie den Namen, waren Paul und Lisbeth schon auf dem Weg zu dessen Kabine auf Deck 7.

Selbst nach dreimaligem Klopfen öffnete niemand. Paul hielt sein Ohr dicht an die Kabinentür und schüttelte anschließend den Kopf. Sie klopften an der Nachbarkabine. Eine Frau, die ungefähr in Lisbeths Alter gewesen sein dürfte, öffnete die Tür.

»Entschuldigen Sie bitte die Störung. Ihr Nachbar, Herr Dressler«, Paul zeigte in Richtung der Kabine, an der sie zuvor geklopft hatten. »Wissen Sie zufällig, wo er sich zurzeit aufhält?«

Ihrer feinen Garderobe nach zu urteilen, hatte sie sich gerade die Abendvorstellung im Theater angesehen.

»Ist er nicht da?«

»Nein«, antworteten Paul und Lisbeth gleichzeitig.

»Tja, dann weiß ich es auch nicht. Ich kenne den nur vom Grüßen. Ist ein Schnuckel, mit dem würde ich mich mal gern länger unterhalten. Was wollen Sie denn von ihm?«

»Schon gut, gehen Sie bitte zurück in Ihre Kabine«, sagte Paul.

Sie verschränkte die Arme vor der Brust. »Wer sind Sie, dass Sie mir das vorschreiben wollen?«

Paul rieb sich über die Stirn.

»Ah, ich verstehe. Es hat mit dem Polizeiaufgebot auf

diesem Deck zu tun.«

Weder Paul noch Lisbeth sagten etwas.

»Sie glauben doch nicht etwa, dass Herr Dressler … nee, das können sie vergessen, der könnte niemals …«

Die beiden Kommissare drehten sich um und ließen die Frau stehen. Als sie den Gang verlassen hatten, fasste Lisbeth Paul am Unterarm. »Sollten wir Stefan Dressler ausrufen lassen?«

»Gute Idee, Lissi. Das werde ich gleich veranlassen.«

Nach Auskunft des Kapitäns waren inzwischen wieder alle Passagiere und Mitarbeiter zurück an Bord. Der Entertainmentmanager rief Stefan Dressler aus, sich wegen einer dringenden Angelegenheit am Informationsschalter zu melden. Die Durchsage war in allen Räumen des Schiffes zu hören, in jeder Kabine, auf jeder Toilette und in jedem Restaurant.

»Wenn er sich jetzt nicht innerhalb von 30 Minuten meldet, ist das der Mann, den wir suchen«, sagte Lisbeth.

Da war Paul sich nicht so sicher. Es gab genügend Gründe, warum jemand eine solche Durchsage nicht hörte. Schließlich ging der Ansage kein schrilles Notsignal vorweg, wie es vor der Seenotrettungsübung der Fall war und an der jeder Passagier teilnehmen musste. Was, wenn der Ausgerufene einen Kopfhörer aufhatte und irgendwo laut Musik hörte?

»Lass uns einfach abwarten.«

Paul rief das Profilfoto von Stefan Dressler auf, welches für die Bordkarte hinterlegt worden war, und druckte es aus. Als Wohnanschrift war Hannover-Burgdorf angegeben. Es dauerte knapp zwei Stunden von Hannover nach Osnabrück. Paul strich sich über das Kinn. Für eine heiße Frau war er selbst monatelang am

Wochenende fast 500 Kilometer von Frankfurt nach Varel gefahren – einfach. Und Lisbeth fuhr regelmäßig von Oldenburg nach Hamburg für ihren Philip, das bedeutete jedes Mal zwei Stunden Fahrt. Warum sollte dieser Dressler nicht für die Erfüllung seiner sexuellen Wünsche nach Osnabrück fahren?

Es verging mehr als eine halbe Stunde, ohne dass sich Dressler meldete. Lisbeth tippte demonstrativ mit dem Zeigefinger auf ihre Armbanduhr. »Habe ich es dir nicht gesagt? Der Typ meldet sich nicht. Und wir wissen beide, warum.«

Paul zog die Stirn in Falten und griff kommentarlos zum Telefonhörer, um die Rezeption auf Deck 3 anzurufen. Bisher habe sich Herr Dressler nicht gemeldet, teilte ihm eine freundliche Telefonstimme mit. Danach rief er den Sicherheitsoffizier an.

»Wir konnten Herrn Dressler noch nicht finden. Zehn meiner Leute haben ein Foto von ihm dabei und suchen ihn, fragen auf allen Decks nach.«

Paul bedankte sich und legte auf. Er hielt es für geschickter, Besatzungsmitglieder mit der Suche zu beauftragen statt die britischen Kollegen loszuschicken. Was würde das für ein Gefühl bei den Passagieren hinterlassen, wenn sie von Scotland-Yard-Leuten zu einer vermissten Person befragt werden würden, zudem noch in englischer Sprache?

»Lissi, reist der Dressler alleine, oder hat der in Begleitung eingecheckt?«

Lisbeth klatschte sich mit der flachen Hand auf die Stirn, nahm die ausgedruckte Passagierliste in die Hand und suchte mit dem Finger nach der entsprechenden Zeile.

»Hier, er reist mit einer Maren Hofmeister …«

»… und wo hält die sich im Moment auf?«, vervollständigte Paul den begonnenen Satz. »Die können wir doch jetzt nicht auch noch ausrufen lassen, oder?«

»Ruf einfach nochmal den Sicherheitsoffizier an.«

Das tat Paul. Dieser versprach, ebenfalls nach ihr zu suchen und sich zu melden, sobald er etwas herausgefunden hätte. Keine fünf Minuten später klingelte auch schon das Telefon.

»Ja?«

»Ich habe Maren Hofmeister gefunden. Sie liegt auf der Krankenstation.«

»Seit wann?« Paul hörte, wie auf einer Tastatur geklappert wurde.

»Seit heute, die Uhrzeit wird nicht in unserem System angezeigt.«

»Weswegen liegt sie dort?«

»Darauf habe ich selbstverständlich keinen Zugriff. Das weiß nur der Schiffsarzt. Ärztliche Schweige …«

»Ja, ja, ich weiß. Danke.«, fiel Paul ihm ins Wort und knallte den Hörer auf die Gabel. Als wären sie auf der Flucht verließen Paul und Lisbeth ihr Büro.

Vor den Fahrstühlen drückte Paul vier- oder fünfmal auf den Knopf, als würde der nächste Fahrstuhl dadurch schneller erscheinen.

»Wo ist Dr. Jaspers?«, herrschte Lisbeth die Krankenschwester an, kaum dass sie die Krankenstation betreten hatten.

»Da müssen Sie sich einen Moment gedulden, er ist gerade im Patientengespräch.«

Paul schaute auf seine Uhr: 21:53 Uhr. »Um diese Uhrzeit hat er noch Patientengespräche?«

»Wir sind hier ausgestattet wie ein kleines Krankenhaus und natürlich rund um die Uhr besetzt. Beschwerden der Passagiere richten sich nicht nach Tages- oder Nachtzeiten …«

»Geschenkt«, unterbrach Paul sie unwirsch. »Wir möchten mit Frau Maren Hofmeister sprechen.«

»Sind Sie Verwandte von Frau Hofmeister?«, die Schwester stemmte die Hände in ihre ausladenden Hüften.

»Nein, wir …«

Die Krankenschwester machte eine abwehrende Handbewegung. »Tut mir leid, dann kann ich Sie nicht zur ihr lassen.«

Wortlos zückten Paul und Lisbeth ihre Dienstausweise.

»Also wenn das so ist …«, sie überlegte kurz. »Trotzdem muss das der Arzt entscheiden. Warten Sie bitte einen Moment.« Sie verschwand und kehrte nach kurzer Zeit zurück.

»Es ist in Ordnung, Sie können zu ihr. Dr. Jaspers hat es genehmigt. Bitte kommen Sie mit.«

Die beiden Kommissare folgten ihr durch einen engen Gang, bis sie eine Kabine betraten, die einem gewöhnlichen Krankenzimmer ähnelte, nur kleiner und ohne Fenster. Zwei Betten, eines links, das andere rechts. Nur eines war belegt. Die Sprechstundenhilfe verabschiedete sich und schloss die Tür. Das Gesicht von Maren Hofmeister war gerötet. Paul dachte an einen kalten Lappen, den er ihr gerne auf die Stirn getupft hätte.

»Wer sind Sie?«

»Ich bin Kriminalhauptkommissar Schweigert von der Kripo Oldenburg«, dann zeigte auf Lisbeth, » und das ist meine Kollegin Eicken. Wir haben ein paar Fragen an

Sie.«

Sie lachte und verfiel dann in ein Husten. »Wegen einer fiebrigen Angina besucht mich die Kripo aber nicht, oder?«

»Es geht um Stefan Dressler«, sagte Lisbeth.

»Ich habe mitbekommen, dass er ausgerufen wurde. Was ist mit Stefan? Geht es um Albert, seinen Vater?«

Zeugen immer reden lassen. So erfährst du am meisten, hatte Pauls Ausbilder ihm eingeschärft.

»Was ist mit seinem Vater?«

»Der hatte eine Woche vor der Kreuzfahrt einen Schlaganfall. Wir wussten zuerst nicht, ob wir überhaupt fahren sollen. Oh Gott, er ist doch nicht etwa …«, sie hielt sich die Hand vor den Mund.

»Nein, es geht nur um Stefan Dressler. Wir müssen ihn sprechen. Wissen Sie, wo er sich gerade aufhält?«

Sie richtete sich auf und schob sich ein zweites Kissen hinter den Rücken. »Er wollte in die Sauna, war vor zwei Stunden hier. Ich weiß nicht, ob er das wirklich noch gemacht hat.«

»Um die Uhrzeit?«

»Die haben heute so eine Mitternachtsaktion mit irgend so einem Entspannungsgedöns. Warum wollen Sie ihn sprechen?«

Paul beantwortete ihre Frage nicht. »Wie lange sind Sie schon zusammen?«

»Erst seit Kurzem. Liebe auf den ersten Blick. Er hatte ziemlich schnell die Reise für uns gebucht. Ist das nicht romantisch?«

Lisbeth nickte.

»Vielen Dank für die Auskünfte, Frau Hofmeister und gute Besserung.«

»Was ist denn jetzt los? Hat er was angestellt?«, rief sie ihnen hinterher. Sie ignorierten die Fragen und machten sich auf den Weg in die Sauna. Lisbeth kannte den Weg.

Kapitel 21

Auch in der Sauna gab es Lautsprecher. Vielleicht hatte er gerade geduscht oder war im Abkühlbecken untergetaucht und deswegen die Durchsage nicht gehört. Oder er hatte sie doch gehört und war gewarnt. Paul und Lisbeth erreichten die Rezeption des Wellnessbereichs.

»Es tut mir leid, für die Saunanacht sind Sie zu spät dran.«

Paul und Lisbeth sahen sich an.

»Auch wenn Sie beide ein schönes Paar abgeben, kann ich da leider keine Ausnahme machen.«

Lisbeth lachte laut.

Paul zückte seinen Dienstausweis und fragte: »Müssen sich die Gäste anmelden oder über die Bordkarte einchecken? Also, können Sie in Ihrem Computer nachsehen, welche Gäste sich momentan in der Sauna aufhalten?«

»Nein, der Eintritt ist inklusive. Sie schnappen sich einen Bademantel und gehen durch. Die einzige Bedingung: Sie mussten heute vor 22 Uhr hier sein. Jetzt ist es bereits halb elf.«

»Geben Sie mir einen Bademantel«, forderte Paul, »ich muss da rein – und zwar jetzt!«

Sie reichte ihm einen Bademantel und wies ihm dem Weg zum Saunabereich.

»Ist dies der einzige Zugang zur Sauna?«

Die Rezeptionisten nickte stumm. Paul sah zu Lisbeth.

»Schon klar, Chef. Ich passe auf, dass er nicht hier durchschlüpft. Geh du nur.«

Als er die Klinke bereits in der Hand hielt, rief ihm Lisbeth hinterher: »Paul?«, er drehte sich zu ihr um.

»Mach dir einen *heißen* Abend.«

Kopfschüttelnd ging er hinein. Paul hatte keinen Blick für die einladende Atmosphäre des Wohlfühlparadieses, hielt es für Zeitverschwendung, seine Klamotten in den Schrank zu schließen und sich den Bademantel anzuziehen. Doch in normaler Kleidung in den unterschiedlichen Saunen, Ruheräumen und Duschen zu suchen, hätte zu viel Aufmerksamkeit erregt und für Misstrauen unter den Passagieren gesorgt. Vielleicht hätten sie ihn sogar für einen Spanner gehalten und ihn rasch hinausbefördert. Das Gesicht von Dressler hatte er sich gut eingeprägt. Da es sich um ein aktuelles Bild am Tag des Ablegens in Bremerhaven handelte, würde er ihn erkennen.

Im Duschbereich vor der Sauna zählte Paul fünf Personen. Der Gesuchte befand sich nicht darunter. Er wollte die nackten Leute nicht belästigen, indem er ihnen ein Foto zeigte und sie fragte, ob sie ihn heute hier drinnen gesehen hätten. Er warf einen prüfenden Blick durch das Fenster in der Tür der finnischen Sauna. Dort erspähte ihn ebenso wenig wie in der Bio- oder der Salzsauna. In die Dampfsauna musste er hineingehen, um festzustellen, dass Dressler sich auch dort nicht aufhielt.

»Warum ziehst du den Bademantel nicht aus und bleibst ein bisschen?«, sagte eine Frau etwa in seinem Alter und lehnte sich lasziv zurück. »Genügend Platz hätten wir«, sie klopfte mit der Hand auf die geflieste Sitzgelegenheit neben sich.

»Nein, danke. Ich suche nur jemanden.«

»Hoffentlich findest du sie«, sagte sie mit Enttäuschung in der Stimme.

Unkommentiert verließ er die Dampfsauna und wischte

sich mit dem Ärmel über die Stirn. *Mach dir einen heißen Abend, ha ha, sehr witzig, Lissi.* Paul suchte den Ruheraum auf. Ganz hinten in der Ecke lag Dressler mit geschlossenen Augen auf einer Liege. Er trug den gleichen Bademantel wie Paul. Um seine Beine hatte er eine Decke gewickelt. Paul verfluchte sich dafür, seinen Dienstausweis zusammen mit seinen Klamotten in den Schrank der Umkleidekabine gesperrt zu haben.

Er fasste ihm an die Schulter. »Herr Dressler?«

Der Angesprochene öffnete die Augen, richtete sich auf. »Ähm, ja?«

»Mein Name ist Schweigert, ich bin von der Kriminalpolizei. Ich habe ein paar Fragen an Sie. Kommen Sie bitte mit?«

»Kripo? Können Sie sich ausweisen.«

»Gewiss, mein Dienstausweis befindet sich in der Umkleidekabine.«

Unter Stöhnen schlüpfte Dressler in seine Badelatschen und legte die Decke zusammen.

»Um was geht es denn genau?«

»Das sage ich Ihnen draußen, meine Kollegin erwartet uns bereits.«

Die Dame aus der Dampfsauna stand plötzlich vor ihnen und betrachtete die beiden Männer mit einem abschätzigen Blick.

»Das hättest du doch gleich sagen können. Ist doch nichts Schlimmes heutzutage.«

Lissi hätte ihm lieber einen warmen Abend wünschen sollen.

Zusammen mit Lisbeth gingen sie in einen Raum, in dem sie sich ungestört unterhalten konnten. Dabei handelte es sich um einen freien Massageraum. Stefan Dressler war gut gebaut, seine schwarzen Locken saßen gut, ohne, dass er sie frisiert hatte. Er strahlte Selbstsicherheit aus.

»Also, worum geht's?« Er steckte die Hände in den Bademantel.

»Sie arbeiten für die Agentur *Bon-Image* in Hannover?«, fragte Paul.

»Ja. Woher wissen Sie das?«

Paul beantwortete die Frage nicht. Dressler schaute Lisbeth an, als hoffte er von ihr eine Antwort zu erhalten.

»Kennen Sie Corinna Bauer?«

Dressler kräuselte die Stirn. Dann schüttelte er den Kopf. »Bedauere, der Name sagt mir nichts. Sollte ich die Frau kennen?«

»Vielleicht kennen Sie sie unter ihrem …«, Paul suchte nach dem richtigen Wort, »… Künstlernamen *Dark Angel*?«

Dressler presste die Lippen aufeinander und bewegte das Kinn kaum merklich hin und her. »Ist sie eine Sängerin?«

Entweder er hat wirklich keine Ahnung wer sie ist, oder er spielt uns hier was vor, weil er auf solche Fragen vorbereitet war. Paul konnte keinerlei Zeichen von Nervosität oder Verunsicherung in seinem Verhalten feststellen. Er wirkte ernsthaft überrascht von den Fragen.

»Was ist ihre Aufgabe bei *Bon-Image*?«, hakte Lisbeth nach.

»Ich mache die Kampagnenplanung für die großen Kunden. Angefangen bei der Zielgruppenermittlung über die Präsentationen für den Kunden und schließlich die Umsetzung. Nach Abschluss der Aktion messen wir, soweit es geht, den Erfolg der Werbekampagne in Zahlen und präsentieren dem Kunden die Analyse. Verraten Sie mir jetzt vielleicht, worum es geht? Ist der Frau etwas zugestoßen?«

»Wie kommen Sie darauf?«

»Sie sagten, Sie seien von der Kripo. Dann muss doch etwas passiert sein.«

»Haben Sie Kunden in Osnabrück?«

»Nein, soweit ich weiß, nicht. Ich betreue aber nur unsere großen Kunden.«

»Frau Bauer ist tot. Sie starb in der Nacht, nachdem wir in Bremerhaven abgelegt haben zwischen ein und vier Uhr früh. Wo waren Sie während dieser Zeit?«, wollte Paul wissen.

»Wir, also Maren und ich, haben uns eine Show angesehen, dann noch einen Cocktail getrunken und sind dann auf unsere Kabine gegangen.«

»Wie spät war das?«

»So gegen Mitternacht schätze ich.«

»Und Sie waren die ganze Nacht mit Ihrer Lebensgefährtin zusammen?«

»Natürlich, wo sollte ich sonst gewesen sein?«

Wenn Frau Hofmeister das Alibi für Dressler bestätigte, wäre er aus dem Schneider.

Auf der Krankenstation verifizierte Maren Hofmeister die Angaben ihres Freundes. Paul und Lisbeth gingen zurück in ihr Büro, wo sie ein Mitglied der niedersächsischen Landesregierung bereits erwartete.

***

Der Innenminister stand breitbeinig im Raum, als leitete er persönlich die Ermittlungen. Er trug einen maßgeschneiderten Anzug, ein weißes Hemd, eine dezente Krawatte, die zu einem perfekt sitzenden Windsorknoten gebunden war. Seine Haare waren tadellos zu einem Seitenscheitel gekämmt.

»Lisa, was für eine Freude, dich wiederzusehen.« Er streckte die Arme nach ihr aus.

»Nenn mich nicht so, das habe ich früher schon gehasst!« Lisbeths braune Augen funkelten ihn an.

Er hatte wohl vorgehabt, sie zu umarmen. Als sie jedoch die Arme vor der Brust verschränkte und ihren Kopf zur Seite drehte, ließ er davon ab.

»Wie ich hörte, habt ihr jetzt hervorragende Kollegen von Scotland Yard an eurer Seite. Mr. Jackson war so freundlich, mich ins Bild zu setzen, während ihr unterwegs wart.«

Wenn du jetzt von mir erwartest, dass ich deine hervorragenden englischen Sprachkenntnisse erwähne , hast du dich geschnitten. Am liebsten hätte sie ihn gefragt, warum er sie nicht einfach ihre Arbeit machen lässt, doch sie verkniff sich diese Bemerkung.

»Jedenfalls freue ich mich, dass die Zusammenarbeit mit den britischen Kollegen so gut funktioniert. Das muss ich dem Polizeipräsidenten in Oldenburg unbedingt mitteilen.«

Vielleicht gibst du eine Pressekonferenz, die von deutschen Fernsehsendern und der BBC übertragen wird. Das würde dir gefallen, oder? Dann kannst du den versammelten Journalisten gleich berichten, dass wir bisher nichts in der Hand haben. Und vergiss nicht zu erwähnen, wie groß dein Anteil daran ist. Anstatt das Gedachte auszusprechen, schürzte Lisbeth die Lippen.

»Kennst du Herrn Stefan Dressler von der *Bon-Image* Agentur?«, fragte sie ihn angriffslustig.

Die Augen von Walter Brenneken verengten sich nur ganz kurz. Dann hatte er sich wieder unter Kontrolle und setze ein professionelles Lächeln auf. Er steckte die rechte Hand in die Hosentasche, die linke Hand öffnete er und ging einen Schritt auf sie zu.

»Inwiefern spielt er in euren Ermittlungen eine Rolle?« Als wäre er ein Simultandolmetscher, übersetzte er für Mark Jackson, da James nicht im Raum war.

Lisbeth rollte mit den Augen.

An ihrer Stelle antwortete Paul: »Sie wissen sehr genau, dass eine nicht unerhebliche Zahlung der genannten Firma an das erste Opfer, Frau Bauer, ging. Einer Eingebung folgend verglich Lissi die Mitarbeiterliste der *Bon-Image* mit der der Passagierliste, und es gab einen Treffer.«

Der Innenminister verlagerte sein Körpergewicht vom linken auf das rechte Bein, steckte die zweite Hand in die andere Hosentasche.

»Also, sagt Ihnen der Name Stefan Dressler etwas, oder wollen Sie diesbezüglich bei ihrem Studienfreund Martin Brandtner nachfragen?«

Sehr gut, Paul.

Walter Brenneken nahm die rechte Hand aus der Hosentasche und hob den Zeigefinger, sodass er nicht weit von Pauls Nasenspitze entfernt war. »Mäßigen Sie Ihren Tonfall, Herr Schweigert.« Er nahm die Hand wieder herunter. »Was den Dressler angeht, ich habe ihn mal auf einer Firmenveranstaltung getroffen. Guter Kampagnenmanager.«

Lisbeth hatte geahnt, dass er ihn kannte und mehr wusste als er zugab. Was, wenn Dresslers Freundin ihm ein falsches Alibi gegeben hatte? Oder wenn er nach dem

Zubettgehen aufgestanden war und unbemerkt das Zimmer verlassen hatte. Nahm sie Schlafmittel? Lisbeth nahm sich vor, sie danach zu fragen.

»Was ist mit etwaigen anderen Verdächtigen?« Brenneken zeigte auf die Tafel.

»Bisher gibt es keine heiße Spur. Wir gehen jedoch davon aus, dass wir es mit nur einem Täter zu tun haben.«

»Der zweite Mord an der Hausdame, damit sie den Täter nicht verraten kann?«

»Das ist unsere Hypothese.«

»Woher kannte ihn die Hausdame, wie heißt die noch gleich?«

»Diana Brugger«, half Lisbeth aus.

»Danke. Also wieso glauben Sie, dass Frau Brugger den Täter kannte?«

»Aufgrund des zeitlichen und örtlichen Zusammenhangs. Wir haben recherchieren lassen, wie viele Mordfälle es auf Kreuzfahrtschiffen in den letzten 20 Jahren mit überwiegend deutschen Passagieren gab. Es wurde kein Tötungsdelikt angezeigt, nicht einmal ein Mordversuch. 2014 wurde ein AIDA-Tourist während eines Landgangs in der Karibik erschossen. Ein Raubüberfall. Auf diesem Schiff haben wir zwei Leichen innerhalb weniger Tage. Das ist nach unserer Einschätzung kein Zufall.«

Walter Brenneken nickte anerkennend, blickte auf seine Breitling und sagte: »Ich muss gleich zu einer Unterredung mit dem Kapitän.« Bevor er den Raum verließ, drehte er sich um. »Sie sind auf dem richtigen Weg. Weiter so.«

Für jeden anderen wäre es eine schnöde Besprechung. Für den feinen Herrn Minister war es eine Unterredung. Geh nur, dann können wir endlich wieder ungestört unserer Arbeit nachgehen.

Kapitel 22

Was wollte denn der niedersächsische Innenminister Brenneken hier an Bord? Selbst wenn er allen Polizisten des Flächenlandes vorstand, mischte sich kein Innenminister in die operative Polizeiarbeit ein. Nur in Ausnahmefällen, wie zum Beispiel bei herausragendem Medieninteresse oder bei unmittelbarer Gefahr für die Bevölkerung, zeigte ein Innenminister Flagge. Bei Terroristen zog die Bundesanwaltschaft die Ermittlungen an sich. Das alles war hier nicht der Fall. Zwei Schlampen waren ums Leben gekommen, na und? Die kannte doch keiner. Sie waren beide keine öffentlichen Personen, wie man so schön sagte. Und nach einem außer Kontrolle geratenen Serientäter sahen die Mordfälle wohl nicht aus. Worin bestand die Motivation des Ministers hier so spät abends aufzukreuzen? Er konnte sich weder vorstellen, dass die Oldenburger Ermittler ihn angefordert hatten, noch, dass der Kapitän oder die Reederei darum gebeten hatten. Sein Erscheinen musste also aus eigenem Antrieb erfolgt sein. Aber warum?

Er kannte Brenneken nicht persönlich, nur aus der Zeitung und aus Fernsehberichten im NDR. Für ihn war er ein Schaumschläger, der mit seiner stets guten Laune gerade bei den Wählerinnen gut ankam. Für die Polizei hatte er durchgesetzt, dass alle Polizisten dienstlich mit schusssicheren Westen ausgestattet wurden. Vor seiner Zeit betraf das nur bestimmte Einheiten. Einige Streifenpolizisten zahlten diese Westen aus eigener Tasche, wenn es ihnen zur Eigensicherung wichtig war. Diesen Erfolg konnte Brenneken für sich verbuchen. Trotzdem hielt er ihn für einen rücksichtslosen

Karrieristen, der nur an diesen Posten gekommen war, weil er das richtige Parteibuch besaß.

Er nahm ein Foto von seiner kleinen Rabeah aus seinem Portemonnaie und sah es lange an. Unschuldige Kinderaugen, das schelmische Lächeln. Sie freute sich immer diebisch, wenn sie ihm einen Streich spielen konnte. Bevor sie in die Schule kam, hatte sie sich einen Arm gebrochen, als sie auf dem Spielplatz vor ihrem Haus von der Rutsche gefallen war. Obwohl der Arzt ihnen versicherte, es sei ein glatter Bruch und bei so kleinen Kindern würde so etwas schnell heilen, war er ganz krank vor Kummer. Zumal er beruflich unterwegs war und deshalb erst einen Tag später zu ihr ins Krankenhaus konnte.

»Guck mal Papa, wie viele Unterschriften ich schon auf dem Gips habe.«

Er hatte ihr über den Kopf gestreichelt, sie gedrückt und ihr gesagt, wie lieb er sie hat.

»Komm, du musst auch noch unterschreiben, die Mama hat auch schon.«

Wie sollte er diesem Kind je erklären, dass er für lange Zeit im Gefängnis sitzen würde. Gar nicht. Es würde nicht passieren. Es durfte nicht passieren. Bisher hatte er zwei großer Fehler begangen. Zum einen den Mord an der Bauer, den er aus einem Impuls heraus begangen hatte. Und dann noch so ein Lapsus, weswegen die zweite Schlampe sterben musste. Er durfte sich keinen weiteren erlauben.

***

Das inzwischen vertraute akustische Signal einer

eingehenden E-Mail erklang. Absender war das rechtsmedizinische Institut in Oldenburg. Der Rechtsmediziner aus Wales hatte seinen vorläufigen Obduktionsbericht von Diana Brugger an Dr. Reinhard Janssen nach Oldenburg gesendet, der ihn umgehend übersetzte und mit einigen Kommentaren versehen an Paul und Lisbeth schickte. Die Todesursache war Ersticken infolge einer Strangulation. Mit großer Wahrscheinlichkeit sei dies durch einen ledernen Gürtel geschehen. Kehlkopf und Speiseröhre mussten dem Bericht zufolge mit großer Kraft gegen die Halswirbelsäule gepresst worden sein. Die Fingernägel der Getöteten wiesen Hautreste auf. Es sei davon auszugehen, dass Diana Brugger im Todeskampf die Fingernägel in die Arme des Täters gekrallt hatte. Die Hautreste seien umgehend zur Untersuchung ins Labor geschickt worden.

»Damit bekommen wir die DNA des Täters und können ihn identifizieren«, stellte Lisbeth fest.

»Nur, wenn wir wissen mit wem wir die DNA abgleichen müssen. Falls unsere Täter-DNA in keiner Datenbank verzeichnet ist, bringt uns das nicht weiter, wenn wir keinen dringend Tatverdächtigen haben«, sagte Paul und wandte sich an Jackson. »Würde uns ein Richter in Wales die Anordnung für einen Massen-Gentest unterschreiben?«

Jackson rieb sich den Hinterkopf. »Das dürfte schwierig werden.« James übersetzte simultan. »Das Labor braucht ein paar Tage, um das DNA-Ergebnis zu liefern. Zusammen mit einem Massen-Gentest kommen wir locker auf eine Woche. So lange können wir unmöglich alle Passagiere und Besatzungsmitglieder hier festhalten.

Wir könnten allenfalls eine bestimmte Person, die tatverdächtig ist, so lange festhalten, wenn die Beweise einem Untersuchungsrichter ausreichen.«

Paul nickte. »Was haben ihre Leute von der Spurensicherung noch gefunden?«

Jackson blies die Wangen auf. »Unzählige Fingerabdrücke. Kein Wunder bei einer öffentlich zugänglichen Toilette. Einen Ohrring stellten meine Leute sicher, der eindeutig dem Opfer zuzuordnen ist, denn der andere steckte noch in ihrem Ohr.«

Paul dachte an das flüsternd geführte Gespräch zwischen der Hausdame und der Reinigungsfrau, welche die Leiche von Corinna Bauer gefunden hatte. Was sollte die Angestellte nicht ausplaudern?

»Lissi, wir müssen die Reinigungsfrau sprechen, die Corinna Brugger fand.«

Lisbeth folgte ihm schweigend, als er den Raum verließ.

Sicherheitsoffizier Hansen sorgte dafür, dass die beiden Ermittler nicht lange auf die Frau warten mussten. Eine Mitarbeiterin führte die Indonesierin in das Büro von Hansen. Vor der Befragung versicherte der Sicherheitsoffizier der Mitarbeiterin, dass sie keine Angst haben müsse, ihren Job zu verlieren, egal, was sie aussagte. Paul hatte ihn zuvor darum gebeten. Die Befragung führten sie auf Englisch.

»Frau Budong, wir wissen, dass Frau Brugger Ihnen vor unserer letzten Befragung etwas zugeflüstert hat.«

Die Angesprochene sah zunächst zum Sicherheitsoffizier, der ihr wohlwollend zunickte, dann blickte sie zu Boden. Sie sagte nichts.

»Inzwischen gibt es eine zweite Tote. Ausgerechnet die, die sie angewiesen hat, den Mund zu halten. Es ist enorm wichtig für unsere Ermittlungen, dass Sie uns erzählen, was Sie wissen.«

»Nun …«, sie begann ihre Hände zu kneten, »in dem Zimmer befand sich ein Sektkübel, eine Sektflasche und zwei Gläser, als ich ihn betrat.« Sie holte tief Luft.

Lisbeth gab ihr mit einer Geste zu verstehen, sie möge weiterreden.

»Meine Chefin hat diese Sachen entfernt.«

Paul und Lisbeth sahen sich kurz an.

»War es das, was Sie uns nicht erzählen sollten oder gibt es da noch mehr?«, hakte Lisbeth nach.

»Das ist alles. Sie ermahnte mich, niemand dürfe davon erfahren. Ansonsten würde ich meinen Job verlieren.«

Warum entfernte Diana Brugger diese Sachen?, fragte sich Paul. Sie mussten davon ausgehen, dass Diana Brugger den Täter kannte. Sie wollte ihn vor der Polizei schützen. Wie konnten Sektgläser, Sektflasche und der Sektkübel den Täter entlarven? Das konnte nur dann sinnvoll sein, wenn sich der Täter inoffiziell diese Gegenstände organisiert hätte. Entweder ein Passagier mit Bestechungsgeld, dann hätten sie ihm auf Wunsch einen Eispickel dazu gegeben oder jemand von der Besatzung. In Paul reiften zwei Gedanken: Die Hausdame könnte einen weiteren Gegenstand gefunden haben, der den Täter eindeutig identifiziert hätte. Diesen hatte sie an sich genommen, ohne dass Frau Budong das mitbekommen hätte.

Oder hatte Frau Brugger den Täter heimlich beobachtet und gesehen, wie er die Kabine betrat?

Paul spürte, sie kamen dem Mörder immer näher. Jetzt durften sie nicht nachlassen. Mittlerweile war es kurz vor Mitternacht. Um diese Zeit würde er seine Familie nicht mehr von Bord bringen können. Er nahm sich vor, das gleich morgen Früh selbst zu erledigen. Er hatte Wiebke eingeschärft, niemandem außer ihm die Kabinentür zu öffnen. In solchen Dingen konnte er sich auf seine Frau verlassen. Er verdrängte den Gedanken, seine Familie könne in akuter Gefahr schweben – *wahrscheinlich machst du dir nur unnötig Gedanken* – und konzentrierte sich auf die beiden Mordfälle.

***

Zusammen mit Mark Jackson und James Stoker saßen sie in dem für vier Leute viel zu kleinen Büro. Ihnen lief die Zeit davon. Wenn sie Pech hatten, musste der Kapitän am nächsten Morgen die ersten Passagiere von Bord lassen. Was, wenn der Mörder unter ihnen war? Ein Mann, den sie noch gar nicht auf der Rechnung hatten.

Das Telefon klingelte. Paul nahm das Gespräch entgegen.

»Moin Chef, hier ist Arne.«

Sein IT-Spezialist aus Varel arbeitete gerne nachts. Alle gängigen Klischees eines Nerds trafen auf ihn zu: übergewichtig, wenig Freunde, Single, altmodische Kleidung und im Sommer eine blasse Hautfarbe. Paul kannte die Wohnung seines Kollegen. Sie hatte keinen Keller. Andernfalls hätte er vermutet, Arne hockte privat in einem Keller mit mehreren Bildschirmen und Computern.

»Was hast du für uns?«

An sich war Arne Claaßen jedoch ein feiner Kerl. Die meisten Leute machten sich nur nicht die Mühe, ihn näher kennenzulernen – er war liebenswürdig, zuverlässig und ehrgeizig, wenn er sich erst einmal in einen Fall verbissen hatte.

»Also …,« *immer diese Pause, als erwarte er Applaus*, »kurz bevor mir langweilig wurde, hatte ich eine Idee. «

»Schön.« *Komm bitte zum Punkt Arne!*

»Ihr habt mir doch die elektronische Passagierliste zukommen lassen. Ich dachte mir, es könnte nicht schaden, alle männlichen Passagiere durch unser System zu jagen, um herauszufinden, ob die polizeilich schon einmal in Erscheinung getreten sind.«

Rechtlich gesehen durfte er das gar nicht. Nur bei begründetem Verdacht durfte eine solche Abfrage erfolgen. Das traf für die allermeisten Passagiere nicht zu. Paul beschloss, ihm das nicht unter die Nase zu reiben, da er es ohnehin schon gemacht hatte.

»Jeden einzeln einzugeben dauert ja ewig. So habe ich kurzerhand ein Skript geschrieben, das mir die Arbeit abnimmt.«

Arne erwartet, dass er gelobt wird. »Sehr gut Arne. Ich bin überzeugt, das Skript hätte keiner so schnell programmiert wie du.«

»Nun übertreibst du aber. Das könnte jeder mittelmäßig begabte Programmierer schreiben. Ich muss sagen, das Ding funktioniert einwandfrei.«

»Bitte Arne, sei so gütig und teile mir das Ergebnis mit.«

»Du musst mich nur ausreden lassen. Dazu wollte ich gerade kommen. Verstöße gegen die Straßenverkehrsordnung und andere Dinge wie Steuerhinterziehung, Betrug und so weiter wollte ich gar nicht wissen. Das habe ich durch das Skript von vornherein ausgeschlossen. Zwei Passagiere saßen schon einmal im Gefängnis. Der eine wegen bewaffneten

Raubes in Moabit, also Berlin. Der andere wegen gefährlicher Körperverletzung in Freiburg. Im zweiten Fall ist das schon 20 Jahre her.«

»Deswegen rufst du mich an?«

»Moment. Ich war noch nicht fertig. Was ich sagen wollte, die beiden Männer helfen euch in der Ermittlung nicht weiter. Es gibt aber einen dritten Mann, der wegen Stalkings zu einem Jahr Gefängnis verurteilt wurde. Die Strafe wurde zur Bewährung ausgesetzt. Und jetzt kommt es: Er wohnt in Osnabrück.«

»Wann war das?«

»Moment, das war vor fast genau zwei Jahren.«

»Gib mir bitte den Namen.«

Kapitel 23

Wie konnten sie nur so nachlässig sein? Eine solche Überprüfung der Passagiere auf Vorstrafen hätte schon viel früher erfolgen müssen. Auf der anderen Seite konnte man nicht alle Männer, die eine Kreuzfahrt buchten, unter Generalverdacht stellen. Doch was war ein Massengentest anderes als ein Generalverdacht? Wenn man es positiv ausdrücken wollte, schloss man durch ein solches Verfahren die Unschuldigen aus und konzentrierte sich dann auf diejenigen, die dem Test fernblieben.

Axel Sanders wohnte auf Deck 7. Nach Mitternacht hegten die beiden Kommissare die berechtigte Hoffnung, ihn auf seiner Kabine vorzufinden. Vorsichtshalber hatten sie Sicherheitsoffizier Hansen im Schlepptau, der mit einer Generalkarte ausgestattet war. Auf das Klopfen gegen die Tür erfolgte ein Grummeln aus der Kabine. Nach weiterem energischen Klopfen ertönte ein: »Ist ja gut, ich komm' ja schon.« Nachdem Axel Sanders die Tür entriegelt hatte, öffnete er die Tür.

»Das sind Paul Schweigert und Lisbeth Eicken von der Kripo. Sie hätten ein paar Fragen an Sie.«

Sanders musste sich kurz vorher seine Brille aufgesetzt haben, sie saß schief auf seiner Nase. Seine schwarzen Haare waren zerzaust. Offenbar hatten sie ihn gerade aus dem Schlaf geholt. Er blickte sie mit angsterfüllten Augen an und flüsterte: »Ich verstehe. Einmal Verbrecher immer Verbrecher.« Sanders drehte sich um.

»Axel, was ist da los, wer ist das an der Tür?«

Sie hörten nur die Stimme, von der Frau war nichts zu sehen.

»Nichts, Schatz.« Er wandte sich wieder seinen

ungebetenen Besuchern zu. »Bitte geben Sie mir fünf Minuten, damit ich mir etwas anziehen kann.« Er deutete mit dem Kopf ins Kabineninnere. »Sie muss davon nichts mitbekommen.«

»Gut, wir warten«, sagte Paul und sah wie sich die Tür schloss.

»Das ist doch eine Balkonkabine, oder?«, wollte Lisbeth von Hansen wissen.

»Ja.«

Sie wandte sich an Paul. »Was ist, wenn er über den Balkon zur nächsten Kabine klettert?«

»Dann würde er doch nicht weit kommen. Die meisten Balkontüren werden von innen verriegelt sein. Falls doch eine auf ist, gäbe es einen Tumult, den wir mitbekämen.«

Es sei denn, der springt über Bord, dachte Lisbeth.

Axel Sanders brauchte sogar weniger als die angekündigten fünf Minuten, um die Tür erneut zu öffnen. Er hatte sein Schlafshirt und die Boxershorts gegen eine Jeans und ein Sweatshirt getauscht. Die Haare saßen etwas ordentlicher und die Brille hatte er zurechtgerückt.

Er folgte ihnen auf den Gang.

»Was haben Sie Ihrer Begleitung erklärt, wo Sie jetzt um diese Uhrzeit hingehen?«

Sanders blieb stehen, bevor er antwortete. »Ich sagte meiner Freundin, dass sich jemand in der Tür geirrt hat und ich jetzt an Deck gehe, weil ich eh nicht mehr einschlafen könnte.«

Paul warf Lisbeth einen vielsagenden Blick zu.

»Ich habe Franziska erst vor drei Monaten kennengelernt. Sie weiß nichts von meiner Bewährungsstrafe. Außerdem ist sie furchtbar eifersüchtig.«

Du sicherlich nicht, wenn du andere Frauen stalkst, oder? Lisbeth verkniff sich, diesen Gedanken auszusprechen. *Wenn ich deine Freundin wäre, hätte ich dir die Geschichte nicht so einfach abgekauft.* Lisbeth musste an ihren Philip denken. Wie wenig sie ihm vertraut hatte, als sie von ihm keine Nachrichten mehr bekam. Gott sei Dank hatte sich am Ende alles zum Guten gewendet. Sie wünschte sich, er wäre jetzt bei ihr. So unauffällig wie möglich schaute Lisbeth auf ihr Smartphone. Ihr Freund hatte ihr eine Nachricht geschickt. Ein einzelnes Herz, was abwechselnd größer und kleiner wurde, als würde es pumpen. Sie lächelte in sich hinein.

»Lissi, kommst du?«

Unbeholfen steckte sie ihr Handy weg und folgte Paul ins Büro. Mark Jackson und der Dolmetscher verabschiedeten sich und kündigten an, frühmorgens die Ermittlungen voranzutreiben. Zwei ihrer Leute würden zur Sicherheit an Bord bleiben. Jackson gab Paul seine Visitenkarte und wies auf seine Mobilfunknummer, unter der er jederzeit erreichbar sei.

»Was soll das? Warum klingeln Sie mich mitten in der Nacht aus dem Bett und behandeln mich wie einen Schwerverbrecher?«

Axel Sanders saß mit einem gehetzten Gesichtsausdruck auf einem Stuhl am Schreibtisch. Er schaute abwechselnd zu Paul und Lisbeth, als könne er damit eine Antwort beschleunigen.

»Weswegen wurden Sie genau verurteilt?«

»Das wissen Sie doch bereits!«

Paul setzte sich ihm gegenüber an den Tisch. »Erzählen Sie es uns aus Ihrer Sicht.«

»Muss ich das?« Ein hilfesuchender Blick zu Lisbeth. »Ich meine, darf er das?« Er zeigte auf Paul. »Ich habe doch Rechte.« Mit einer verzweifelten Geste flehte er Lisbeth um Hilfe an.

»Es wäre besser, wenn Sie kooperieren und unsere Fragen beantworten. Bisher befragen wir Sie lediglich, und Sie sind für uns *noch* kein Beschuldigter.« Lisbeth betonte das Wort *noch*.

Sanders schien zu überlegen. Seine Augen waren auf den Tisch gerichtet. Er massierte die Handfläche seiner linken Hand mit dem Daumen der rechten.

»Nun, das ist alles längst erledigt. Die Bewährung ist inzwischen abgelaufen und ich habe mir nichts zu Schulden kommen lassen. Nicht einmal ein Knöllchen wegen Falschparken.«

Wer sich verteidigt, klagt sich an.

»Ich wiederhole meine Frage«, sagte Paul gelassen. »Weswegen wurden Sie genau verurteilt?«

»Na, wegen *angeblichen* Stalkings.«

»Angeblich? Wen haben Sie gestalkt?«

Sanders rückte seine Brille zurecht. »Einer Arbeitskollegin …« er sprach leiser als zuvor, »soll ich nachgestellt haben. Doch sie hat maßlos übertrieben. Ich fand die ganz nett und habe sie ein bis zweimal zum Essen eingeladen und ins Kino. Sie lehnte jedes Mal ab. Später habe ich ihr ein Kompliment machen wollen, was sie total missverstanden hat. Dann hat sie einen Fehler bei der Arbeit gemacht, ich habe das gemeldet. Das musste ich machen, damit nichts Schlimmeres passiert. Ich glaube, deswegen wollte sie sich rächen.«

»Was machen Sie beruflich?«

»Ich bin Krankenpfleger.« Paul sah Lisbeth an. Sie zog

kurz die Augenbrauen nach oben. Augenscheinlich dachten sie das Gleiche. Corinna Bauer war Krankenschwester.

»Kennen Sie eine Corinna Bauer?«

»Ja, natürlich. Mit Corinna habe ich die Ausbildung zusammen gemacht. Eine verrückte Zeit damals. Nach Abschluss der Ausbildung hat sie die Klinik gewechselt. Was ist mit ihr?«

Sanders wirkte authentisch und ernsthaft überrascht, dass er nach Corinna Bauer befragt wurde.

»Wann haben Sie Frau Bauer zum letzten Mal gesehen?«

»Puh, das muss ungefähr vor einem Jahr gewesen sein. Wir haben uns bei einer Fortbildung für Onkologie getroffen.«

»Danach hatten Sie keinen Kontakt mehr zu ihr?«

Sanders dachte nach. »Nein, nicht dass ich wüsste.«

»Wussten Sie von ihrer Nebentätigkeit?«

»Nein, was soll das gewesen sein?«

»Sagt Ihnen der Name *Dark Angel* etwas?«, schaltete sich Lisbeth ein.

Sanders schüttelte den Kopf. Wenn er nichts von ihrer Tätigkeit wusste, schauspielerte er gut.

»Wie kommt es, dass Sie sich als Krankenpfleger eine solche Reise leisten können?«

»Na ja, ich habe gespart und es war ein Schnäppchen.«

»Und dann nehmen Sie eine Balkonkabine?«, übernahm Paul das Gespräch.

»Genau das war ja das Angebot. Eine Balkonkabine zum Preis einer Außenkabine. Ich wollte Franziska doch etwas bieten. Warum muss ich mich überhaupt rechtfertigen? Warum wollen Sie das alles wissen?«

Sanders reagierte gereizt. Vielleicht war das ein normales

Verhalten, wenn er glaubte, zu Unrecht verurteilt worden zu sein. Würde seine neue Freundin ihm ein Alibi für die Tatzeit des ersten Mordes geben?

»Wo waren Sie in der Nacht nach unserem Auslaufen in Bremerhaven? So von 24 Uhr bis 4 Uhr morgens?«

»Wir sind früh schlafen gegangen. Was ist denn mit Corinna? Ist sie etwa mit an Bord?«

Sanders erhielt keine Antwort.

»Ist ihr was passiert?«

»Sie haben in dieser Nacht die Kabine nicht verlassen, und Ihre Freundin kann das bestätigen?«

»Nein. Natürlich wird sie das bestätigen.«

Auf die Frage nach einem Alibi für die Zeit des zweiten Mordes behauptete Sanders, schon von Bord gewesen zu sein. Das würde sich leicht nachprüfen lassen. Es sah ganz danach aus, als wäre er der falsche Mann.

***

Paul und Lisbeth beschlossen Feierabend zu machen, da sie wenigstens ein bisschen Schlaf brauchten, um den nächsten Morgen mit frischer Energie angehen zu können. Als sie bei den Aufzügen ankamen, sah Lisbeth ihren Vater, wie er in einiger Entfernung mit dem Rücken zu ihnen stand. Ehe er sich umdrehen konnte und sie entdeckte, sagte sie zu Paul: »Ich nehme die Treppe, bis morgen.«

Ohne ihm die Chance auf eine Erwiderung zu geben, hastete sie die Treppen hinunter. Wahrscheinlich schüttelte Paul daraufhin den Kopf. Lisbeth bekam es nicht mit. Es war ihr egal. Sie verspürte nicht die geringste Lust, sich jetzt mit dem feinen Herrn Innenminister zu unterhalten, schon gar nicht um diese Uhrzeit. Sollte er doch Paul ein Schnitzel ans Ohr labern.

Lisbeth rannte immer noch, als sie bereits ihr Deck erreicht hatte und sie bestimmt nicht mehr im Sichtfeld von Walter Brenneken sein konnte. Völlig außer Atem erreichte sie ihre Kabine und hielt ihre Bordkarte an das Türschloss bis eine grüne Lampe erleuchtete und sie ein leises Klacken hörte. Sie drückte die Klinke herunter, ging in die Kabine und ließ die Tür hinter sich ins Schloss fallen. Anschließend verriegelte sie die Tür. Ihre Jacke warf sie achtlos auf das frisch gemachte Bett und öffnete die Schiebetür zum Balkon. Der Drang, jetzt eine Zigarette zu rauchen, war fast unerträglich. Sie wehrte sich gegen diesen Gedanken und griff stattdessen zu ihrem Handy und deaktivierte den Bildschirmschoner. Eine Nachricht von Philip erschien auf dem Display: *Wäre es nicht schön, wenn ich jetzt ganz nahe bei dir wäre? Du fehlst mir. P.*

Sie tippte eine Antwort, in der sie schrieb, wie sehr sie ihn vermisste und wie gern sie jetzt von ihm in den Arm genommen worden wäre und schickte die Nachricht ab. Sie brauchte nicht lange auf seine Antwort zu warten. Ein Kuss mit einem kleinen Herzen. *Wieso bist du um kurz nach eins noch wach?*

Jetzt antwortete er mit einer Sprachnachricht: *Ist mein Geheimni*s. Danach kam nichts mehr von ihm. Er reagierte nicht mehr auf ihre Fragen. WhatsApp zeigte sogar an, dass er gar nicht mehr online war. Was hatte das zu bedeuten? *Es wird schon seinen Grund haben*, redete sie sich ein. *Das letzte Mal, als ich dir nicht vertraut habe, konntest du gar nicht mehr antworten*. Es fiel ihr schwer, aber sie versuchte sich dazu zu zwingen, an eine harmlose Erklärung zu glauben. Warum sollte er ihr Herzen schicken und ihr schreiben, wie sehr sie ihm fehlte, wenn er bei einer anderen Frau war? Er liebt dich. Schluss. Aus.

Müde zog sie ihre Kleidung aus und schlüpfte in ihr Schlafshirt. In der Nasszelle schminkte sie sich ab, putzte sich die Zähne und sah in zwei müde Augen. *Marsch ins Bett mit Ihnen, Frau Eicken,* sagte sie zu ihrem Spiegelbild.

Anstatt den Fernseher einzuschalten, schaltete sie die Leselampe an und nahm sich ein Buch mit dem Titel *Sorge dich nicht. Lebe!* von Dale Carnegie. Einige gelesene Seiten später fühlte sie, wie sie sich beruhigte. Ihre Augenlider fühlten sich an, als würde jemand mit Stahlseilen daran ziehen. Lisbeth löschte das Licht, drehte sich auf die Seite und fiel in einen tiefen, traumlosen Schlaf.

Kapitel 24

Paul erwachte kurz nach sechs Uhr. Wiebke schlief noch friedlich neben ihm. Er streichelte sie über den nackten Oberarm. Sie reagierte mit einem kurzen Stöhnen ohne die Augen zu öffnen. Vielleicht baute sie diese Zärtlichkeit gerade in ihrem Traum ein. Ihre Augenlider zuckten als sei es ein intensiver Traum. Bevor die Kinder aufwachten, wollte er mit ihr sprechen, um ihr einzuschärfen, so schnell wie möglich mit den Kindern von Bord zu gehen. Der Kapitän würde ihm diese Bitte kaum verwehren können.

»Guten Morgen, mein Schatz«, flüsterte er und strich ihr über die Wange.

»Hm…, ich bin noch so müde«, murmelte sie.

Er küsste sie. »Dann schlaf noch ein bisschen.«

Paul stand auf und ging ins Bad. Dort zog er sein T-Shirt und seine Unterhose aus und stieg unter die Dusche. Der Wasserdruck war selbst auf höchster Stufe nicht besonders beeindruckend. Zunächst duschte er sich heiß ab, seifte sich ein, um sich dann kalt abzuduschen. Es kostete ihn große Überwindung, und es war kaum auszuhalten. Als er sich das Handtuch nahm, wurde er belohnt. Sein Herz pumpte wild gegen die überraschende Kälte an. Im Spiegel erkannte er Durchblutungsflecken auf seiner Brust. Die gute Belüftung in der Nasszelle sorgte dafür, dass der Wasserdampf kaum auf dem Spiegel kondensierte.

»Ich muss mal.«

Paul drehte sich um. Tom stand in seinem dunkelblauen Schlafanzug in der Tür und presste seine Beine aneinander.

»Na komm, dann mach. Mich stört das nicht.«

Paul nahm die Rasierschaumdose und schäumte sich ein. Im Spiegel sah er, wie Tom gelangweilt sein Kinn in die rechte Hand gelegt hatte, während er auf dem Klo saß. Paul strich Tom etwas Rasierschaum auf seine Nasenspitze.

»Ey, was soll'n das?«

Jetzt nahm Paul noch mehr Rasierschaum und verteilte es auf Toms Gesicht. Dieser wischte sich den Schaum ab und wollte es an Pauls Wade loswerden. Sein Vater war schneller und zog das Bein rechtzeitig weg.

»Hey, das ist gemein.«

»Euch geht's gut was?«, kommentierte Wiebke mit verschlafenen Augen und einem Grinsen im Gesicht.

Tom verteilte eifrig und mit wachsender Begeisterung Schaum auf Pauls Bauch.

»So, Schluss jetzt. Lass Papa sich fertig rasieren.«

»Aber der hat angefangen!«, protestierte Tom.

Wiebke rollte mit den Augen. »Trotzdem kommst du jetzt mit.«

»Och, menno.«

Als Paul seine Morgentoilette beendet hatte, setzte er sich zu Wiebke ans Bett.

»Ich muss gleich los und werde mit dem Kapitän sprechen. Du wirst mit den Kindern so schnell wie möglich das Schiff verlassen.«

Wiebke richtete sich auf und zog die Stirn in Falten. »Meinst du, wir sind in Gefahr?«

»Nein, doch ich möchte kein Risiko eingehen. Inzwischen dürften die meisten Passagiere wissen, was los ist und wer in der Sache ermittelt. Der Täter muss noch an Bord sein. Wenn er sich in die Ecke gedrängt fühlt …«

Paul beendete den Satz nicht. Wiebke verstand auch so.

»Alles klar. Wo genau sollen wir dann hin?«

»In ein Hotel am Flughafen von Liverpool. Bei nächster Gelegenheit fliegt ihr dann nach Bremen oder nach Hamburg. Meinst du dein Vater könnte euch von dort abholen?«

»Bestimmt.«

»Sehr schön. Dann gehe ich jetzt direkt zu Voss.«

Paul zog sich an und verabschiedete sich von seiner Familie, um den Kapitän aufzusuchen. Er fand ihn an Deck, an einem Holztisch sitzend. Vor ihm ein dampfendes Glas Tee. Die Strahlen der aufgehenden Sonne spiegelten sich in den Gläsern seiner Sonnenbrille. Es würde ein schöner Sommertag werden, der Wetterbericht hatte nur vereinzelte Wolken am sonst strahlendblauen Himmel angekündigt.

»Ah, Herr Schweigert, so früh schon auf den Beinen?«

»Auf der Brücke sagte man mir, ich würde Sie hier finden.«

Kapitän Voss nahm seine Sonnenbrille ab und legte sie auf den Tisch.

»Was führt Sie zu mir?«

Bevor Paul dem Kapitän antworten konnte, kam eine Bedienung dazwischen, die ihn freundlich fragte, ob er etwas bestellen wolle.

»Einen Kaffee bitte«, Paul blinzelte gegen die Sonne an, als er sie anschaute, »und ein Croissant, wenn Sie welche haben.«

»Natürlich, das ist kein Problem. Darf es sonst noch etwas sein?« Die Bedienung sprach leise, als wolle sie die morgendliche, ruhige Atmosphäre nicht stören. Außer zwei Frühaufstehern, die sich mit ihren Badehandtüchern die besten Liegen reservierten, befand sich kein Passagier in dem für Paul sichtbaren Bereich des Decks.

»Nein danke, damit bin ich vollauf zufrieden.« Die Bedienung nickte und kümmerte sich um Pauls Bestellung.«

»Herr Kapitän. Ich habe eine große Bitte an Sie.«

Der Kapitän verstaute seine Sonnenbrille in einem Etui. »Schießen Sie los.«

»Um ehrlich zu sein, sorge ich mich um die Sicherheit meiner Familie. Sie wissen ja, dass ich die Reise mit meiner Frau und meinen beiden Kindern angetreten habe.«

Kapitän Voss nickte.

»Der Täter muss noch an Bord sein. Es dürfte sich inzwischen rumgesprochen haben, dass ich in diesem Fall ermittle.«

»Und nun glauben Sie, der Mörder hat es auf Ihre Familie abgesehen?«

»Nicht direkt. Doch wenn sich Menschen in die Enge gedrängt fühlen, neigen sie zu unüberlegten Handlungen …«

Voss hob die Hand und schnitt ihm damit das Wort ab. »Ich verstehe Sie voll und ganz. Meine Unterstützung haben Sie. Ich werde meinen Sicherheitsoffizier anweisen, sich persönlich darum zu kümmern.«

»Am besten sollten die drei so schnell wie möglich von Bord und in ein Hotel am Flughafen von Liverpool gebracht werden.«

»Betrachten Sie die Angelegenheit als erledigt.«

Die Bedienung brachte mit einem Lächeln den Kaffee und das Croissant. Als würde Paul ahnen, dass es die letzte Mahlzeit war, die er heute zu sich nehmen würde, biss er in den knackigen Blätterteig und genoss den Geschmack.

***

Franziska Müller hatte noch in der letzten Nacht das Alibi ihres Freundes bestätigt. Auf Nachfrage, ob er sich heimlich aus der Kabine geschlichen haben könne, behauptete sie, sie habe einen leichten Schlaf und bekäme sogar mit, wenn Axel zur Toilette ging. Warum sollte sie lügen und ihm ein falsches Alibi geben? Es wäre nicht das erste Mal in Pauls Laufbahn gewesen, dass Menschen aus Liebe verrückte Dinge taten, sogar Meineide schworen.

Paul lehnte sich mit dem Hintern an die Tischkante, verschränkte die Arme vor der Brust und blickte auf das Schaubild an der Tafel. Er strich den Ex-Freund von Corinna Bauer von der Liste der Verdächtigen. Gregor Eden befand sich nicht an Bord, folglich schied auch er als Täter aus. Das erste Opfer hatte seinen Mörder selbst hereingelassen, sogar auf ihn gewartet. Somit gab es eine persönliche Beziehung zwischen ihr und dem Täter. Paul ging zum Computer, bewegte die Maus, um den Bildschirmschoner zu deaktivieren. Er rief eine E-Mail mit einem Dossier über Corinna Bauer auf. Es war von den Kollegen aus Osnabrück erstellt worden. Darin listeten sie alles auf, was sie über den Lebenslauf, ihre Partnerschaften, ihre berufliche Tätigkeit, Kollegen, die Nebentätigkeit, Freunde, Hobbys und Vorlieben zusammengetragen hatten. Corinna verließ die Schule mit erfolgreich bestandenem Abitur, um direkt danach ihre Ausbildung zur Krankenschwester anzutreten. Paul erinnerte sich an die Angaben von Axel Sanders, ihrem

Ausbildungskollegen. *Wann kamst du auf die Idee, mit sexuellen Dienstleistungen dein Gehalt erheblich aufzubessern?* Unruhig trommelte Paul mit den Fingern auf dem Schreibtisch, als würde er Klavier spielen. Gemäß Dossier betrieb Corinna Bauer ihre Nebentätigkeit seit vier Jahren, also begann sie erst viele Jahre nach dem Abschluss ihrer Ausbildung, als *Dark Angel* zu arbeiten. Eine Menge Zeit, um viele unterschiedliche Männer kennenzulernen. *Womit konnte sie einen ihrer Kunden erpressen?* Eines der Videos zeigte ein Tattoo des Maskenmannes. Am liebsten hätte Paul sich von allen Männern an Bord die entsprechende Stelle zeigen lassen. Das könnte nur erfolgen, wenn die Teilnahme freiwillig war. Extrem zeitaufwendig und kaum durchführbar. Außerdem konnten sie sich nicht sicher sein, ob er wirklich der Täter war.

Lisbeth betrat mit einem Pappbecher Kaffee in der Hand den Raum.

»Moin.«

»Moin Lissi. Die Müller hat das Alibi von ihrem Freund bestätigt.«

»Trotzdem ist er dadurch noch nicht ganz aus dem Schneider. Wäre nicht das erste Mal, dass eine frisch Verliebte für ihren Typen lügt.« Lisbeth schaute auf den Bildschirm. »Warum guckst du dir das Video nochmal an. Meinst du *er* ist unser Mann?«

»Er kommt zumindest in die engere Wahl.«

Lisbeth nahm einen Schluck Kaffee. »Gut möglich, dass er es ist. Doch wie finden wir ihn?«

Paul zuckte mit den Schultern. »Arne hat schon alles Mögliche mit der Datei probiert. Letztlich haben wir nur das Tattoo und seinen halbnackten Körper, durchschnittlich groß, durchschnittlich trainiert. Hier an

Bord fänden wir hunderte Männer mit diesen Merkmalen.«

Lisbeth stellte den Kaffeebecher auf dem Tisch ab.

»Ach übrigens habe ich mit dem Kapitän gesprochen. Er will sich darum kümmern, dass Wiebke und die Kinder so schnell wie möglich in ein Hotel nach Liverpool gebracht werden.«

»Das finde ich richtig so. Dann hast du den Kopf frei.«

Da hatte Lissi recht. Natürlich fühlte Paul sich wohler, wenn er seine Liebsten um sich hatte. Zum gegenwärtigen Zeitpunkt war es jedoch besser, sie kämen weg vom Schiff und flögen so schnell wie möglich zurück nach Hause.

Mark Jackson und James Stoker betraten den Raum. Gemeinsam gingen sie den aktuellen Ermittlungsstand durch. Paul wurde das Gefühl nicht los, dass die Lösung der beiden Mordfälle direkt vor ihrer Nase lag.

Kapitel 25

Kapitän Voss verkündete um 9:35 Uhr das vorzeitige Ende der Kreuzfahrt, versicherte den Passagieren, sie würden den Preis für die Reise in Form einer Gutschrift erstattet bekommen. Aktuelle Entwicklungen und Sicherheitsbedenken machten es unmöglich, die Reise wie geplant fortzusetzen. Seine Mitarbeiter würden mit Hochdruck daran arbeiten, die Gäste nach Deutschland zu fliegen.

An Deck war ein wildes Durcheinanderreden zu vernehmen. Während einige Passagiere sich sofort auf den Weg zu ihren Kabinen machten, um die Koffer zu packen, beschwerten sich andere über das Vorgehen und die – aus ihrer Sicht – zu späte und unvollständige Information durch den Kapitän. In kürzester Zeit bildete sich eine Menschentraube vor dem Informationsschalter. Obwohl dieser Schalter mit fünf, anstatt, wie üblich nur mit zwei Mitarbeitern bestückt war, konnten sie den Ansturm nicht bewältigen. Zu viele Passagiere wollten gleichzeitig wissen, wann sie das Schiff verlassen mussten, wann ihre Flieger gingen, wann sie beim Transferbus zu erscheinen hatten. Die Mitarbeiter von *TUI Cruises* konnten nichts anderes tun, als zu beschwichtigen und zu versichern, jeder Gast würde über die Abreisedaten schnellstmöglich informiert werden, sobald diese vorlägen.

Von diesen tumultartigen Zuständen wie auf einem Börsenparkett bekamen Wiebke Schweigert und ihre Kinder nichts mit. Sie hatten das Schiff bereits verlassen. Wiebke schrieb Paul in einer Nachricht, der Sicherheitsoffizier brächte sie persönlich mit einem angemieteten Wagen nach Liverpool. Zwei graue Häkchen zeigten ihr an, dass Paul ihre Mitteilung zwar erhalten, aber noch nicht gelesen hatte.

»Warum fahren Sie uns, Herr Hansen? Es hätte doch sicher andere Kollegen gegeben, die diese Aufgabe hätten übernehmen können. Werden Sie als Sicherheitsoffizier nicht gerade jetzt dringend an Bord gebraucht?«

Der Sicherheitsoffizier trug eine verspiegelte Sonnenbrille. Seine Haare waren nach hinten gekämmt und saßen durch den Einsatz von Gel perfekt. Sein ebenfalls perfekt sitzendes kurzes Oberhemd betonte seinen drahtigen Oberkörper.

»Es ist eine Anweisung vom Kapitän. Er scheint sehr um ihre Sicherheit besorgt zu sein.«

»Sehen Sie das auch so?« Sie blickte sich zu ihren Kindern um. »Waren wir tatsächlich in Gefahr?«

Hansen sah kurz zu ihr herüber, um dann den Blick wieder auf die Fahrbahn zu richten. »Das kann ich nicht beurteilen. In diesen Dingen kennt sich ihr Mann besser aus.« Hansen versuchte ein Lächeln, das eher gequält wirkte. »Außerdem muss in Liverpool einiges organisiert werden. Unsere Gäste sollen sich auch dort gut aufgehoben fühlen und Ansprechpartner vor Ort haben.

Waren dafür nicht eher die Reiseleiter zuständig? Wiebke wollte nicht undankbar erscheinen und vermied es, ihm diese Frage zu stellen. Wenn es Kapitän Voss angeordnet hatte, würde es schon seine Richtigkeit haben.

Während Pauls gesamter Dienstzeit bei der Kriminalpolizei in Oldenburg fühlte sie weder für sich noch für die Kinder eine Bedrohung. Nur einmal hatte sie befürchtet, Tom wäre entführt worden, doch dem war nicht so gewesen.

Wiebke wusste, wen sie geheiratet hatte, schließlich war er damals schon bei der Kripo, allerdings in Frankfurt. Anders als in den Fernsehserien, gab es im echten Polizeidienst selten wilde Schießereien oder Verfolgungsjagden. Zu Zeugenbefragungen gingen Paul und Lisbeth meistens ohne Pistole. Wenn Gefahr drohte, sich ein potenzieller Täter zum Beispiel in einem Haus verschanzte, wurde ein SEK oder ein MEK alarmiert. Diese spezialisierten Polizeieinheiten waren für solche Einsätze bestens trainiert und trugen entsprechende Schutzkleidungen. Dennoch lebte ihr Mann gefährlicher als ein Kassierer im Supermarkt. Bisher verletzte sich Paul nur ein einziges Mal während seiner gesamten Dienstzeit: Beim Betriebssport verstauchte er sich den Knöchel, als er in der Halle mit den Kollegen Fußball spielte.

Im Innenspiegel sah Wiebke, wie Levkes Kinn auf ihrer Brust lag und sie friedlich schlief. Dank der Sitzerhöhung war sie korrekt angeschnallt. Tom spielte stumm auf seinem Nintendo.

Ein Hinweisschild zeigte an: Liverpool 70 Meilen.

»Wie lange werden wir bis zum Flughafen brauchen?«, nahm sie das Gespräch wieder auf.

Das Fahren auf der linken Fahrbahnseite hatte Wiebke nur anfangs gestört. Inzwischen fühlte es sich gar nicht mehr so schlimm an.

»Eine gute Stunde werden wir schon brauchen, denke ich.«

In einem Rucksack hatte Wiebke zu essen und zu trinken für die Kinder dabei. Sie versuchte, sich zu entspannen. Wenn sie Glück hatte, würde Levke durchschlafen. Bei monotonem Motorengeräusch dämmerte ihre Tochter regelmäßig weg.

»Wie lange arbeiten Sie schon für *TUI Cruises*?«

»Insgesamt über sechs Jahre. Die *Mein Schiff 5* ist mein drittes Schiff.«

»Und vorher?«

»Bin ich für unsere Muttergesellschaft *Royal Caribbean* von Florida in die Karibik, und zwar auf der heutigen *Mein Schiff 1*. Damals hieß sie noch *Galaxy*.«

Wiebke schaute auf die Tankanzeige des Mietwagens. Mit dem gefüllten Tank könnten sie es ohne Zwischenstopp bis nach Schottland schaffen.

»Florida und die Karibik. Hört sich toll an, das muss ein Traum gewesen sein, vor allem das Wetter.«

»Teils, teils. Zwischen Juni und November ist dort die Hurrikan-Saison, da kann es dort sehr ungemütlich werden. In den übrigen Monaten ist das Wetter fantastisch, es wird tagsüber nie kälter als 20 Grad Celsius. Als ich dort gearbeitet habe, musste ich ganz schön schuften und war an manchen Tagen nicht mal an Deck. An einem freien Tag habe ich mir schon mal eine Insel angesehen.«

»Und, wie hat es Ihnen gefallen?«

»Landschaftlich ist es dort sehr schön, nur wenn man sich abseits der Touristenzentren umsieht, erkennt man, dass die meisten Karibikstaaten Entwicklungsländer sind. Natürlich gibt es dort reiche Amerikaner, die sich tolle Villen bauen, aber die Masse der Bevölkerung ist bitterarm.«

»Interessant. Und können Sie irgendwann einmal Kapitän werden?«

Hansen lachte kurz, schüttelte den Kopf. »Dafür fehlt mir das Kapitänspatent.«

Wiebke blickte ihn interessiert an. Seine Muskeln am

Unterkiefer arbeiteten. Augenscheinlich gefiel ihm nicht, dass er weniger wertgeschätzt wurde als sein Chef. Sie sagte nichts.

»Wissen Sie, so ein Clubschiff ist wie ein großes Hotel, nur mit erhöhten Anforderungen und einer besseren Auslastungsquote. Es gibt nur eine Handvoll Hotels in Deutschland, die mehr Gäste aufnehmen können als wir Passagiere. Mit anderen Worten: Wenn ich irgendwann einmal nicht mehr zur See fahren möchte, werde ich in der Hotellerie mit Kusshand genommen.«

Warum rechtfertigt er sich? Gut, sie fragte ihn indirekt nach seinen Zielen. Insofern ergab seine Antwort schon Sinn.

»Das ist doch schön, wenn Sie in ihrem Job gute Perspektiven haben.«

Er nickte und lächelte zufrieden.

Anders als ihre Tochter konnte Wiebke nicht einschlafen. Konnte sie noch nie als Beifahrerin. Doch heute beschlich sie noch ein ganz anderes ungutes Gefühl.

***

Paul erhielt jetzt erst die Nachricht, dass seine Familie sich schon auf dem Weg nach Liverpool befand. *Ohne sich persönlich zu verabschieden?* Zumindest waren sie in Sicherheit. Er würde sie in wenigen Tagen wieder in seine Arme schließen können.

»Es gibt eine neue Entwicklung in unserem Fall«, riss Jackson ihn aus seinen Gedanken. James musste diesen Satz von Mark Jackson nicht übersetzen. Paul verstand auch so und bedeutete ihm mit einer Geste fortzufahren.

»Nun, meine Leute sollten die Besatzungsmitglieder hinsichtlich des zweiten Todesfalles befragen.« James dolmetschte simultan.

Paul erinnerte sich. Die Besatzung setzte sich aus etwa 50 Nationalitäten zusammen. Sie hatten alle eines gemeinsam: sie sprachen Englisch. Somit konnten die Polizisten von Scotland Yard ihrer Arbeit ohne Übersetzer nachgehen.

»Unter anderem befragten wir erneut die Reinigungskraft, die Diana Brugger tot aufgefunden hat.«

Lisbeth hatte mit ihr gesprochen, als sie noch vor den britischen Kollegen am Tatort angekommen waren. Dabei hatte sich nichts ergeben, was sie in ihren Ermittlungen weitergebracht hätte.

»Es war eine intensive Befragung durch unseren Verhörspezialisten. Er wurde vom FBI nach den Methoden von Paul Ekman ausgebildet.«

Axel Meyerhoff, der Fallanalytiker vom LKA Hannover, mit dem sie bei früheren Fällen zusammengearbeitet hatten, hatte den Begriff *Ekman Methodik* mehrfach erwähnt. Er hielt große Stücke auf sie. Paul wiederum schätzte die Meinung von Axel Meyerhoff ungemein.

»Unser Mann merkte, dass die Reinigungskraft etwas zu verbergen hatte und einigen Fragen auswich. Er hakte immer wieder nach. Schließlich gestand sie unter Tränen, dass sie einen Gegenstand vom Tatort mitgenommen hatte.«

Mark Jackson hielt eine Beweismitteltüte hoch, zeigte sie vor wie eine Trophäe, um sie dann auf den Tisch zu legen. Paul betrachtete den Gegenstand, der sich in der durchsichtigen Tüte befand, genauer. Es handelte sich um eine goldene Krawattennadel mit der Gravur: *TUI Cruises.*

»Ich habe gerade mit Kapitän Voss gesprochen. Solche Krawattennadeln werden nur an Führungsoffiziere ausgegeben.«

»Einer der Offiziere könnte seine Nadel auf der Toilette verloren haben, bevor der Mord geschah«, schaltete sich Lisbeth ein.

»Nun«, Jackson kratze sich am Hinterkopf, »die Reinigungskraft hat diese Krawattennadel nicht etwa auf dem Boden gefunden, sondern sie aus Diana Bruggers Brusttasche entwendet. In der fälschlichen Annahme, sie wäre aus purem Gold. Dabei ist das Ding nur vergoldet.«

Pauls Beine fühlten sich plötzlich an wie Pudding. Er riss sein Handy aus der Hosentasche, wischte über das Display. Hier im Büro hatte er kaum Empfang. Er rannte raus, die Treppen hinauf, bis er an Deck gelangte. Hier oben war der Signalstärke deutlich besser als im Büro. Aus den Kontakten wählte er Wiebke aus und sah, wie sich die Verbindung quälend langsam aufbaute.

»Mensch, geh ran!«, schrie er.

Einige Gäste drehten sich zu ihm herum und schüttelten ihre Köpfe.

Noch nicht mal ein Freizeichen ertönte. Eine Stimme verkündete in englischer Sprache, dass die Person, deren Nummer er gerade gewählt hatte, vorübergehend nicht erreichbar war.

»Scheiße.«

Pauls Magen krampfte sich zusammen.

»Wie konnte ich nur ein solcher Idiot sein?«

Er fischte die Visitenkarte von Hansen aus seinem Portemonnaie und tippte mit zitternden Händen die Mobilfunknummer des Sicherheitsoffiziers in sein Handy. Es ertönte wieder die Stimme vom Band mit dem gleichen Ergebnis wie bei dem Versuch, seine Frau zu erreichen.

»*Vorübergehend nicht erreichbar.* So eine verdammte Scheiße!«

»Was ist denn los?«, fragte Lisbeth, die hinter ihm stand.

Paul drehte sich um, seine Lippen suchten stumm nach den richtigen Worten. Er konnte nur flüstern: »Wiebke und die Kinder sind nach Liverpool gefahren.«

»Ja und?«

»Zusammen mit Sicherheitsoffizier Hansen.«

Kapitel 26

Es heißt, wenn du stirbst, zieht das Leben an dir vorbei. Zwar starb Paul nicht, doch seine Gedanken rasten. Wie im Schnelldurchlauf schossen ihm Szenen des gemeinsamen Lebens mit Wiebke durch den Kopf. Er dachte an den Tag, an dem sie sich in einer Bar im Taunus kennenlernten. Sie nahm an einem Seminar für Immobiliengutachten teil und sprach ihn an, weil er sie an Matthias Schweighöfer erinnerte. An einem kalten, aber sonnigen Wintertag beschlossen sie, zusammenzuziehen, nach Friesland, um eine Familie zu gründen. Er dachte an den Tag, als er von der Arbeit nach Hause kam und sie ihm mit dem positiven Schwangerschaftstest in der Hand in die Arme lief. Ein paar Jahre nach Toms Geburt wurde sie wieder schwanger, dieses Mal mit Levke. Das Glück war für ihn vollkommen. Und jetzt, von einem Moment auf den anderen, zerbröselte vor seinen Augen sein ganzes bisheriges Leben, und er hatte das Gefühl, ohnmächtig und tatenlos dabei zusehen zu müssen. Seine tolle Laufbahn als Leiter von verschiedenen Sonderkommissionen. Die Aufmerksamkeit, der er ungewollt bei den lokalen Medien ausgesetzt war. Die Wertschätzung seines Chefs und seiner Mitarbeiter. Was war das alles noch wert, wenn sich seine Familie in den Händen eines Doppelmörders befand, der nichts mehr zu verlieren hatte?

»Paul, in deiner jetzigen Verfassung kannst du nicht …«, er spürte Lisbeths Hand an seinem Oberarm.

»Komm mir jetzt nicht mit Befangenheit!«, fuhr er sie an.

Lisbeth holte tief Luft und atmete langsam aus. Er

konnte in ihrem Gesicht ablesen, was sie dachte: *Natürlich kannst du jetzt nicht die Hände in den Schoß legen und darauf vertrauen, dass andere Polizisten dir Wiebke und die Kinder wohlbehalten zurückbringen. Das könnte ich auch nicht.*

»Was schlägst du also vor?«, fragte sie mit fester Stimme.

»Wir brauchen ein Auto und müssen so schnell wie möglich nach Liverpool fahren. Jackson wird hier weiter ermitteln. Es gibt schließlich noch andere Führungsoffiziere, die eine Krawattennadel tragen. Für mich ist kein Zufall, dass beide Handys abgeschaltet worden sind.«

»Oder sie befinden sich im selben Funkloch«, gab Lisbeth zu bedenken.

»Kann sein. Aber ich muss da jetzt hin, und zwar so schnell wie möglich. Das verstehst du doch, Lissi, oder?«

Sie nickte. »Lass uns mit Jackson reden. Der wird sogar einen Streifenwagen mit Blaulicht vorwegschicken.«

***

Keine 20 Minuten später war der Mietwagen, mit dem Pauls Familie und der Sicherheitsoffizier unterwegs waren, im gesamten Königreich Großbritannien zur Fahndung ausgeschrieben.

Wie Lisbeth richtig vermutet hatte, stand vor ihnen ein Streifenwagen. Sie hatte darauf bestanden, in ihrem Wagen am Steuer zu sitzen. Paul hatte widerwillig zugestimmt. Als die uniformierten Kollegen das Blaulicht einschalteten, sah Paul im Rückspiegel, wie jemand im Anzug die Zugangsbrücke zum Schiff herunterrannte. Paul drehte sich um und schaute durch das Heckfenster.

Innenminister Brenneken gestikulierte wild mit den Armen.

Mit Sirenengeheule wie in einer amerikanischen Krimiserie, ganz anders klingend als das in Deutschland übliche Martinshorn, fuhr das Polizeiauto los. Lisbeth folgte dem scharf anfahrenden Fahrzeug.

»Was hast du?« Lisbeth blickte kurz zu Paul, dann wieder auf die Fahrbahn. »Wen siehst du da?«

Paul winkte ab. »Der ist unwichtig. Fahr zu.«

Lisbeth tat wie ihr befohlen, warf jedoch einen skeptischen Blick in den Spiegel und erkannte offenbar ihren Vater. »Na, der hat uns jetzt gerade noch gefehlt!« Lisbeth trat das Gaspedal durch, dass Paul glaubte, sie würden das vor ihnen fahrende Polizeifahrzeug rammen.

Aus Pauls Jacke erklang die Tatort-Titelmelodie. Er nahm sein Handy heraus. Den anrufenden Teilnehmer hatte er gestern unter *Innenminister* abgespeichert. Er ließ es klingeln.

»Gefällt dir gut, deine Tatortmelodie, oder?« Lisbeth schmunzelte frech, ohne den Blick von der Fahrbahn zu nehmen.

Paul stieß hörbar die Luft aus. Wahrscheinlich hatte sich Walter Brenneken von Mark Jackson ins Bild setzen lassen. Es lag auf der Hand, dass er einen aufgewühlten und emotional involvierten Kriminalhauptkommissar nicht losschicken konnte, damit dieser womöglich Selbstjustiz übte. Wäre Paul an der Stelle des niedersächsischen Innenministers gewesen, hätte er dafür gesorgt, dass die Kollegen von Scotland Yard sich um den flüchtigen Sicherheitsoffizier kümmerten. Die Geschwindigkeitsanzeige zeigte fast 80 Meilen pro Stunde an. Pauls Herz raste. Wenn Hansen tatsächlich der Täter war, warum nahm er dann Pauls Familie als Geisel? Wenn er sich die Welt schön denken wollte, ginge er davon aus, dass er nur eine gute Gelegenheit sah, unauffällig weg vom Schiff zu kommen. Realistisch betrachtet dienten Wiebke, Tom und Levke als eine Art Versicherung, falls etwas schieflief. Hansen hätte zumindest die beiden Quälgeister freilassen können. Auf Dauer würden sie ihm bloß auf die Nerven gehen. Wenn jemand die Kinder fände, wäre klar, dass er Wiebke noch in seiner Gewalt hatte. Dann könnte er auch gleich sein Geständnis unterschreiben.

»Du denkst an Wiebke und die Kinder, oder?«

Paul nickte, den Blick starr nach vorne gerichtet. »Zumindest hast du nicht gesagt: Es wird schon nichts passieren.«

»Weil du mir das sowieso nicht geglaubt hättest.« Lisbeth kannte ihn gut.

»Okay, spielen wir die Situation gedanklich durch. Du bist Hansen. Du hast zwei Menschen auf dem Gewissen. Befindest dich auf dem Weg nach Liverpool. Warum nimmst du meine Familie als Geiseln mit?«

»Zunächst einmal will ich nur weg vom Schiff. Dort wimmelt es inzwischen vor Bullen.«

»Wenn bekannt wird, dass du die Familie des Ermittlers entführt hast, weißt du, dass halb Scotland Yard auf der Suche nach dir ist. Kein guter Plan«, gab Paul zu Bedenken.

»Langsam mit den jungen Pferden. Ich muss doch erst einmal gar nicht damit rechnen, verdächtigt zu werden. Auf mich kommen die gar nicht, hoffe ich. Wenn das anders gewesen wäre, hätten sie mich schon längst verhaftet.«

»Punkt für dich.« Paul wählte erneut Wiebkes Nummer an, stellte den Lautsprecher an, damit Lisbeth mithören konnte. Wieder vorübergehend nicht erreichbar. »Wie hast du es angestellt, dass Wiebkes Handy ausgeschaltet ist?«

»Das kann verschiedene Ursachen haben.« Lisbeth dachte nach, sagte zunächst nichts mehr. Sprach schließlich doch weiter. »Möglicherweise tatsächlich ein Funkloch, wir wissen nicht, wie hier die Mobilfunkabdeckung ist. Eventuell habe ich einen Stopp eingelegt, weil Wiebke oder Levke auf die Toilette musste. Wo hat Wiebke normalerweise ihr Smartphone?«

»Wenn sie unterwegs ist, in der Handtasche.«

»Okay. Sagen wir, sie lässt die Handtasche liegen. Hansen nimmt das Smartphone an sich und schaltet es aus.«

»Wäre möglich. Es könnte Wiebke aber jederzeit auffallen, wenn sie auf ihr Handy schauen will.«

Der Polizeiwagen vor ihnen fuhr in eine scharfe Rechtskurve. Ihr eigener Wagen neigte sich in dieselbe Richtung, während Lisbeth alle Mühe hatte, das Auto auf der Straße zu halten. Paul verkrampfte seine Hand um den Haltegriff.

»Wenn Wiebke selbst fährt, wird sie kaum dazu kommen.«

»Gut. Wo willst du hin? Was ist dein Plan?«

»Wenn ich es nach Liverpool schaffe, liefere ich Wiebke und die Kinder ab. Ich fahre dann alleine weiter, dorthin, wo mich keiner vermuten wird.«

»Nimmst du nicht den nächsten Flieger?«

Lisbeth schüttelte den Kopf. »Zu riskant. Möglicherweise fahnden sie doch schon nach mir und spätestens am Flugschalter würden die Handschellen klicken.«

»Dein Wagen wäre dann auch zur Fahndung ausgeschrieben. Du musst ihn loswerden.«

Lisbeth nickte. Ihr Gesicht nahm immer wieder kurz eine Blaufärbung an durch das kreisende Licht des Einsatzfahrzeuges, wenn sie zu nah auffuhr.

»Die Bahn wirst du auch meiden, weil du damit rechnen musst, dass dein Foto inzwischen an alle Polizeibeamte an den Bahnhöfen geschickt wurde.«

»Stimmt. Also brauche ich ein anderes Fluchtfahrzeug. Oder ich verkrieche mich unauffällig für ein paar Tage in ein kleines Mauseloch in dieser Gegend. Dazu müsste ich mich hier gut auskennen: Familie, Freunde oder Verwandte.«

Paul hob den Zeigefinger und bewegte ihn vor und zurück. »Sehr guter Punkt, Lissi. Ich werde Arne Claaßen anrufen. Er muss herausbekommen, ob Hansen Leute in Wales oder überhaupt in England kennt.«

Er wählte Arnes Nummer. »Arne, du musst für mich einiges über Thorsten Hansen herausfinden. Er ist Sicherheitsoffizier auf der …«

»Ich weiß Chef, ich habe schon mal mit ihm telefoniert«, unterbrach er Paul.

»Umso besser. Lass dir zunächst seine Personalakte von *TUI Cruises* schicken. Vor allem aber will ich wissen, ob er jemanden in Wales, England oder Schottland kennt. Verwandte, Freunde, Kollegen, wen auch immer. Kurzum: Kennt er jemanden, bei dem er sich verstecken könnte?«

Paul hörte am Telefon, wie Arne sich Notizen machte, dabei zweimal nachfragte. Schließlich versprach er, sich so schnell wie möglich zu melden, wenn er die geforderten Informationen gesammelt hätte.

»Weißt du, in welches Hotel Wiebke wollte?«

»Nein. Ich weiß nur, sie sollte in ein nahe am Flughafen gelegenes Hotel gebracht werden. Der Polizeiwagen vor uns hat Anweisung, uns zu dem Hotel zu fahren, in das die meisten Passagiere der *Mein Schiff 5* gebracht werden sollten.«

Im besten Fall würde Hansen seine Familie im Hotel am Flughafen absetzen, hoffen, dass sie ihn noch nicht als Tatverdächtigen ermittelt hatten und unauffällig weiterfahren. Vielleicht nach Schottland, vielleicht nach Süden in Richtung London. Oder, falls er jemand auf der britischen Insel kannte, dorthin.

Er versuchte immer wieder, Wiebke zu erreichen, obwohl er insgeheim wusste, sie würde sich nicht melden, weil ihr Handy ausgeschaltet oder zerstört worden war. Den Gedanken wollte er nicht zu Ende denken. Er tat es dennoch: Oder, weil sie körperlich nicht in der Lage war, das Gespräch entgegenzunehmen. Oh, bitte nicht! Paul war kein gläubiger Mensch. Doch jetzt hätte er eine höhere Instanz gebraucht, die er anflehen könnte, bei der er darum betteln könnte, seine Familie zu verschonen. In einem Buch hatte er gelesen, dass Menschen in Extremsituationen instinktiv das Richtige taten, weil ihr Gehirn in den Notfallmodus schaltete, wie zum Beispiel Ersthelfer an einem Unfallort. Lieber schlechte Hilfe als gar keine, hieß es. Also musste Paul all seine Energie, all sein Können dafür einsetzen, den Täter rechtzeitig zu fassen. Darüber zu spekulieren, was Wiebke und den Kindern passiert sein könnte, würde ihm nicht helfen.

Paul sah auf das Navigationsgerät, keine zehn Meilen

mehr bis zum Flughafen in Liverpool.

James Stoker rief Paul an: »Mark Jackson hat mich beauftragt, Ihnen auszurichten, der Mietwagen Ihrer Frau sei gefunden worden.« Es entstand eine unnatürliche Pause. War die Verbindung gerade unterbrochen worden?

Nur der Mietwagen?

»James, bist du noch dran? Was heißt: Der Mietwagen ist gefunden worden? Was ist mit Wiebke und den Kindern?«, schrie Paul ins Telefon.

Keine Reaktion.

Paul nahm das Handy weg vom Ohr und sah auf das Display. Die Mobilfunkstatus zeigte einen winzigen Balken an.

»Was hat er genau gesagt?«, fragte Lisbeth.

»Sie haben das Auto gefunden, mit dem Wiebke unterwegs war.«

»Und?«

»Ich weiß es nicht!« brüllte Mark und hielt das Smartphone wieder ans Ohr.

Lisbeth presste die Lippen aufeinander und richtete ihren Blick stur geradeaus.

»Entschuldige Lissi. Ich wollte dich nicht anbrüllen.«

Wortfetzen drangen an Pauls Ohr. »Kinder … gefunden … kein … Spur.«

»James, ich habe Ihre Nachricht nicht verstanden. Bitte wiederholen!«

Die nächsten Sekunden kamen Paul endlos vor. Noch nie zuvor in seinem Leben hatte er solche Angst gehabt. Er fühlte sich machtlos. Was sollte das bedeuten? Sie hatten die Kinder gefunden? Waren sie unverletzt? Wo war Wiebke? Schreckliche Tatortfotos von früheren Fällen kamen Paul in den Sinn. Leblos aufgefunden.

Blutüberströmte Körper.
»Können Sie mich jetzt verstehen?«
»Ja, bitte sagen Sie mir, was los ist?«
Offenbar waren sie aus einem Funkloch herausgefahren. Die folgenden Sätze verstand Paul so deutlich, als stünde James direkt neben ihm.

Kapitel 27

Entgegen der Wettervorhersage zogen dunkle Wolken auf. Ein starker Wind, der von der Irischen See über Wales bis nach Nordengland wehte, sorgte für den Wetterumschwung. Für die Bewohner der Region war das nichts Ungewöhnliches. Sie lebten seit Urzeiten mit dem rauen Wetter. Touristen verirrten sich selten in diese Gegend, wenn sie nicht gerade glühende Fans von den *Reds,* also dem FC Liverpool, waren. Seit Jürgen Klopp dort das Traineramt übernommen hatte, gab es sogar deutsche Fußballfans, die sich Heimspiele an der Anfield Road ansahen. Die Stadt bot ansonsten einen trostlosen Anblick: verfallende Häuser, hohe Arbeitslosigkeit und Alkoholismus waren der ideale Nährboden für soziale Brennpunkte. Die goldenen Zeiten, als die Beatles, die berühmtesten Söhne der Stadt, Weltruhm erlangten, lagen beinahe fünfzig Jahre zurück.

Das alles interessierte Paul nicht die Bohne. Lisbeth bog auf den Flughafenparkplatz ab. Sie mussten nicht lange suchen. Um den Mietwagen herum standen mehrere Einsatzfahrzeuge der englischen Kollegen mit eingeschaltetem Blaulicht. Ein gelber Wagen mit grünen Rechtecken und der Aufschrift *Emergency Ambulance* hielt gerade unmittelbar vor dem Mietwagen an. Ein Sanitäter öffnete die Heckklappe. Ein zweiter Sanitäter trug Tom aus dem Mietwagen heraus und legte ihn auf eine Trage.

Paul eilte zu ihm und strich ihm eine Strähne aus dem Gesicht. Er sah aus, als würde er friedlich schlafen. James hatte ihm am Telefon mitgeteilt, dass seine beiden Kinder Levke und Tom betäubt, aber ansonsten unversehrt zusammen mit dem Leihauto aufgefunden worden waren.

Die gleichmäßigen Atemzüge seines Sohnes beruhigten Paul. Vor Glück wollte er Tom nehmen und an sich drücken. Doch der Notarzt drückte ihn energisch zur Seite. Er schob mit dem rechten Daumen das Augenlid nach oben und leuchtete mit einer Stablampe in das Auge. Der Notarzt wiederholte die Prozedur mit dem anderen Auge und nickte zufrieden.

Paul trat auf den Mietwagen zu und entdeckte Levke auf einer Sitzerhöhung, den Kopf zur Seite gekippt als würde sie träumen. Eine Notärztin beugte sich über sie und kontrollierte mit einem Stethoskop die Herztöne. Anschließend drehte sie sich um und winkte einen Sanitäter heran. Auf Englisch gab Paul ihnen zu verstehen, dass er seine Tochter auf die Rettungstrage legen würde. Der Sanitäter musterte ihn mit einem skeptischen Blick. Erst als Paul erklärte, dass es sich um seine Tochter handelte, ließ er ihn gewähren. Er hob Levke behutsam an und drückte sie an sich, wie er es schon hunderte Male getan hatte, wenn er sie schlafend nach einer längeren Fahrt oder nach dem Einkaufen vom Auto in ihr Haus trug. Sobald sie länger als 20 Minuten fuhren, schlief Levke wegen des monotonen Motorengeräusches regelmäßig ein. Ihr Atem kitzelte an seinem Ohr. Selbst nachdem er sie auf der Trage abgelegt hatte, wollte er sich nicht von ihr trennen.

»Komm«, Lisbeth zog ihn am Oberarm weg, »Levke geht es gut und sie wird bestens versorgt.«

Obwohl er sich am liebsten zu den Kindern in den Krankenwagen gesetzt hätte, wusste er, dass Lisbeth recht hatte. *Wo zur Hölle war Wiebke?*

»Gibt es irgendwelche Spuren?«, erkundigte sich Paul.

Mehrere Leute in weißen Overalls liefen umher,

markierten Stellen, stellten Nummern daneben. Ein Mitarbeiter der Spurensicherung schoss Fotos. Im Hintergrund hörte Paul knarzende Geräusche von Funkgeräten, gepaart mit Wortfetzen.

»Die Kollegen haben eine Blutspur gefunden.« Lisbeth führte Paul zu der Stelle, die einige Meter vom Auto entfernt lag. Der Blutfleck auf dem asphaltierten Parkplatz war etwa so groß wie die Hand eines Erwachsenen.

»Der Dreckskerl hat sie niedergeschlagen«, platzte es aus Paul heraus.

»Wir wissen nicht einmal genau, ob es Wiebkes Blut ist.«

»Von wem soll es denn sonst sein?« fuhr er Lisbeth lauter als beabsichtigt an. Sie ließ seine Frage unbeantwortet.

Ein Kollege der Spurensicherung kam auf Paul zu und hielt ihm einen Schlüsselbund unter die Nase.

»Kennen Sie die?«

Neben ihrem Haustür- und einigen anderen Schlüsseln war ein Anhänger an dem Bund befestigt. Yoda – der alte Yedi-Meister – baumelte mit verschlafenen Augen und abstehenden Ohren vor sich hin. Mit den Worten: »Möge die Macht immer mit dir sein«, hatte Tom seiner Mutter diesen Glücksbringer geschenkt.

»Ja, der gehört meiner Frau.«

Der Mann nickte, verstaute den Anhänger in einer Beweismitteltüte und notierte etwas auf dem Zettel seines Klemmbrettes.

Hatte sich Wiebke gegen Hansen gewehrt und war ihr dabei der Schlüsselbund aus der Tasche gefallen? Und wo war ihre Handtasche? Paul vergewisserte sich, ob sie noch irgendwo im Auto lag. Er konnte ihre *Bootsmann*-Tasche nicht finden. Paul fragte den Kollegen der Spurensicherung, ob eine solche Tasche sichergestellt wurde. Dieser sah auf eine Liste und schüttelte mit dem Kopf. Der Sicherheitsoffizier Hansen schien eine Schwäche für Handtaschen zu haben.

»Wie sieht es mit einem Mobiltelefon aus?« Paul beschrieb Wiebkes Smartphone.

Erneut schüttelte der Mann den Kopf. »Nein, wir haben überhaupt kein Telefon gefunden.«

Das ergab Sinn. Wiebkes Handy befand sich vermutlich in ihrer Handtasche. Paul fragte sich, womit Hansen die Flucht fortgesetzt hatte. Hatte er die Kinder aus Rücksicht im Auto zurückgelassen? Er wollte ihnen offenkundig nichts antun. Wahrscheinlich war Hansen selbst Familienvater. Paul schlug sich mit der flachen Hand gegen die Stirn.

»Was ist los?«, wollte Lisbeth wissen.

»Wir sind solche Anfänger! Warum haben wir nicht die Lebensläufe der Crewmitglieder geprüft. Das ist doch ein Routinevorgang, Polizeistudium drittes Semester.«

Lisbeth zog die Stirn in Falten. »Jetzt mach mal halblang. Wir checken routinemäßig die Hintergründe und Lebensläufe von Verdächtigen. Bis wir die Krawattennadel gefunden haben, war keiner von denen verdächtig. Hätten wir alle Männer an Bord überprüfen lassen, einschließlich der Besatzungsmitglieder, wären unsere Kollegen in Oldenburg in den nächsten Wochen noch damit beschäftigt. Das ist unmöglich, und das weißt du auch.«

»Trotzdem, wir hätten wenigstens die Offiziere durchleuchten müssen.«

»Hätte, hätte, hilft uns nicht weiter. Die entscheidende

Frage ist doch, wo sind Hansen und Wiebke jetzt?«

»Und mit welchem Auto sind sie unterwegs? Mit Wiebke als Geisel kann er kaum das nächste Flugzeug besteigen. Das Gleiche gilt für Bus und Bahn.«

»So gefällst du mir schon besser, Chef. Ich sehe für Hansen nur zwei Möglichkeiten. Entweder er hat sich ein zweites Fluchtfahrzeug besorgt oder er verschanzt sich hier …« Lisbeth schaute in die Ferne, »… ganz in der Nähe und wartet auf den Schutz der Dunkelheit.«

Paul zückte sein Mobiltelefon und rief Mark Jackson an, bat ihn darum eine Fahndung nach Hansen und Wiebke mit möglichst genauer Personenbeschreibung herauszugeben.

»Herr Schweigert, wir sind beide Profis. Die von Ihnen beschriebene Fahndung habe ich vor 15 Minuten rausgegeben. Warten Sie, hier ist jemand, der möchte sie sprechen, Herr Brenneken …«, bevor er weitersprechen konnte, beendete Paul die Verbindung. Er wollte nicht riskieren, dass der Innenminister ihn von diesem Fall abzog. Kurz darauf klingelte sein Telefon. Er wollte das Gespräch schon ablehnen, als er erkannte, dass es Kapitän Voss war, der ihn anrief.

»Herr Kapitän, ich hoffe, Sie haben gute Neuigkeiten für mich?«

»Nun, ich weiß nicht, wie Sie das, was ich Ihnen zu sagen habe, deuten werden.«

»Sie sprechen in Rätseln. Ich habe keine Zeit dafür.«

»Ich kann einen meiner Führungsoffiziere nicht erreichen, meinen Ersten Offizier und Stellvertreter Alexander Köhler.«

»Was ist daran so ungewöhnlich?«

Es knackte in der Leitung.

»Sind Sie noch dran?«

Es fing leicht an zu tröpfeln. Paul wischte sich über die Stirn.

»Ja. Es ist nur so …«, es entstand eine Pause, wie sie Flugkapitäne bei Durchsagen manchmal machen, und bei der die Passagiere denken, er müsse noch kurz was nachschauen. »… Alexander Köhler ist vorbildlich, was Zuverlässigkeit und Pflichterfüllung angeht. Was ich Ihnen sagen will: Er ist seit einer Stunde zum Dienst eingeteilt und hat sich nicht krankgemeldet. Das ist absolut ungewöhnlich. An Bord hat ihn keiner gesehen. Das ist bei ihm noch nie vorgekommen.«

Kapitel 28

Entgegen aller Vorhersagen zog ein Sturm vom Atlantik über Irland zu ihnen herein. Der Wind zerrte an den Bäumen. Dunkle Wolken bedeckten den Himmel. Lisbeth sah nach oben, spürte wie der Regen stärker wurde. Sie zog den Reißverschluss ihrer Lederjacke bis oben zu. Paul hing noch am Telefon, gestikulierte wild, schrie gegen den Wind an. Für kein Geld der Welt wollte sie mit ihm tauschen. Für einen Augenblick dachte sie darüber nach, wie sie sich verhalten würde, wenn Philip entführt worden wäre. Wenn sie nicht wüsste, ob sie ihn lebend wiedersehen würde. Lisbeth zog ihr Smartphone aus der Tasche und schrieb ihrem Freund, wie sehr sie ihn vermisste. Nach kurzer Zeit vibrierte es, eine eingegangene Nachricht.

Sollte eine Überraschung sein, kann es aber nicht länger für mich behalten. Mache gerade Rast in Birmingham, sollte in zwei Stunden bei dir sein. Kuss P.

»So ein Verrückter, ich liebe diesen Kerl!« flüsterte sie.

Sind gerade in Liverpool am Flughafen, erkläre dir alles später, freue mich auf dich, tippte sie als Antwort.

Als sie sich umdrehte, lief sie fast in einen Mann mit weißer Uniform hinein. Ein Hosenbein und das kurzärmlige Oberhemd waren so schmutzig, als hätte er in einer Pfütze gelegen. Sicherheitsoffizier Hansen hielt sich eine Hand an die Schläfe und machte ein schmerzverzerrtes Gesicht.

»Um Himmels Willen, wo kommen Sie denn auf einmal her?«, fragte Lisbeth.

Paul stellte sich neben Lisbeth.

»Alexander, also der Köhler hat mir eins übergezogen«,

er deutete auf die Stelle, wo der Blutfleck gefunden worden war, »da vorne.« Hansen drehte sich um und zeigte in die andere Richtung. »Ein paar hundert Meter von hier bin ich wach geworden. Wir hatten gerade den Flughafenparkplatz erreicht, da klopfte er an die Scheibe, sagte, ich solle kurz mitkommen, er müsse dringend etwas mit mir besprechen. Dann verschwanden wir hinter einem schwarzen Lieferwagen. Moment, wo ist der denn jetzt hin?«

Sie waren also dem falschen Mann hinterhergejagt. Pflichtbewusst wollte Sicherheitsoffizier Hansen Wiebke und die Kinder nur zum Flughafenhotel bringen. Paul bat einen Sanitäter, sich um Hansen zu kümmern.

»Lissi, wir müssen los.«

Sie folgte Paul in den Wagen.

»Wohin fahren wir jetzt?«

Paul reichte ihr sein Handy. »Gib die Adresse bitte ins Navigationsgerät ein.«

Ohne Nachfrage tippte sie die Adresse ein, die Paul über WhatsApp erhalten hatte. Sie war noch nicht ganz fertig, als Paul mit durchdrehenden Reifen losfuhr.

Den Blick stur geradeaus gerichtet erklärte er: »Das ist ein Landhaus in der Nähe von Manchester.«

Paul hatte Lisbeth noch auf dem Flughafenparkplatz davon berichtet, was der Kapitän ihm über seinen ersten Offizier mitgeteilt hatte.

»Köhler kennt dort eine Familie. Im Rahmen eines Studentenaustausches hat er vor einigen Jahren bei denen gewohnt. Zu seiner Gastfamilie hat er immer noch Kontakt.«

Lisbeth kratzte sich an der Stirn, während Paul die Scheibenwischer auf die höchste Stufe einstellte.

»Wieso bist du dir so sicher, dass er dorthin unterwegs ist?«

»In der Kabine vom Ersten Offizier Köhler hat der Kapitän nur ein einziges Foto gefunden, eben das von diesem Landhaus. Auf der Rückseite steht die Adresse.«

»Muss er nicht davon ausgehen, dass dieses Foto gefunden wird?«

»An und für sich schon. Genauso muss er davon ausgehen, dass wir alle Flughäfen, alle Bahnhöfe und alle Busse überprüfen. Ohne seinen Reisepass vorzuzeigen, kommt er nicht auf das europäische Festland. Das kann er sich denken. Und solange wir keine andere heiße Spur haben, müssen wir dahin.« Paul schaltete in den nächsthöheren Gang.

***

Alexander Köhler hatte als Jahrgangsbester an der Fachhochschule Elsfleth nach sechs Semestern das Kapitänspatent erworben. Für seine Tätigkeiten als Wachoffizier schrieben ihm seine Vorgesetzten die besten Beurteilungen. Sie lobten ihn für sein stets vorbildliches Verhalten gegenüber Kollegen und Passagieren. Für Anfang des kommenden Jahres bot ihm *TUI Cruises* das Kommando über die *Mein Schiff 2* an. Mit gerade einmal 32 Jahren wäre er dann der jüngste Kapitän eines Kreuzfahrtschiffes in Europa. Würde das Video, das die blöde Schlampe bei einem seiner Besuche heimlich gedreht hatte, im Internet auftauchen, wäre es vorbei mit seinem tadellosen Ruf. Bis dahin hatte er nichts Illegales gemacht. Dieses geldgierige Luder erpresste ihn schamlos.

»Na, was werden deine zukünftigen Offiziere davon

halten, wenn sie sehen, wie du in Leder gekleidet am Halsband bellst? Dann heißt es vielleicht nicht mehr *Ay, ay, Kapitän*, sondern einfach nur: *Wuff, wuff*?« Dann hatte sie ihn schallend ausgelacht. Er wäre zum Gespött aller geworden. Dabei hatte er nach der Trennung von seiner Frau nur etwas Neues ausprobieren wollen. *Dark Angel* war es gewesen, die ihm eingeredet hatte, es könnte ihm gefallen. Gerade Männer, die beruflich in höchsten Position tätig waren, liebten diese Spielart, weil sie endlich jegliche Verantwortung abgeben konnten. Nur das machen mussten, was die Herrin befahl. Sie hätte damit einige Erfahrung, fragte, warum er das nicht unverbindlich mal ausprobieren wolle. Wie hätte er ahnen können, dass er dabei heimlich gefilmt wird?

Es war kein Zufall, dass sie das Schiff ausgewählt hatte, auf dem er gerade fuhr. Sie suchte ihn auf, nahm in beiseite und hielt ihm ihr Smartphone mit dem Video unter die Nase. Wahrscheinlich war er nicht der erste Mann, den sie erpresste. Was wäre gewesen, wenn er eine erste Zahlung getätigt hätte, sich auf die Forderung eingelassen hätte? Vermutlich wäre es nicht bei diesem einen Mal geblieben, und sie hätte weitere Forderungen gestellt.

Als er spät abends an ihrer Kabine anklopfte, brachte er Sekt, Gläser und eine Schale mit einem großen Stück Eis und den Eispickel mit. Nie im Traum hätte er daran gedacht, den Eispickel als Waffe zu benutzen. Er wollte einfach nur mit ihr reden, wie vernünftige Menschen. Ihr klarmachen, dass sie sich mit einer Erpressung strafbar machte. Daraufhin lächelte sie nur müde.

»Was habe ich schon zu verlieren? Ich würde allenfalls eine Bewährungsstrafe bekommen. Und meinen Job als

Krankenschwester hänge ich sowieso an den Nagel. *Das hier* bringt viel mehr Kohle.« Bei den Worten *das hier,* fasste sie ihm schamlos in den Schritt. Er spürte ihren gnadenlosen Griff. »Dann ist deine Karriere im Arsch. Und diese Karriere ist schließlich das Einzige, was dir noch geblieben ist, nachdem deine Frau und dein Kind sich von dir abgewendet haben, oder?«

Er schaute sie hasserfüllt an, weil er wusste, dass sie recht und ihn in der Hand hatte. Im wahrsten Sinne des Wortes.

»Oder muss ich inzwischen Ex-Frau sagen? Ich bin da gar nicht auf dem aktuellen Stand.«

Wieder lachte sie ihn aus, immer lauter, bis ihm die Sicherungen durchbrannten. Dann nahm er den Eispickel, damit dieses widerliche Lachen endlich aufhörte. Er wusste nicht mehr, wie lange es dauerte, bis er begriff, was er da angerichtet hatte. Es konnten zwei Sekunden oder ein paar Minuten gewesen sein. Seine Erinnerungen erschienen ihm, als wären sie von einem Nebelschleier umhüllt. Das Erste, an das er sich nach dem Schock erinnerte, war ein Rauschen in seinen Ohren, wie man es im Radio hört, wenn kein Sender eingestellt ist. Irrationalerweise hoffte er, sein Gehirn würde den richtigen Kanal finden. Eine Stimme, die ihm sagte, was er jetzt tun sollte.

»Los, raus mit dir, ich kümmere mich um alles. Und zu niemandem ein Wort.« Das war keine Nachrichtenstimme aus dem Radio, sondern die seiner Kollegin, Diana Brugger. Nur Gott allein wusste, wo die plötzlich hergekommen war.

Er befolgte ihre Anweisungen wie eine Marionette. Doch damit vergrößerte sich sein Problem nur noch.

***

Wäre das Wetter nicht so schlecht gewesen, könnte diese hügelige Landschaft mit den saftig grünen Weiden einladend wirken. Von der Hauptstraße ging es auf eine einsame Landstraße. Ohne die Anweisungen des Navigationssystems hätten sie das Landhaus vermutlich erst nach Stunden gefunden. So nahm Paul die Kurve mit überhöhter Geschwindigkeit. Die Reifen schleuderten Rollsplitt nach hinten und Paul musste mehrfach gegenlenken, um den Wagen auf der Straße zu halten.

»Willst du uns umbringen?«

»Nicht ganz, ich will, dass Wiebke nicht umgebracht wird.«

»Dann wäre es durchaus hilfreich, wenn wir lebendig ans Ziel kämen.«

Paul hielt den Wagen ein ganzes Stück vor dem Landhaus an und löschte das Fernlicht. Er hatte den Türgriff schon in der Hand, als die Tatort-Melodie ertönte. Er nahm sich vor, diese Melodie zu ändern, wenn das Ganze hier vorüber war.

»Kapitän Voss hier. Ich habe meinen ersten Offizier Köhler in der Leitung. Er möchte nur mit Ihnen sprechen.«

Paul nickte, als könne der Kapitän das sehen.

»Sind Sie noch dran?«

»Ja, ja, stellen Sie durch.«

»Herr Schweigert, schade, dass wir uns unter diesen

Umständen und am Telefon kennenlernen müssen.«

Paul rief sich die Begegnung mit Köhler auf der Brücke ins Gedächtnis. Ein junger Offizier mit seriösem Auftreten, dem kein normaler Mensch einen Mord zutrauen würde.

»Was haben Sie mit meiner Frau gemacht? Was haben Sie vor?«

»Erste Regel: Wenn hier einer Fragen stellt, bin ich das.« Köhler lachte ins Telefon. »Okay, das muss ungewohnt für Sie sein. Zweite Regel: Ich stelle hier die Forderungen. Dritte Regel: Sie machen, was ich Ihnen sage. Dann, und nur dann, wird es auch mit Wiebke ein gutes Ende nehmen.«

Er nannte ihren Vornamen, als wären sie zusammen zur Schule gegangen – dieser Dreckskerl!

Lisbeth öffnete so leise wie möglich die Beifahrertür.

»Pfeifen Sie Ihre Kollegin zurück.«

Köhler beobachtete sie also. Paul fasste Lisbeth an der Schulter und gab ihr zu verstehen, dass sie im Wagen bleiben sollte. Sie zog die Tür zu.

»Schon besser.«

»Ich möchte mit meiner Ex-Frau sprechen und mit meiner Tochter telefonieren. Seit Monaten verweigert sie mir jeglichen Kontakt.« Er gab ihren vollständigen Namen sowie die Adresse und die Telefonnummer durch.

Paul notierte die Daten auf einem Zettel, den er aus seinem Portemonnaie zog.

»Herr Köhler, bevor ich dieses Telefonat arrangiere, muss ich mit meiner Frau sprechen.«

»Haben Sie Regel Nummer 3 schon vergessen, Herr Kriminalhauptkommissar?«

Paul antwortete nicht.

»Wissen Sie, ich gehe lebenslänglich ins Gefängnis. Ob ich nun nach den zwei Frauen noch eine dritte Frau töte, wird an meiner Strafe nichts ändern. Ich habe nichts mehr zu verlieren. Und ich habe nur diesen einen Wunsch. Ich muss das Rabeah erklären und ihr sagen, wie lieb ich sie habe, egal was passiert ist und noch passieren wird.«

Die letzten Worte hörten sich fatalistisch an. Plante er seinen Freitod?

»Quid pro quo.«

»So, so, der Herr Kommissar macht einen auf gebildet. Gewagt, in Ihrer Situation.«

»Sie geben mir etwas, ich gebe Ihnen etwas, Schritt für Schritt.«

»Ich kannte die Bedeutung der lateinischen Phrase auch vor Ihrer Erklärung. Trotzdem danke für die Nachhilfe. Wenn Sie gerne das verlieren möchten, was Sie am meisten lieben, dann beharren Sie auf dem Grundsatz. Sie haben zehn Minuten, um meine Frau ans Telefon zu holen. Sie hat meine Handynummer.« Köhler beendete die Verbindung.

»Der legt einfach auf!« Paul reichte Lisbeth den Zettel. »Die sollen Köhlers Ex-Frau ans Telefon holen und seine Tochter – und zwar schnell.«

Lisbeth wählte die Nummer von Arne Claaßen. Während die Verbindung aufgebaut wurde, fragte sie Paul: »Was ist, wenn Wiebke bereits …?« Lisbeth vollendete den Satz nicht.

»Lissi, denk nicht mal dran.«

Lisbeth bat Arne, Köhlers Ex-Frau zusammen mit ihrer Tochter ans Telefon zu holen. Wenn er sie erwischt hatte, sollte er eine Telefonkonferenz einrichten, weil sie das Telefonat unbedingt mit anhören wollten.

Da es in Strömen goss, konnte Paul nicht viel von dem Landhaus erkennen. Es brannte kein Licht, nicht mal eine Außenbeleuchtung. Köhler wollte nicht gesehen werden, wollte kein beleuchtetes Ziel abgeben. Wo hatte er Wiebke hingebracht? Hatte er sie genauso betäubt wie die Kinder? Oder lag sie gefesselt und geknebelt in einer dunklen Ecke?

Eine Spezialeinheit war auf dem Weg zu ihnen, wie ihm Mark Jackson mitgeteilt hatte. Hoffentlich konnte Paul die Sache zu Ende bringen, bevor die Scharfschützen eintrafen. Er hätte keinerlei Entscheidungsgewalt über deren Vorgehen. Der Einsatzleiter würde *ihn* als erstes von diesem Haus wegbringen. Sollte er das Auto verlassen und auf das Haus zugehen? Es bestand die Gefahr, ihn damit unter Druck zu setzen, sodass er dann zuerst Wiebke und dann sich selbst tötete. Hatte er überhaupt eine Waffe?

»Glaubst du, er hat eine Pistole?«

»Wo soll er die so schnell herhaben? Also eine Schusswaffe wohl eher nicht. Es sei denn, einer aus der Gastfamilie ist Jäger. Aber Messer wird es in dem Haus geben.«

Paul umfasste das Lenkrad, als müsste er sich festhalten. »Lissi, du bist in der Geschichte nicht so befangen wie ich. Ich will nicht warten, bis das SEK da ist. Wer weiß, wie die englischen Kollegen in solchen Fällen handeln?« Paul ließ das Lenkrad los, drehte die Hände so, dass seine Handinnenflächen zu sehen waren. »Was sollen wir jetzt machen? Was ist das Beste für Wiebke?« Die letzte Frage flüsterte er.

Lisbeth atmete tief ein und aus. »Vorausgesetzt, die Ex-Frau von Köhler ist jetzt telefonisch erreichbar, sollten wir auf den Anruf warten. Ich halte es für glaubwürdig, dass er unbedingt mit seiner Tochter sprechen will, bevor er ins Gefängnis geht. Seine Ex-Frau wird ihm den Kontakt verboten haben.«

Es fiel ihm schwer, seinen hämmernden Pulsschlag zu beruhigen. Wenn Köhler sie geknebelt hatte, bekam sie dann überhaupt genügend Luft? Paul fasste sich an den Hals, als Lisbeths Handy klingelt. *Arne Claaßen ruft an* stand auf dem Display. Sie nahm das Gespräch entgegen. Arne erklärte, Frauke Köhler wäre bereit, zu helfen, könne sich aber nicht vorstellen, dass ihr Ex-Mann ein Mörder sei. Was Paul und Lisbeth dann zu hören bekamen, hätte ein Hollywood-Regisseur nicht besser inszenieren können.

»Alex, bist du da?«

»Hallo Frauke.« Seine Stimme klang traurig.

»Das stimmt doch nicht, was die mir erzählen, oder? Du sollst zwei Frauen ermordet haben? Sag mir, dass das nicht wahr ist.«

Köhler räusperte sich. »Schön, dass du wieder mit mir sprichst. Ist Rabeah bei dir?«

»Sie ist in ihrem Zimmer. Ich kann sie jederzeit holen. Alex, du bist kein schlechter Mensch. Ich weiß, ich habe dir sehr wehgetan, und du leidest unter der Trennung. Du hast dich seitdem sehr verändert. Leider zum Nachteil. Deswegen habe ich den Kontakt zu Rabeah untersagt.«

»Ich habe großen Mist gebaut und nur noch einen einzigen Wunsch.«

»Ist das Papa?«

»Rabeah, geh in dein Zimmer!«

»Bitte, tu mir den Gefallen, ich will doch nur mit ihr sprechen bevor …«, es entstand eine Pause, »… also bevor ich für viele Jahre ins Gefängnis gehe.«

Paul gab Lisbeth ein Zeichen, sie solle das Mikrophon an ihrem Telefon mit den Fingern abdecken. Sie tat es. Er öffnete die Autotür. Lisbeth rollte mit den Augen und schüttelte den Kopf. Ihre Lippen formten stumm die Worte: *Bleib hier!* Paul sah es nicht, da er das Fahrzeug schon verlassen hatte.

»Papa, wann kommst du mich mal wieder besuchen?«

»Rabeah, meine kleine Prinzessin. Wie geht es dir?«

Köhler schien das Auto nicht mehr im Blick zu haben. Sonst hätte er gesehen, wie Paul sich zur Hauswand schlich und einen Blick durch ein Fenster warf.

»Ganz gut. Ich vermiss' dich. Wo bist du? Auf dem Schiff?«

»Nein, in England. Kleines, hör mir jetzt bitte genau zu, das ist wichtig. Der Papa hat dich ganz doll lieb, auch wenn ich großen Mist gebaut habe.«

»Wieso? Ist das Schiff kaputt?«

Alexander Köhler lachte. Lisbeth hatte ein solches Lachen noch nie gehört. Es war eine Mischung aus Hysterie und Resignation.

»Weißt du noch, was ich dir immer über *Mein Schiff* gesagt habe?«

»Na klar, *Mein Schiff ist auch dein Schiff*, hast du gesagt«

»Ganz genau. Irgendwann werden wir zusammen darauf fahren, versprochen. Ich kann dir jetzt nicht erklären, was genau ich falsch gemacht habe. Wir werden uns leider für eine lange Zeit nicht sehen.«

»Och nö, meinst du bis Weihnachten, so lange?«

Lisbeth glaubte, ein unterdrücktes Weinen zu hören.

»Ich fürchte noch länger, viel länger. Trotzdem liebe ich dich. Was ich gemacht habe, ist schlimm. Dafür muss ich bestraft werden. Das ist so im Leben, wenn man etwas Falsches macht. Ich werde dir schreiben. Egal, was noch passiert, ich werde dich immer liebhaben. Mach's gut und hör auf die Mama, wenn sie dir etwas sagt. Tschüss.« Die Verbindung war tot.

Der Regen hatte nachgelassen. Der Wind nicht, er wehte sogar noch stärker als zuvor. Ein Fensterladen schlug gegen einen Fensterrahmen.

Die Tür des Landhauses öffnete sich langsam. Während Paul sich unter einem Fenster an die Wand drückte, trat Alexander Köhler mit erhobenen Händen heraus. Mit einer Hand hielt er das Handy hoch, als wäre es eine gefährliche Waffe. Langsam ging er auf das Auto zu. Er sah erbärmlich aus. Ringe unter den Augen, seine Haare durcheinander, seine Uniform verdreckt. Lisbeth stieg aus, zog ihre Dienstwaffe, richtete sie auf Köhler und ging auf ihn zu. In diesem Augenblick rannte Paul in das Haus. Die Geräusche von Sirenen wurden immer lauter, bis Polizeifahrzeuge rechts und links vom Mietwagen zum Stehen kamen. Lisbeth erkannte ein zartes Lächeln auf den Lippen von Alexander Köhler.

Doch was war mit Wiebke?

Kapitel 29

Der Regen hörte auf, und der Wind ließ nach. Es war, als wenn eine höhere Macht die düstere Szenerie für eine bessere Zukunft freigäbe. Nachdem Paul einen Blick durch das Fenster ins Innere des Landhauses geworfen hatte, sah er keine Veranlassung einzugreifen. Er konnte keine Waffe bei Köhler erkennen. *Solange du brav telefonierst und sie nicht anrührst, werde ich hierbleiben,* hatte er gedacht. Wiebke lag schlafend auf der Couch. Ihr Brustkorb hob und senkte sich gleichmäßig.

Paul beobachtete Alexander Köhler genau. Wie er das Telefongespräch beendete, sich eine Träne aus dem Auge wischte und ungläubig den Kopf schüttelte. Nur ganz kurz sah er zu Wiebke, bevor er zum Ausgang schritt und die Tür öffnete. *Mach jetzt keinen Blödsinn mehr, geh einfach weiter auf Lisbeth zu.*

Als hätte er seine Gedanken gelesen, tat er genau das. Jetzt hielt Paul es nicht mehr aus und rannte ins Gebäude. Bei Wiebke angekommen roch er das Chloroform, das er bereits bei seinen Kindern wahrgenommen hatte. Köhler wollte also tatsächlich nur mit seiner Tochter sprechen. Normalerweise verabscheute er diesen Geruch, weil es ihn an Krankenhäuser erinnerte. Doch nun roch es für ihn wie reiner Frühlingsduft, wie Hoffnung, wie Glück. Paul strich Wiebke eine Strähne aus dem Gesicht. Er hob sie an und trug sie aus dem Haus. Draußen drückte er sein Gesicht gegen ihres, Wange an Wange.

»Es tut mir so leid, dass ich dich in eine solche Situation gebracht habe.«

»Kannst doch nichts dafür«, murmelte sie schlaftrunken.

»Du bist wach und lässt dich tragen, na warte.«

Sie grinste ihn an. Er stellte sie auf den Boden, hielt sie fest, da sie noch wackelig auf den Beinen war.

»Wiebke, Mensch, wie kannst du mich mit dem da so lange alleine lassen?«, Lisbeth hob den Kopf kurz an und deutete damit in Pauls Richtung.

»Ach wieso? Er kann doch manchmal auch ganz nett sein.«

Kurze Zeit später saß Paul alleine mit Köhler in einem Mannschaftswagen der englischen Polizei. Paul hatte darum gebeten, allein mit ihm sprechen zu können. Köhler erklärte sich dazu bereit, verneinte zudem die Frage, ob er einen Anwalt haben wollte. Er wollte reinen Tisch machen. Paul hörte sich die Schilderungen über die Nacht, in der Corinna Bauer starb, geduldig an.

Als er damit geendet hatte, fragte Paul: »Warum musste Ihre Kollegin Diana Brugger sterben? Sie war es doch, die Ihnen zunächst geholfen hatte, die Sache zu vertuschen.«

»Hatte sie ja auch – zu Beginn. Sie nahm die Handtasche, das Handy, den Sekt, die Gläser und ließ die Sachen verschwinden. Was ich damals nicht wusste: Sie fand außerdem meine Krawattennadel auf dem Boden vor dem Bett. Und sie war nur deswegen so schnell zur Stelle gewesen, weil sie mich heimlich beobachtet hatte. Sie wollte schon immer was von mir, seit wir uns das erste Mal begegnet waren. Ich gab ihr einen Korb, mochte sie als Kollegin, aber nicht als Frau. Sie wollte sogar mit mir durchbrennen.« Köhler lachte verächtlich. »Das muss man sich mal vorstellen. Sie setzte sich in England ab, rief mich an und wollte, dass wir gemeinsam in London untertauchen. Das hätte nie funktioniert. Mein Fehlen wäre sofort bemerkt worden, und somit wäre vielleicht auch der Verdacht auf mich gefallen. Bis dahin hatten Sie und Ihre Kollegin mich ja noch nicht im Visier.«

Köhler grinste Paul teuflisch an wie der wahnsinnige Jack Nicholson in *The Shining.*

»Wie konnten Sie sich da so sicher sein?«

»Ich habe unseren IT-Chef unter einem Vorwand gebeten, mir Administratorenrechte einzuräumen. Damit verschaffte ich mir Zugang zu dem Rechner, den Sie verwendeten.«

Paul sagte nichts, verfluchte sich jedoch dafür, Crewmitglieder generell nicht als potenzielle Täter eingestuft zu haben.

»Jedenfalls überredete ich Diana zur Rückkehr, was sie nur widerwillig machte. Als ich einen weiteren Annäherungsversuch von ihr abblockte, erpresste sie mich. Meinte wohl, ich müsse ihr unendlich dankbar sein, für all das, was sie für mich getan hatte. Diese blöde Kuh!« Köhler fuhr sich mit dem Handrücken über den Mund, obwohl er Handschellen trug, um sich Speichel abzuwischen. »Das ist inzwischen auch egal. Seit Frauke sich von mir getrennt hat, hatte ich nur Pech mit den Weibern. Die eine ist geldgeil und erpresst mich mit so einem beschissenen Video, das sie ohne mein Wissen gedreht hat. Und die nächste macht zuerst auf verständnisvoll, um mich später genauso zu erpressen. Sie nahm mich beiseite, zog mich in diese öffentliche Toilette und hielt mir die Krawattennadel unter die Nase, drohte, mit dem Ding zu Ihnen zu laufen und auszusagen, was sie wusste. *Das wirst du nicht tun,* sagte ich. Dann fing sie an zu kreischen. Ich hielt ihr den Mund zu. Aber sie wollte einfach nicht aufhören. Da zog ich meinen Gürtel aus der Hose und legte ihn ihr um den Hals und zog ihn solange zu, bis sie sich nicht mehr rührte.«

»Wieso haben Sie Herrn Hansen niedergeschlagen?«

Er legte seine Hände auf seinem Schoß ab und atmete geräuschvoll aus. »Ob Sie es mir glauben oder nicht, das war ein blöder Zufall. Ich wollte über den Flughafen verschwinden. Bis dahin war ich ja noch nicht verdächtig. Die einzige Verfehlung war, dass ich meinen Dienst nicht angetreten habe. Hansen sprach mich auf dem Parkplatz an. Er kannte den Dienstplan.«

»Warum haben Sie ihm nicht einfach gesagt, jemand anderes hätte Ihre Schicht übernommen?«

»Wie hätte ich dann seelenruhig zum Flughafenschalter gehen können? Er fragte mich, was ich überhaupt am Flughafen wollte. Ich geriet in Panik und schlug ihn nieder. Wir standen hinter einem Lieferwagen, als wir sprachen. Als ich mich zu Fuß auf den Weg zum Flughafen machen wollte, rief mir Ihre Frau hinterher. Ich sagte ihr, Hansen sei schlecht geworden, und dass sie sich um ihn kümmern sollte, was sie auch tat. In der Zwischenzeit *kümmerte* ich mich um Ihre Kinder.«

»Und das Chloroform hatten Sie einfach so bei sich?«

»Ich hatte es vorsorglich aus der Schiffsapotheke – sagen wir mal – *entwendet.* Ich wollte gewappnet sein für den Fall, dass mich jemand entdecken würde.«

Paul nickte.

Die Nacht legte ihr dunkles Kleid über das Landhaus. Paul verließ den Mannschaftswagen, gab Mark Jackson ein Zeichen, dass er mit der Befragung fertig war. Dann schloss er Wiebke fest in seine Arme.

Epilog

Zwei Wochen nach den Ereignissen saß Paul im *Büppeler Krug* und freute sich auf den Start der Bundesliga-Saison. Seine Eintracht aus Frankfurt spielte zu Hause gegen Schalke 04, während die Bremer bei den Bayern ranmussten.

»Ich wollte mir das heute gar nicht ansehen. Die kriegen sowieso auf den Sack«, brummte Arne, bevor überhaupt angepfiffen worden war.

»Wo bleibt dein Optimismus? Vielleicht reißen die Bremer ja was gegen die Bayern.«

»Glaub ich nicht, die Frage ist wohl eher, wie hoch wir verlieren werden.« Arne bestellte ein Weizen für seinen Chef und ein Jever Pils für sich.

TUI Cruises hatte sich großzügig gezeigt: In einer Woche schon sollte die Familie Schweigert von Hamburg in Richtung Norwegen in See stechen. Die Reiseroute führte über Kristiansand, Bergen, den Geiranger Fjord und Trondheim bis hinauf nach Spitzbergen. Sie würden in der Kapitäns-Suite der *Mein Schiff 4* wohnen, Einkaufsgutschein und Massagen inklusive.

»So, bitte schön.« Der Wirt stellte die beiden Biere auf den Tisch.

»Wie haben die Kinder die Entführung verarbeitet?«

Sie stießen an und nahmen den ersten Schluck. »Erstaunlich gut. Tom und Levke wissen schon gar nichts mehr von der Betäubung. Sie freuen sich auf eine weitere Reise und besonders auf den Kids-Club.«

»Und Wiebke?«

»Sie schaut nach vorne, freut sich genauso wie die Kinder auf die neue Reise. Von der Entführung hat sie nicht viel mitbekommen. Einmal ist sie kurz im Landhaus aufgewacht. Mit den Worten: *Ihnen wird nichts geschehen, jetzt schlafen Sie schön weiter*, gab er ihr noch eine Betäubung.«

»Scheiße, hab ich dir doch gesagt!« Xabi Alonso brachte die Bayern mit einem Traumtor in Führung. »Und unser neuer Freund, Innenminister Brenneken, kommt Montag nach Oldenburg in unsere Dienststelle, stimmt das?«

»Was ich dir jetzt sage, darfst du auf keinen Fall weitererzählen. Lissi wird toben.«

»Ich schweige wie ein Grab.«

»Der Herr Minister will sie persönlich zu Kriminaloberkommissarin befördern.«

»Das ist doch toll.«

»Auf eine Beförderung durch ihren Vater wird sie überhaupt keine Lust haben.«

Die Bayern gewannen 6:0 gegen Werder Bremen, während Frankfurt Schalke besiegte. Ein gelungener Tag befand Paul.

Danksagung

Mein Dank gilt allen Leserinnen und Lesern, meiner Lektorin Kati Schrödter, meiner Korrektorin Jasmin Krieger, meinen Beta-Leserinnen und meiner Freundin. Ohne diese lieben Menschen wäre es nicht möglich, ein solches Buch zu schreiben.

Die Idee für einen Kreuzfahrt-Krimi kam mir, als ich in der Osteria (gibt es wirklich) auf der *Mein Schiff 5* bei einem Glas Rotwein saß. Die Reise führte meine Freundin und mich von Bremerhaven über Southampton, Holyhead, Dublin Cobh (Cork) und Weymouth zurück nach Bremerhaven. Was in diesem Buch geschah, entstammt alleine meiner kranken Fantasie. Die *Mein Schiff 5* ist eine Wohlfühloase und bot uns jederzeit ein sicheres Zuhause. Probieren Sie es selbst aus, Sie werden begeistert sein.

Wenn Ihnen die Geschichte gefallen hat, schreiben Sie mir bitte eine Rezension bei Amazon. Wenn nicht, schreiben Sie mir bitte eine Mail an:

andreas.adlon@gmail.com

Wollen Sie über zukünftige E-Books oder Bücher informiert werden, werden Sie Fan von Andreas Adlon

www.facebook.com/ThrillerAutor

Band 1 der Nordsee-Krimi Reihe

http://www.amazon.de/dp/B00F1YC1P2

Tod im Netz

Du hast 378 Facebook-Freunde. Einer davon ist dein Feind!

Der erfolgreiche Ermittler Paul Schweigert lässt sich ins beschauliche Oldenburg versetzen; doch als im Wald eine Studentin erdrosselt aufgefunden wird, hat die Beschaulichkeit ein Ende. Während der Ermittlungen stößt er gemeinsam mit seiner charmanten und smarten Kollegin Lisbeth Eicken auf einen geheimen Club und gut situierte Geschäftsleute, die es auf junge, blonde Studentinnen bei Facebook abgesehen haben …

Band 2 der Nordsee-Krimi Reihe

http://www.amazon.de/dp/B00O6ZUM5S

Wahre Lügen

Julia Wilken trennt sich von ihrem langjährigen Freund. Die Folge: ständige Anrufe, andauernd neue Kurznachrichten, offene Drohungen, bis er tot aufgefunden wird. Julia glaubt an ein Ende des Stalkings, ein fataler Irrtum …
Die Oldenburger Ermittler Paul Schweigert und Lisbeth Eicken stellen bald fest, dass noch viel mehr dahinter steckt …

Band 3 der Nordsee-Krimi Reihe

http://amzn.to/2ozmiOk

Außer Kontrolle

»Sie suchte Liebe und fand den Tod?«

Ein Spanner beobachtet heimlich Frauen im Fitnessstudio beim Umziehen. Doch dabei bleibt es nicht.

Ganz Oldenburg ist geschockt, als eine Frau blutüberströmt vor einer Tankstelle gefunden wird.

Noch ahnen die Ermittler Paul Schweiger und Lisbeth Eicken nicht, dass dies erst der Anfang ist ...

Der bisher härteste Fall für die sympathischen Ermittler aus Oldenburg!

Furchtlos – ein Gefängnisthriller von Andreas Adlon

http://amzn.to/2ozwmqt

Ein Bestsellerautor lässt sich freiwillig ins Gefängnis einsperren. Was zunächst wie ein irrer Plan und ein interessantes Projekt wirkt, stellt sich schon bald als großer Fehler heraus. Er bleibt länger hinter Gittern als geplant, viel länger …

18143128R00144

Printed in Poland
by Amazon Fulfillment
Poland Sp. z o.o., Wrocław